김이은 장편소설

검은
바다의
노래

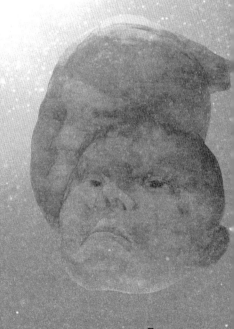

문예
중앙

차
례

## 행운은 어떻게 생겼을까

—가슴을 좀 더 내밀어야지.

윤 실장은 눈에서 카메라를 떼고 오로라를 향해 소리 질렀다. 이어 양손을 뒤로 하고 어깨를 쫙 펴고는 가슴을 내미는 시늉을 했다. 오로라는 윤 실장을 힐끔거리면서 정면을 향해 고개를 쳐들고 허리를 꼿꼿하게 세웠다.

—좋아. 미소 짓고. 그대로, 얼음.

윤 실장이 다시 셔터를 누르기 시작했다. 오로라는 꼼짝하지 않았다. 겨울옷을 입고 목도리를 친친 감은 사람들이 윤 실장의 카메라와 오로라를 번갈아 보고 멈칫했다가 윤 실장의 손짓에 빠르게 지나갔다. 사람들이 지나갈 때도 오로라는 자세를 바꾸지 않았다. 윤 실장의 사인은 더디기만 했다. 오로라는 눈을 치켜뜬 채 앞만 바라보았다. 호흡을 따라 하얀 콧김이 하늘로 올라갔다. 추웠다. 살면서 스무 번도 훨씬 넘게 겨울을 겪었지만 해마다 겨울이 낯설고 싫었다. 살을 헤집고 찔러대는 추위는 질색이었다. 웃고 있는 입가에 경련이 일었고, 힐을 신은 맨다리는 쥐가 나기 시작했다.

아직 대낮인데도 가로수 길의 모든 가게엔 환하고 따뜻한 불이 들어와 있었다. 고풍스러운 결이 살아 있는 나무로 격자무늬 창을 낸 가게가 맞은편에 보였다. 그 가게는 이국적이고 더운 나라를 떠올리게 했다. 통유리 안쪽으로 강렬한 색감의 가방과 의상들이 맵시 나게 진열돼 있었다. 오로라는 그 안에 들어가고 싶었다. 오렌지색 불빛이 따뜻해 보였다. 단층짜리 그 가게 옆으로는 높고 화려한 건물들과 테라스가 나 있는 카페들과 세련된 이태리 레스토랑이 줄지어 있었다. 어디를 둘러봐도 하나같이 예쁘고 잘 꾸며진 모습이었다. 그래서 많은 쇼핑몰들이 이곳을 배경으로 사진을 찍는다. 그 건물들 앞에 서 있는 오로라의 다리가 후들거리기 시작했다. 뺨과 코는 새빨개졌다. 찬바람이 아름다운 거리를 제멋대로 돌아다녔다.

―실장님, 좀 쉬었다 가요. 너무 추워요.

―알아. 아는데, 지금 자연광이 좋잖아. 한 시간만 하면 끝이야.

윤 실장은 라쿤털이 달린 한겨울용 아웃도어를 입고 있다. 오로라는 너도 나처럼 입고 해보라며 대들고 싶었다.

─조금만 참아. 이 바닥에서 오래가려면 이 정도쯤은 견뎌야지. 그리고, 너 지금 무지 이뻐.

윤 실장이 웃으며 엄지를 치켜세웠다. 안다. 오로라도 자기가 예쁘다는 걸 잘 알고 있다. 너무 좁지도 넓지도 않고 적당히 볼록한 이마. 가늘고 길어서 동양적인 은밀함을 상상하게 하는 눈. 맹세코 자연산인 날렵한 콧대에다 약간 가는 편이어서 은근하게 갈증과 조바심이 나게 하는 입술. 그리고 화룡점정인 턱 선은 어느 각도에서 보더라도 완전한 브이 라인이었다.

─벽에 기대봐. 표정은 사랑스럽게. 봄날 피는 꽃처럼.

오로라는 차가운 은빛 스틸 벽면에 기댔다. 생각보다 훨씬더 차가워서 깜짝 놀랐다. 맨다리에 와 닿는 스틸의 차가움이란 정신이 아찔할 정도였다.

─겨울에 봄 사진 찍는 거, 프로정신 없으면 못 하는 거 알지?

윤 실장이 렌즈를 통해 오로라의 표정을 읽은 모양이었다. 오로라는 얇은 핑크색 카디건에 노랑 체크무늬 미니스커트를 입고 십이 센티미터 굽의 플랫폼 힐을 신고 있다. 그리고 영하 오륙 도를 넘나드는 겨울이었다. 그러니까 누가 봐도 미친 짓이었다.

─자, 조금만 더 웃어봐. 그래, 오케이. 이 옷 엄청 나가겠다.

오로라는 이를 물고 웃었다. 윤 실장의 추임새는 확실히 피사체를 흥분하게 하는 데가 있다. 오로라는 윤 실장의 말에 자신감과 극한의 의지가 불쑥 솟아나는 기분이었다. 차디찬 바람이 맨다리를 휘감아 올라왔다. 추위와 긴장으로 소름이 돋은 다리가 점점 뻣뻣해지는 기분이었다. 오로라는 가지런한 이가 보이도록 더 크게 미소 지었다. 가슴을 내밀고 미니스커트 자락을 조금 더 끌어올리고. 몸매가 드러나도록 다리를 외로 꼬고. 예쁘게 사랑스럽게. 그리고 섹시하게. 나는 인형이다, 그러니까 추위도 모르고 한 자세로 계속 있을 수 있다……. 오로라는 계속 주문을 걸었다. 윤 실장이 숨도 쉬지 말라고 하면 오로라는 아마 그리할 것이다. 이 사진들이 나가면 옷은 엄청 팔리겠지. 사람들은 오로라를 보며 감탄과 부러움과 찬사를 쏟아낼 것이고, 오로라의 몸값은 더욱 올라갈 것이다. 오로라는 렌즈를 보고 웃으며 오로지 결과만 생각했다.

　—여기서 이러시면 안 됩니다.

　소리가 나는 쪽으로 돌아보니 블랙 에이프런을 세련되게 두른 한 남자가 단호한 표정으로 서 있었다. 양해를 구한다, 조금만 봐달라, 하면 영업방해니 촬영금지니 어쩌고저쩌고 하면서 말이 길어질 게 뻔했다.

　—죄송합니다.

　경험 많은 윤 실장이 먼저 카메라를 어깨에 메고 오로라를 잡아끌었다. 돌아서며 보니 벽면에 '사진 촬영 금지'라는 팻말이 붙어 있었다. 오로라와 윤 실장은 조금 더 내려가 다시 적당한 곳을 찾아보기로 했다. 커다란 옷가방은 당연한 듯 오로라가 꼈다. 하필 오늘처럼 추운 날 어시 계집애가 안 나왔다. 오로라는 어시스트로 일하는 계집애 엄마가 정말 뇌출혈로 입원했는지 알아봐야겠다고 마음먹었다.

—그런데 말예요.

—뭐?

윤 실장은 걸으면서 이미 찍은 사진을 점검하고 있었다. 고개도 들지 않고 입으로만 건성으로 대답했다.

—제 프로필요. 언제 찍어요?

—아, 그거? 요즘 좀 일이 밀렸는데. 왜, 급해?

윤 실장은 이 바닥에서 잘나가는 포토그래퍼다. 삼 년 전쯤 한류스타 연예인을 찍은 광고사진이 국제사진대회에서 상을 받았었다. 윤 실장의 사진 속 한류스타는 잔뜩 찡그린 표정으로 어딘가 먼 곳을 바라보면서 담배를 피우고 있었다. 결이 곱게 살아난 주름과 담배 연기에 살짝 가려져 몽환적으로 보이는 눈빛이 압도적이었다. 이후 윤 실장은 방송 프로그램에 종종 출연했고 몸값은 더 비싸졌다. 그런 이유로 윤 실장은 들으면 입이 벌어질 만한 액수에 쇼핑몰 섹시 프린세스와 계약했다는 소문이다.

섹시 프린세스로부터 모델 제의가 온 건 오로라가 성형을 주제로 한 방송 프로그램에 출연한 후 유명세를 타기 시작했을 때였다. 비포와 애프터를 적나라하게 보여준 오로라의 성형은 그 드라마틱한 변화에 열광한 사람들 덕분에 최고 시청

률을 기록했고, 오로라는 순식간에 성형계의 살아 있는 신화 대접을 받게 되었다. 이후 오로라는 성공한 인생역전의 사례로 꼽히며 각종 인터뷰와 방송 출연으로 바쁜 시간을 보내고 있었다.

징. 지이잉. 백 속에 들어 있던 핸드폰이 울렸다. 오로라는 추위로 곱은 손가락으로 문자 창을 열었다. '저녁 여섯시. 잊지 않았죠? 박 피디.' 그럴 리가. 오로라는 '물론이죠. 이따 뵐게요.'라고 쓴 뒤 미소 짓는 이모티콘도 잊지 않고 붙였다.

─네. 좀 급한데.

오로라는 핸드폰을 도로 백 속에 넣으며 윤 실장을 재촉했다. 오늘 박 피디를 만나 얘기만 잘되면 오로라는 대표 성형미인으로 방송에 데뷔하게 될 것이다. 그러면 간지나는 프로필 사진이 꼭 필요하다. 오로라는 벌써 한 달 가까이 기다리고 있는 중이다. 윤 실장이 제시한 엄청난 금액보다 윤 실장의 스케줄이 더 문제였다. 몇 달 치 월급 날아가는 정도야 다시 벌면 되니까. 예쁜 옷 입고 예쁘게 웃으면 찬사와 돈이 저절로 생기는 날들이잖은가.

─알았어. 주말에 시간 내볼게. 그보다 오늘 다 끝내자구. 내일은 화보 찍으러 홍콩 가야 돼.

얼마 전 티브이에서 봤다. 한류스타 톱 여배우와 윤 실장의 만남이 벌써부터 기대되는 화보라는 내용이 한 연예 프로그램에서 나왔다. 오로라는 티브이 화면을 보며 자신과 그 여배우 중 누가 더 예쁜지 생각해보았다. 그리고 여배우가 했던 유명 대사를 중얼거려보았다. 극 중 애인이 못생긴 여자와 바람나 도망간 장면이었다. "내가 왜 버림을 받아야 하죠? 그에게 예쁘게 보이려고 온종일 노력한 죄밖에 없어요." 왠지 여배우보다 훨씬 더 잘하는 것 같았다.

오로라는 무거운 옷가방을 메고 차가운 가로수 길을 걸으며 속으로 중얼거렸다. "내가 왜 버림을……."

— 저, 티브이에 나오신 분 맞죠? 그 성형 미인…….

오로라는 옅은 미소와 함께 고개를 끄덕였다.

— 꺅. 맞구나. 거봐, 내 말이 맞잖아. 언니 너무 예뻐요.

안다. 오로라는 속으로 대꾸했다. 네댓 명의 못생긴 여자들이 저희들끼리 좋아라 소곤대고 손뼉 치고 깔깔거리더니 현미경을 들이대듯 오로라를 뚫어져라 쳐다보았다.

— 사인 좀 해주세요. 언니 완전 대박이에요.

오로라는 시린 손을 호호 불어가며 사인을 했다. 더 많은 사람들이 오로라를 둘러싸고 모여들었다. 사람들은 오로라를 쳐다보며 저마다 찬사와 탄식의 한숨을 뱉어냈다. 사람들의 눈이 일제히 오로라에게 향해 있었다. 오로라는 발바닥이 간지러운 기분이었다. 간지럼은 다리를 타고 올라가더니 등허리를 차갑게 훑고 지나 정수리 꼭대기까지 이르렀다. 급기야 온몸이 근질거리는 기분이었다. 벌레가 기어가는 것 같기도 하고 누군가 솜털로 쉼 없이 간질이는 것 같기도 했다. 추웠지만 춥지 않은 순간이었다. 기분이 좋았고 흥분됐다. 그리고, 당연한 일이었다.

휘리릭, 대여섯 장의 사인을 뿌리고 돌아서는데 옆 건물 스무디킹에서 유니폼을 입은 여자애 하나가 나와 사인을 요청했다. 아무렴, 해주고말고. 오로라는 푸석한 머리칼에 짝눈, 주저앉은 코에 사각턱의 못생긴 여자애를 마치 비타민을 먹는 기분으로 쳐다보았다.

—저도…… 열심히 돈 벌어서 꼭 성형할래요. 언니처럼 예뻐지고 싶어요.

오로라는 여자애를 위아래로 훑어보았다. 그러고는 속으로 낮은 한숨을 뱉었다. 이 여자애는 아마 평생 저대로 살아야 할 것이다. 남들 음료수 수발이나 들면서 언제 돈 모아 성형을 하겠는가. 행운은 아무에게나 오는 것이 아니다. 오로라는 겉으로 입가에 위로의 미소를 지어 보였다.

—응원할게요.

윤 실장이 오로라를 잡아끌었다. 돌아서는데 갑자기 턱관절이 시리면서 아픈 느낌이 들었다.

—그쯤 하고, 마저 찍자고. 의상 좀 갈아입고 와봐.

사람들이 돌아가면서 자꾸 오로라를 힐끔거렸다. 오로라는 턱을 만지면서 옷가방을 들고 근처 화장실로 들어갔다. 좁은 화장실에서 옷을 갈아입는 건 아직도 익숙하지 않아 하마터면 변기 속에 노랑 미니스커트를 빠트릴 뻔했다. 오로라는 서둘러 가죽 소재 핫팬츠에 무릎까지 올라오는 부츠를 신고 나왔다. 나오기 전에 거울을 보았다. 여전히 예뻤고 턱 선 또한 완벽했다. 오로라는 시리고 아픈 턱을 마사지해주었다.

지중해 느낌이 나는 하얀 건물을 배경으로 다시 사진을 찍기 시작했다. 어느새 짧은 겨울 해가 기울어지기 시작했다. 윤 실장은 야외촬영은 자연광이 생명이라면서 서둘렀다. 오로라의 다리는 점점 더 추위에 힘을 잃어가는 듯했다. 윤 실장이 사라져가는 햇살을 잠깐 올려다보고는 더욱 목소리를 높였다.

―입술은 살짝 벌리고, 가슴은 더 내밀고, 윗단추 하나 더 풀고, 섹시하게. 그렇지, 아주 좋아.

맞은편 건물 벽에 달린 시계는 벌써 다섯시가 넘어가고 있었다. 박 피디와 약속에 늦으면 안 되는데. 오로라는 조바심이 나기 시작했다.

―몇 장만 더 찍자. 끝내고 나도 화보 때문에 회의 가야 돼.

윤 실장의 손가락 움직임이 빨라졌다. 찰칵. 찰칵. 오로라는 마지막 힘을 내어 추위와 부동자세를 견뎠다.

―끝. 수고했어.

윤 실장은 카메라를 가방에 챙겨 넣으면서 오로라에게 인사했다.

―주말에 꼭 제 프로필 찍는 거죠?

―그래. 그런데 어쩌지? 회의 시간에 늦어서 데려다 주기

어렵겠는데. 반대 방향이라며.

오로라는 커다란 옷가방과 자신의 맨다리를 번갈아 바라보았다.

—할 수 없죠. 먼저 가세요.

윤 실장은 그래 그럼, 하더니 가버렸다. 오로라는 속으로어시 계집애를 욕하면서 옷가방을 메고 혼자 가로수 길을 걷기 시작했다. 벌써 다섯시가 넘었다. 서둘러야 했다. 핫팬츠차림 그대로 외투만 걸치고 지하철역으로 향했다. 후둑, 갑자기 비가 쏟아지기 시작했다. 그러므로 오로라는 뛰어야 했다.헤어 세팅기로 말아놓은 웨이브가 금세 풀려 늘어졌다.

지하철역으로 들어섰을 때 오로라는 벌벌 떨고 있었다. 젖은 어깨를 움츠리고 머리카락의 물을 털었다. 계단을 내려가려는데 쥐가 난 오른쪽 다리가 말을 듣지 않았다. 십 센티미터가 넘는 힐을 신고 종일 추위와 긴장에 시달렸기 때문이었다. 오로라는 옷가방을 바닥에 내려놓고 계단의 난간을 붙잡고 다리를 주물렀다. 지나는 사람들이 알아볼까 봐 고개는 바닥으로 떨구었다. 한참을 주무르고 나자 간신히 앙감질로 걸을 만했다. 높은 힐을 신고 한쪽 발로 걷자니 다리가 부러질것 같았다.

오로라는 옷을 갈아입기 위해 먼저 화장실로 들어갔다. 비때문인지 바닥은 질척하고 더러웠으며 냄새나는 변기 주변에는 쓰고 버린 휴지가 넘쳐났다. 피 묻은 생리대가 펼쳐진 채 벌러덩 바닥에 누워 있었다. 오로라는 코를 막고 눈을 돌렸다. 옷을 갈아입고 나온 오로라는 거울을 보았다. 젖은 머리칼의 웨이브가 형편없었다. 징. 지징. 핸드폰이 울었다.

―여보세요.

오로라의 목소리가 화장실 타일 벽을 타고 웅웅 울렸다.

―네, 그런데요.

대걸레를 든 늙은 여자가 들어와 오로라더러 비키라고 했다. 오로라는 늙은 여자의 손이 몸에 닿지 않도록 조심하면서 옆으로 비켜섰다.

―아, 보그 코리아요? 네, 알아요.

대걸레를 벽에 세워둔 늙은 여자가 가득 찬 쓰레기통을 들고 나왔다. 오로라는 쓰레기통이 엎어지면 어쩌나 걱정스러운 눈길로 늙은 여자의 행동을 지켜보았다.

―인터뷰요? 네, 그때 괜찮아요. 그럼, 거기서 뵙겠습니다.

이달 들어 벌써 네 번째 인터뷰다. 오로라는 핸드폰에 꼼꼼하게 메모해두고 돌아섰다. 악. 돌아서려다 말고 짧은 비명을 내질렀다. 대걸레를 든 늙은 여자가 오로라의 발치를 마구 걸레질해버린 것이었다. 캐멀색 양가죽 부츠에 금세 물기가 흉하게 번졌다.

―조심하셔야지요.

오로라는 구겨진 인상으로 늙은 여자를 타박했다. 늙은 여자는 힐끗 오로라를 보고는 대꾸 없이 대걸레를 들고 나가버렸다. 오로라는 얼른 휴지를 뜯어 젖은 부츠를 꾹꾹 눌러 물기를 닦아냈다. 그러고는 다시 거울을 보며 화장을 고쳤다. 다행히 피부는 촉촉하고 매끈하며 윤기가 났다. 역시 어젯밤에 한 돼지껍데기 팩이 탁월한 선택이었다.

　오로라는 어제 한 케이블 방송사의 인터뷰를 마치고 돌아가는 길에 정육점에 들러 돼지껍데기를 샀었다. 인터뷰 도중 연예인들이 많이 하는 팩이라는 말을 듣고 박 피디와의 약속을 떠올리면서 해봐야겠다고 생각한 참이었다. 이천 원어치 돼지껍데기는 그 양이 꽤 많았다. 집에 와서 저녁을 먹기도 전에 먼저 돼지껍데기를 손질했다. 껍데기를 담아온 스티로폼 팩을 버리려는데 쓰레기통이 꽉 차 하는 수 없이 그냥 바닥에 던져두었다. 바닥에는 이미 컵라면 용기, 빵 봉지, 과자 부스러기 등이 넘쳐났다.

　오로라는 수돗물에 돼지껍데기를 바락바락 씻다가 하마터면 토할 뻔했다. 느물거리는 껍데기를 만지는데 내 피부도 벗겨내면 이런 느낌일까 싶었다. 간간이 붙어 있는 비곗덩이와 붉은 살점들을 일일이 칼로 다 떼어낸 다음 껍데기에 남아 있는 털을 면도기로 밀었다. 악. 깎여나간 털이 손등에 올라붙어 오로라는 짧은 비명을 질렀다. 그 혐오스러운 비주얼만으로도 구역질이 올라왔지만 그것보다 더 참기 어려운 건 냄새였다. 창문을 있는 대로 열고 환풍기 팬도 돌렸지만 끓는 물에서 삶아져가는 돼지껍데기 냄새는 오로라의 위장을 마구 헤집고 들쑤셨다. 돼지 누린내가 그토록 역겨운 것인지 미처 몰랐었다. 웩. 웩. 끝내 참지 못한 오로라는 변기 앞에 무릎 꿇었다. 위장에 남아 있던 것들이 모조리 식도를 타고 올라오고 나서도 노란 위액까지 넘어왔다. 다 토했는데도 계속 구역질이 느껴졌다. 정말이지 대단한 냄새였다. 한동안 돼지고기는 못 먹을 것 같은 기분이었다.

이런 짓까지 해야 되나 싶었다. 하지만 수많은 연예인들이 이렇게 해서 예뻐졌다지 않은가. 오로라는 꾹 참으며 결과만 상상하기로 했다. 창문을 다 열고, 방 안에서 파카를 입고, 기다리기를 한 시간. 어느새 돼지껍데기는 젤리처럼 흐물흐물해지고 냄비 속에는 누런 기름이 둥둥 떠다녔다. 오로라는 코를 막은 채 삶은 껍데기를 믹서에 넣고 갈았다. 반죽의 형태가 되어 나온 돼지껍데기를 얼굴에 발랐다. 바르는 내내 코를 막고 입으로만 숨을 쉬었다. 냄새의 위력은 한 시간이 지났는데도 창문을 닫을 수 없을 정도였다. 얼굴에 다 발랐는데도 팩이 남아 어쩔까 생각하다 발에 바르기로 했다. 오로라는 바닥에 쪼그리고 앉아 돼지껍데기 팩을 발에 발랐다. 어쩌면 내일 밤, 누군가의 손길이 발에 닿을 수도 있는 일이라고 생각했다. 허연 돼지껍데기 팩을 발등과 뒤꿈치에 바른 뒤 뒤꿈치를 들고 발가락에 힘을 주어 걸었다.

팩이 마르는 동안 인터넷으로 인터뷰 방송의 반응을 살펴

보기로 했다. 징. 지잉. 핸드폰이었다. 막 인터넷을 열고 댓글을 확인하려는 순간이었다. 문자 창을 열자마자 오로라는 방 안을 둘러보았다. 혼자란 걸 알면서도 본능적으로 누군가 엿보고 있지 않을까 두려웠다. 방 안은 역시나 텅 비어 있었고 다만 낡아빠진 수건이 바닥에 나뒹굴고 꾸깃한 이불이 침대 위에 뭉쳐 있을 뿐이었다. 다시 핸드폰을 들여다본 오로라는 한숨을 내쉬었다. 사진이었다.

사진 속 오로라는 커다란 거울 앞에서 막 검은 드레스의 한쪽 끈을 어깨 위로 추스르며 입고 있는 중이었다. 거울 앞에서 조도 낮은 조명을 받고 있는 오로라의 한쪽 어깨가 드러나 있었다. 하얗고 매끈한 오로라의 등에 조명이 고운 결을 이루며 굴곡을 따라 흘렀다. 누가 봐도 비밀스러운 장소에서 은밀한 관계의 누군가가 옷을 입고 있는 오로라를 찍은 거라고 생각할 만한 사진이었다. 사진 밑에는 '이 사진이 공개되면 어떻게 될까?'라는 멘트가 달려 있었다.

한 달 전쯤 찍힌 사진이었다. 그날따라 스케줄이 꼬인 윤 실장이 못 오고 대신 윤 실장 후배라는 사람이 왔었다. 크리스마스와 연말 파티복 촬영을 위해 근교의 부티크 모텔을 빌려 방 안과 침대 위에서 찍는 콘셉트였다. 어시 계집애가 화장실 간 사이 오로라는 다른 방에 들어가 다음 옷을 갈아입고 있는 중이었다. 방문이 열려 있었는지 몰랐다. 어쩌면 놈이 소리 없이 열고 들어온 건지도 모를 일이었다. 아무튼 오로라가 알아챘을 땐 이미 놈이 사진을 찍은 후였다. 오로라는 그 자리에서 삭제를 요구했고 사진이 지워지는 걸 눈으로 확인했다.

그런데 며칠 뒤, 놈에게서 연락이 오기 시작했다. 삭제된 줄 알았던 사진도 함께 보내왔다. 아름다운 피사체를 찍어 작품으로 남기고 싶다, 그냥 보고 싶다, 온종일 네 생각만 난다, 나는 다만 예술작품으로 너를 보는 거다, 난 네가 마음에 든다……. 놈은 쉬지 않고 전화하고, 문자 보내고, 메일을 띄웠다. 심지어 집 앞에서 얼쩡대고 있는 놈을 발견하고 동네 찜질방에서 잔 적도 있었다. 게다가 알고 보니 놈은 이렇다 할 경력도 없는 아마추어 사진가라 했다. 양쪽 귀와 눈썹에 피어싱을 세 개나 매달고 블랙 가죽바지에 포니테일로 머리를 묶고 나타났을 때부터 경계했어야 할 인물이었다. 무시하기엔 사진이 맘에 걸렸고 그렇다고 놈을 만나줄 수도 없는 노릇이었다. 어쩔까, 오로라는 고민했다. 그러다 일단 박 피디를 만나고 일이 되어가는 걸 지켜본 뒤, 스토커로 경찰에 신고하자고 마음먹었다. 잘하면 방송에 데뷔하자마자 검색어 순위에 올라갈 묘수가 될지도 모를 일이었다. 오로라는 놈이 보낸 문자들을 버리지 않고 저장해두었다.

턱에 또다시 시린 느낌이 온 건 막 인터넷을 열고 '현대 의술의 힘이란 이런 거구나!'라는 댓글을 확인한 순간이었다. 턱관절부터 시작된 시린 느낌이 뼛속까지 번지더니 급기야 하관 전체가 쿡쿡 쑤시기 시작했다. 놀란 오로라는 까치발로 거울 앞에 가 섰다. 핏기 없이 허연 수의를 덮은 듯한 얼굴이 거기 있었다. 어느새 팩이 말라붙어 있었다. 우선 팩을 뜯어냈다. 마치 내 피부를 뜯어내는 듯 팩은 얼굴에 들러붙어 잘 떨어지지 않았다. 팩을 떼고 난 뒤 턱부터 살폈다. 좌우를 꼼꼼하게 들여다보고 손으로 만져보기도 했지만 아무 이상이 없었다. 오로라는 아픈 느낌이 사라질 때까지 턱을 부드럽게 마사지해주었다.

배가 고팠다. 밥통을 열어보니 쉰밥에 곰팡이가 피어 있었다. 오로라는 컵라면을 꺼내 끓는 물을 붓고 냉장고에서 김치통을 꺼냈다. 쉬어빠진 김치에도 허옇게 곰팡이가 올라 있었다. 오로라는 컵라면만을 들고 컴퓨터 앞에 앉았다. 라면을 먹으며 댓글을 살폈다. 역시 끝이 안 보이게 댓글이 달려 있었다. '미모는 역시 타고나는 게 아니다, 만들어지는 것이다.' '인생이 한순간에 저렇게 바뀌다니, 로또 맞은 거다.' '아, 행운은 어떻게 생겼을까. 왜 내겐 저런 행운이 오지 않는 걸까.' '님을 보니 용기가 생깁니다. 저도 결코 인생 포기하지 않겠습니다.' '저, 수술하신 병원이 어딘지 알려주실 수 있나요?' 오로라는 댓글을 읽으며 어깨를 약간 으쓱했다. 모니터에 눈을 박고 라면을 먹다가 하마터면 쏟을 뻔했다. 악성댓글도 만만치 않게 달려 있었다. '인조인간, 나대지 마라.' '재수 없는 년, 너의 턱주가리에서 고름 썩는 냄새가 진동한다.' '루키즘을 부추기는 성형 열풍은 우리 스스로 자제해야 되지 않을까요?' '네년 가랑이에 한번 박아보고 싶다.' 오로라는 온갖 악플을 보면서 코웃음 쳤다. 그건 못생긴 사람들이 열등감을 드러내는 질 낮은 표현일 뿐이다. 그리고 지금 나는 예쁘다. 오로라에겐 이것만이 중요하고 유일한 진실이었다.

프랑스 레스토랑 더 파리스는 입구부터 세련되고 고급스러웠다. 오로라는 호흡을 가다듬고 이런 곳이 낯선 티를 내지 않기 위해 천천히 입구 쪽으로 걸어갔다. 비 맞아 늘어진 웨이브가 신경 쓰였다.

─예약하셨습니까?

깔끔한 정장 차림의 중년 사내가 정중한 말투로 물었다. 박 피디 이름을 대자 사내는 지체 없이 오로라를 안으로 안내했다. 오로라는 고풍스럽고 세련된 실내장식에 알 수 없는 은은한 향기가 나는 실내를 두리번거리지 않으려고 노력했다. 질 좋은 양탄자가 깔린 바닥은 발소리를 조용하게 빨아들였다.

─이쪽입니다.

사내를 따라가보니 가장 안쪽 자리에 박 피디가 이미 와 있었다.

─오셨습니다.

중년 사내는 박 피디와 잘 아는 사이인 듯했다. 그걸로 준비해줘요, 라는 박 피디의 말에 오늘도 레어로 구울까요? 라고 묻고는 고개를 끄덕이는 박 피디를 향해 인사하고 돌아섰다.

—어서 와요.

오로라는 가볍게 목 인사를 한 뒤, 중년 사내가 빼준 맞은
편 의자에 앉았다. 통유리 창밖으로는 시내의 화려한 야경이
내려다보였다. 박 피디가 미소 지으며 오로라를 쳐다보았다.
오로라를 아래위로 훑는 박 피디의 시선에 오히려 긴장이 풀
리는 기분이었다. 박 피디가 자신의 속내를 감추지 않으므로
조율의 줄다리기가 어쩌면 생각보다 쉽게 끝날 수도 있겠다
고 생각했다.

—내가 알아서 주문했는데, 괜찮겠어요?

—네.

오로라는 짧게 대답하고 길게 미소 지었다. 다행히 박 피
디는 훌렁 벗겨지고 있는 정수리를 빼면 못 봐줄 정도는 아
니었다.

—제 방송 출연을 계획하고 계시다고요?

—왜 이리 급한가. 밥 먹고 천천히 술도 한잔하면서 얘기
하자고.

박 피디는 자연스럽게 말을 놨다. 상관없었다. 어차피 이
밤이 가기 전에 받아야 할 약속만 챙기면 되는 거니까. 오로
라는 나오기 전에 여분의 핸드폰 배터리도 챙기는 걸 잊지 않
았다. 오늘 밤 찍고 녹음하게 될 모든 것은 오로라의 화려한
내일을 위한 담보물이 될 것이다.

—이건 무슨 샴페인이에요?

샴페인으로 건배하고 난 뒤, 박 피디는 오로라 쪽으로 몸을 깊숙이 숙였다. 스파클링 샴페인은 달콤하고 톡 쏘는 맛이었다. 통유리창에 오로라의 얼굴이 이중으로 비쳤다.

—샴페인이 아니고 키르 로얄이란 거야. 식욕을 자극하는 음료라는 뜻이지. 혀를 준비시키기 위해…….

다시 마신 키르 로얄은 어쩐지 목구멍에 걸리는 기분이었다.

—프랑스 요리가 관능적이라는 말은 들어봤나?

—아니요.

프랑스 코스 요리를 먹는 건 연인과 나누는 황홀한 사랑과 같은 것이다, 프랑스 요리는 섹스와 연결시켜 관능적인 맛을 추구한다, 어쩌고저쩌고하면서 박 피디는 오로라와 프랑스 요리가 잘 어울릴 거라고 말했다. 박 피디는 쉼 없이 요리에 대해 주절거렸다. 오로라는 먼저 전채 요리로 '에스카르고'라고 하는 달팽이를 먹을 것이다. 이어 '콩소메'라는 수프를 먹게 될 것이다. 콩소메는 소꼬리에 야채를 넣어 만든 수프인데 박 피디는 콩소메를 먹을 때마다 마치 혀가 처녀막에 닿는 야릇한 기분이 들었다고 했다. 그리고 메인으로는 민트 젤리를 바른 양갈비 구이가 나오게 되는데 그건 마치 여자의 혓바닥처럼 부드럽고 감미로운 맛이 난단다.

징. 지잉. 네, 아 그렇군요. 빨리 먹어보고 싶네요, 라면서 시답잖은 박 피디 말에 장단 맞추고 있는데 핸드폰이 울었다. 모르는 번호였다. 새로운 스케줄 때문인지 몰라 박 피디에게

양해를 구하고 전화를 받았다. 박 피디는 벌써 취했는지 발간 얼굴로 느물거리면서 고개를 끄덕였다.

—여보세요.

놈이었다. 벌써 세 번째 바뀐 번호였다.

—오늘 그놈이랑 자면 내 손에 죽을 줄 알아.

—경찰에 신고할 거야.

오로라는 거칠게 소리 지르고 전화를 끊었다. 무슨 전환데, 하면서 박 피디가 참견했다.

—스토커예요. 벌써 한 달째예요.

아무 일도 아니라고 할까 하다가 박 피디에게 말했다. 그랬더니 역시 당장 신고해. 아니, 조금만 기다려봐. 방송 데뷔하면 경찰에 신고하자고. 이슈가 되면 인지도 올라가는 데 큰 도움될 거야, 라고 했다.

—고마워요. 박 피디님만 믿을게요.

오로라가 키르 로얄 잔을 들고 건배를 청하자 박 피디가 건배 대신 살짝 오로라의 손을 잡았다. 오소소, 몸에 소름이 돋았다. 오로라는 박 피디의 손길 때문이라고 생각했다. 그런데 아니었다. 턱의 통증 때문이었다. 왜 자꾸 턱이 아픈 거지? 오로라는 이해할 수 없어 불안했다. 중년 사내가 요리 접시를 들고 다가왔다. 접시 위에는 소스에 빠진 달팽이 세 마리가 둥글게, 둥글게 모여 있었다. 고소하고 기름진 버터 향이 풍겼다. 오로라는 표 나지 않게 턱을 살살 문질렀다. 조금 나은 것 같기도 했다.

　—먹어 봐. 맛이 아주 기가 막혀.

　박 피디가 먼저 스네일 포크를 사용해 능숙하게 달팽이 껍질 안에서 살을 빼내 입에 넣고 씹었다. 오로라는 박 피디의 움직임을 관찰한 뒤, 달팽이살 빼기에 도전했다. 잘 안됐다. 껍질은 접시 위에서 미끄럼을 탔고, 버터가 잔뜩 발린 살은 포크로 찍기가 쉽지 않았다. 손끝에 힘을 주고 눈을 모으고 집중하니 턱에 저도 모르게 힘이 들어갔다. 드디어 빠진 달팽이살을 들여다보았다. 짙은 고동색이 대변을 연상하게 해서 그런지 그다지 먹음직스럽지는 않았다. 오로라는 입을 벌리고, 달팽이살을 넣고, 씹었다.

　딱.

　살에 붙어 있던 달팽이 껍질을 씹었을 때였다. 오로라는 극심한 통증과 함께 하관이 허전해진 느낌이 들었다. 턱뼈가 빠지고 관절이 비틀린 것이었다. 오로라는 뭔가 잘못되었다고 생각했다.

　—왜 그래? 괜찮아?

　박 피디가 손에 스네일 포크를 든 채 깜짝 놀라 물었다.

　—*괘앤차안나요.*

　대답하는데 입가로 침이 주르르 흘렀다. 발음은 어버버 형편없이 뭉개졌다. 뭔가 커다란 문제가 생겼다. 통유리창에 비친 오로라의 옆얼굴이 불안하게 흔들리고 있었다. 레스토랑

에 있던 모든 사람들의 시선이 오로라를 향해 모여들었고, 박
피디가 의자에서 일어나 오로라 쪽으로 다가왔다. 오로라는
입을 다물려 했으나 비틀어진 턱이 서로 맞물리지 않았다. 뭐
라 더 말하려는데 입에서 나오는 소리는 말이 되지 못하고 으
으으, 하는 소리로 으깨졌다. 흐른 침이 달팽이 요리 접시 위
로 뚝 떨어졌다.

그 순간, 모든 것이 끝장나버렸다.

## 8pm on Mar. 20

교진은 편의점 옆 골목에 차를 세웠다. 건물과 건물 사이의 좁고 막다른 길이었다. 왼쪽으로는 다세대주택 몇 채가 이어져 있고 오른쪽으로 일층에 편의점이 이층에 호프집 바커스가 들어 있었다. 바커스 앞쪽과 다세대주택 건물의 외벽을 따라 아직 치우지 않은 쓰레기봉지들이 늘어서 있었다. 웨스턴 부츠를 신고 카우보이모자를 쓴 마네킹이 펼친 손을 바커스 쪽으로 향하고 있었다. 무슨 이유에서인지 영업을 쉬는 날인 모양이었다. 카우보이 마네킹의 손짓을 따라 올려다본 바커스는 불이 꺼져 있었다. 그렇다면 이 골목을 드나드는 사람은 많지 않을 것이다. 다세대주택 건물의 출입문은 반대편으로 나 있는 데다, 원래 이 골목은 바커스 때문이 아니라면 인적이 거의 없는 곳이었다.

　다행이라고 생각했다. 라이트를 끄고 시동을 죽였다. 백미러를 통해 뒤쪽의 대로 상황을 살폈다. 신호등마다 빨간불이 계속 점멸하고 있었고, 끝을 모르게 이어진 자동차들이 클랙슨을 울리며 아우성치고 있었다. 퇴근 시간대에 강남대로에서 교통신호가 고장 났으니 상황은 점점 더 심각해질 것이다. 교통경찰이 수신호로 차들을 뺀다 해도 시간은 꽤 걸릴 것이다. 교진은 상황이 정리된 다음에 나가야 한다고 생각했다. 괜히 저 아수라장에 끼었다가 어떤 식으로든 이목을 끌지도 모르는 일 아닌가. 혹시나 경찰과 시비라도 붙는다면……. 교진은 한숨을 내쉬며 고개를 가로저었다.

　교진은 긴장을 늦추지 않고 계속해서 도로 상황을 주시했다. 그러다 우연히 일층 편의점에 눈길이 쏠렸다. 어느새 완전히 어두워진 겨울밤이었다. 편의점의 유리벽 안에서 흘러나오는 환한 불빛이 따뜻해 보였다. 그 너머로 오로라가 눈에 들어왔다. 오로라는 담배를 정리해 진열장에 넣고 있었다. 출입문이 대로 쪽으로 향해 있어 교진 쪽에서는 오로라의 뒷모습이 보였다. 검정 고무줄로 대충 묶은 머리칼이 목덜미에 축 늘어져 있었다. 언제 감았는지 정수리가 기름기로 떡 진 게 가관이었다.

　문득 아까 녀석들이 했던 말이 떠올랐다. 주차관리실로 쓰는 컨테이너 박스에서 함께 일하는 녀석들과 저녁으로 삼겹살을 구워 먹고 있을 때였다. 길 건너 가라오케 탑에서 대리 주차 일을 하던 교진은 숙식을 컨테이너 박스에서 해결하는 처지였다. 대낮부터 어디서 일차를 걸쳤는지 같이 일하는 종현이 벌건 얼굴로 삼겹살과 소주를 들고 와 벌인 판이었다. 어쩐 일인지 종현은 어제와 똑같은 차림을 하고 있었다. 압구정 스타일이라는데 블랙 배기팬츠에 가죽 멜빵을 매고 머리는 포니테일로 묶은 데다 피어싱이 세 개 달려 있었다. 귀에 두 개, 눈썹 위에 한 개. 영업시간이 코앞이라서 교진은 종현이 소주를 두 병째 까는 걸 말리던 참이었다. 소주를 들이켜던 종현은 어딘지 불안한 눈빛으로 말리는 교진을 힐끔 쳐다보았다. 그러고는 입안에 삼겹살을 욱여넣고 있는 다른 녀석들을 향해 목청을 돋웠다.

　―야, 길 건너 편의점에 그 모자란 바보 말이야.

　―누구?

　―길 건너 편의점에 개 말야.

　―오로라?

　―걔 엉덩이 봤냐? 비쩍 말랐더니만 요즘 좀 퍼졌더라.

　―그래, 허벅지 살도 제법 올랐더라고.

　―못생기고 어버버한 게 정말 물건 아니냐? 심심한데 걔나 좀 갖고 놀까?

　녀석들이 종현의 말에 일제히 동작을 멈췄다. 불판 위에서 삼겹살 타들어가는 소리가 지글거렸다.

―언제? 어떻게?

녀석들의 얼굴에 화색이 돌았다. 술기운 때문인지 다른 이유에서인지 알 수 없었다.

―시골 동네 가면 정박아 계집애가 돌림빵 당하는 일이 많잖아. 무슨 가십을 봤더니 정박아가 임신해서 애를 낳았는데 아비가 누구냐니까 그냥 헤헤 웃더라는데? 머리에 꽃 꽂구?

키득키득. 녀석들이 소주를 입안에 털어 넣고 오로라를 안주 삼아 씹었다. 종현이 오늘 밤 어떠냐고 물으니까 녀석들이 킬킬거리면서 어차피 걔 새벽에 늘 혼자 있으니까 상관없지, 라며 이빨에 낀 고깃점을 빼내 바닥에 뱉었다. 안주가 과했는지 종현이 새 소주병을 또 깠다. 인상을 쓰는데 눈썹 위에 매달린 피어싱이 꿈틀거렸다. 교진은 말릴까 하다가 내버려두기로 했다. 매니저한테 한번 호되게 까여야 정신을 차릴 놈이라고 생각했다. 사진가가 꿈이라는데 종현이 찍은 사진은 본적이 없었다. 종현이 자꾸만 녀석들의 잔에 소주를 채웠다. 영업이나 제대로 할 수 있을지 걱정스러웠지만 교진이 말린다고 들을 놈들도 아니었다. 녀석들은 입안에 오로라를 넣고 돌려가며 씹고, 찧고, 까불었다. 교진은 잘 알지도 못하는 모자란 여자애쯤 상관할 바 아니라고 생각했었다.

경각에 달린 자신의 운명을 까맣게 모르는 오로라는 진열대 정리하는 일에 열심이었다. 담배 정리를 다 끝냈는지 이번에는 매대에 컵라면을 가져다 층층이 쌓고 있었다. 후줄근한 남방셔츠로 가린 탓에 엉덩이의 상태를 확인할 수는 없었다. 교진은 밭은 숨을 내쉬었다. 오로라 때문이 아니라 긴장감 때문이었다. 오로라 따위는 알 바 아니라고 생각했다. 정작 자신의 운명이 어찌 될지 교진은 불안하기만 했다. 그는 이제 막 도망 길에 오른 신세였다. 거기에다 조금 전에 H의 죽음을 목격하지 않았는가. 그건 전혀 예상치 못한 일이었다.

매니저 오기 전에 알코올 기를 빼야 한다며 녀석들이 사우나로 몰려간 뒤, 교진은 컨테이너에 남아 뒷정리를 했었다. 컨테이너 안은 한쪽에 침대 겸용 소파가 늘어져 있고 맞은편 선반 위에 구식 14인치 티브이가 놓여 있었다. 선반 밑에는 잘 개켜놓은 이불이 놓여 있는데, 그건 교진이 잘 때 사용하는 것이었다. 소파 위에 걸린 보드에는 수십 개의 키 걸이가 붙어 있고, 그 옆으로는 옷걸이가 서 있었다. 중앙에 놓인 낡은 원목 테이블 밑에는 소주병들과 1.8리터들이 생수통들이 뒹굴었고, 테이블 위에는 휴대용 가스레인지도 치우지 않은 채였다. 편의점 비닐봉지에 찢어진 상추며 반쯤 먹다 던진 고추며 마늘, 그리고 불판 위에 남은 고깃점들을 쓸어 담았다. 남은 김치는 도로 냉장고에 넣어둘까 하다 김치 위에 탄 삼겹살 한 점이 올라 붙은 걸 보고 그대로 비닐봉지 안으로 쏟아부었다. 물티슈를 뽑아 테이블 위를 닦는데 나뭇결이 일어난 테이블에 김치 국물이 배 들어 닦이지 않았다. 교진은 새끼손

가락에 물티슈를 감아 들뜬 나뭇결 사이사이를 꼼꼼하게 닦
았다. 구석에 한 번 쓰고 던져버린 종이컵이며 구겨진 휴지
따위가 여기저기 널브러져 있었다. 교진이 틈날 때마다 치우
는데도 늘 이런 식이다. 녀석들에게 단단히 주의를 줘야겠다
고 생각하면서 바닥까지 깨끗하게 청소하고 가득 찬 쓰레기
통까지 들고 나왔다. 컨테이너 출입문은 냄새가 빠지도록 열
어두었다. 컨테이너 뒤쪽에 쓰레기통으로 쓰는 드럼통 두 개
가 나란히 붙어 서 있었다.

　―안녕하쇼?

　교진이 돌아보자 뒤 블록 감자탕집 사장이 알은체를 했다.
육십대 노인인 사장은 다리에 피부 발진이 심해 늘 이 시간이
면 반바지를 입고 나와 거리를 산책하곤 했다. 가려움과 차가
운 저녁 바람을 맞바꾼 탓에 노인의 다리는 심하게 터서 살비
듬이 허옇게 붙어 있었다. 군데군데 고름이 터져 붙은 딱지가
검붉었다. 여기저기 참견이 많은 사람이었다. 피부 발진이 아
니었다면 삼겹살 먹는 데도 끼었을 사람이었다. 교진은 고개
를 숙여 어색하게 인사하고 별 대꾸 없이 쓰레기통으로 돌아
섰다. 노인은 잿빛 공기를 들이마시면서 주차장을 한 바퀴 돌
고 건물 앞쪽으로 사라졌다.

　멀리서 잔뜩 웅크린 흰점이가 이쪽을 노려보고 있었다. 이
근처를 어슬렁거리는 길고양이인데 코 옆에 뿌연 얼룩이 있
어 교진이 흰점이라고 이름 붙인 녀석이었다. 흰점이는 이맘

때쯤 지는 해를 등지고 나타나곤 했었다. 교진이 들고 나온 봉지를 노려보던 흰점이는 고기 냄새를 맡았는지 코를 벌름거렸다. 몇 달을 봐왔지만 흰점이는 여전히 교진에 대한 경계를 풀지 않았다. 교진은 흰점이에게 고깃점을 던져주지 않았다. 더 깊은 밤에 흰점이는 드럼통 안으로 뛰어들어 쓰레기봉지를 헤집고는 된장 고린내가 범벅된 고깃점을 물고 어디론가 숨어들 것이다. 교진이 H를 발견한 건 드럼통 뚜껑을 열고 막 쓰레기봉지를 던져 넣으려고 할 때였다.

던져 넣지 못했다.

드럼통에 들어갔어야 할 쓰레기봉지는 그대로 교진의 발밑에 쏟아졌다. 저도 모르게 입이 벌어지고 눈이 커진 교진은 그대로 굳어버렸다. 얼음. 겨울밤, 찬바람을 맞으며 교진은 얼음처럼 뻣뻣해졌다. 보이지 않는 수갑이 온몸을 꽉 죄는 기분이었다. 금세 가슴이 답답해졌다. 한동안 눈도 깜박이지 못했다. 기침이 나오기 시작했다. 그러나 기침을 제대로 하기에는 숨이 형편없이 모자란 기분이었다. 근육이 위축되고 개처럼 몸을 떨었다. 흰점이가 자세를 낮추고 기어와 쓰레기봉지에 발톱을 박아 넣었다. 내버려두었다. 흰점이의 꼬리가 교진의 종아리를 간질였다. 뻣뻣했다. 흰점이는 상추 잎이 들러붙은 고깃점을 물고 어두운 주차장 속으로 모습을 감췄다. 드럼통은 커다란 내용물로 꽉 차 있었다. 보고 있으므로 그것이 무엇인지 알았지만, 보고 있는 것이 맞는 건지 믿을 수가 없었다.

시체였다. 허리가 구부러져 이마와 무릎이 맞닿아 있는 시체는 짧은 치맛단 아래로 미끈한 다리가 드러나 있었다. 여자였다. 길게 늘어진 웨이브 머리는 헝클어졌고, 핫핑크 색이었던 원피스엔 과일 껍질과 땅콩 부스러기, 라면 가닥들이 뒤덮여 있었다. 교진은 무릎 사이로 드러난 얼굴을 내려다보았다. 정수리에서부터 흘러내린 피가 엉겨 줄무늬를 그리고 있었다. 비명을 지르듯 벌어진 시체의 입안에 바나나 껍질이 걸쳐져 있었다. 그리고 얼굴의 반쪽이 날아가고 없었다. 마치 억센 송곳니에 물어뜯긴 것처럼 살점이 헤집어져 너덜거렸다. 흰점이가 떠올랐지만 고개를 저었다. 훨씬 더 센 놈이거나 여자에 대한 팽팽한 적의를 주체하지 못한 놈일 거라 생각했다.

교진도 아는 여자였다. 어젯밤 가게를 찾아온 손님이었고, 교진이 대리주차를 해주었다. 여배우 H. 한때 가장 섹시한 여배우로 활동했으나 더 젊고 섹시한 후배들에게 밀려 지금은 공식적으로 얼굴을 보기 어려워진 여배우였다. H는 영업시간이 끝난 새벽 세시가 넘어서 중년 남자와 함께 내려왔다. 남자는 팽팽하고 윤기 있는 피부에 고급 향수 냄새를 풍겼다. 영업시간이 끝나 컨테이너에서 숙식을 해결하는 교진 말고는 대리주차 직원들이 모두 퇴근한 때였다. 주차장에는 H와 남자의 차 두 대만 남아 있었다. H는 남자의 팔 안에서 취한 숨결을 가쁘게 내뱉었다. 남자와 함께 벤츠에 오르려다 말고 아, 내 핸드폰, 이라며 그 품에서 빠져나왔다. H는 교진이 내민 차 키를 뺏듯이 낚아챘다.

―없네?

취해 제 뜻대로 조절이 안 되는 억양이었다. H의 목소리는 이유 없이 높아졌다. 엉덩이를 하늘로 추켜올린 채 머리만 집어넣어 자신의 차 안을 살피고 나온 H는 못마땅한 듯 투덜댔다. 과도한 엉덩이의 탄력에 못 이겨 말려 올라간 치맛단이 내려오지 못하고 엉덩이에서 주름져 있었다.

―룸에 두고 온 것 아냐?

급한 일이 있는지 남자의 목소리에 짜증이 섞여 있었다.

―분명히 아까 가게로 올라가기 전에 여기 기어박스 앞에 있는 걸 확인했다니까.

H가 여기, 라며 허공에 대고 손가락을 치켜세웠다. 남자의 벤츠를 운전하기 위해 대기 중이던 대리기사가 곁눈질로 H의 엉덩이를 훑었다. 남자가 서둘러 H의 치맛단을 내려주었다.

―나 안 취했어요.

H가 손바닥으로 제 치맛단을 탁탁 털었다. 볼륨 조절에 실패한 목소리는 순간적으로 데시벨이 튀었다. 바람도 자고 있는 고요한 새벽이었다.

어, 참, 이라며 남자가 H의 팔을 잡아끌었다.

―일단 가고 밝은 날 찾아보자고.

―놔봐요.

H는 단호하게 뿌리치면서 턱을 들어 올렸다. 내리깐 눈으로 H가 교진을 쨰려보았다. 어디선가 갑자기 찬바람이 불어 닥쳤다.

—어제 새로 산 건데. 아이폰 파이브. 알지? 백만 원이 넘는 거? 요즘 스마트폰 훔쳐 파는 게 유행이라던데.

엉거주춤 서 있던 교진은 영문을 몰랐다. H의 얼굴은 남자를 향해 있었으나 H의 말은 남자에게 한 것이라기엔 지나치게 짧았다. H의 입이 오물거렸다.

—아까 저 남자가 내 차 파킹했어요.

라며 남자에게 칭얼거렸다. 교진을 향해 손가락을 치켜들었다. 새벽이 깊었다. 모두가 잠자리에 드는 시간이었다. 그리고 교진은 피곤했다.

—뭐라구요? 지금 내가 훔치기라도 했다는 겁니까?

교진은 H의 손가락 끝을 노려보았다. 불쑥 튀어나온 목소리가 생각보다 커서 교진도 놀랐다. 밤공기가 차갑게 흔들렸다.

—그럼, 내가 거짓말이라도 하고 있다는 거야?

갈기갈기 찢어진 것처럼 날카로워진 목소리였다. H는 무엇을 밟고 싶었는지 연신 발을 굴렀다. 당황한 남자가 연신 헛기침을 해대며 H의 팔을 잡아끌었다.

—그걸 내가 어떻게 압니까?

H의 발끝을 내려다본 교진은 무릎까지 올라온 뱀피 무늬 부츠가 맘에 들지 않아 고개를 저었다. 뱀피 무늬 하이 부츠

는 취향의 문제이기도 하지만 동시에 가치의 문제이기도 하니까.

—당신 나 몰라? 내가 누군지 정말 모르겠어? 방송 한번 타볼래?

급기야 표정이 일그러진 H가 비틀걸음으로 교진에게 바싹 다가섰다. 일촉즉발의 상황이었다. 교진은 저도 모르게 뒷걸음질 쳤다. 안다. 그렇지. H이지. 만약 제대로 시비가 붙어 매스컴에라도 오르면 그만한 낭패도 없는 일이다. 나 여기 있소, 하고 광고하는 꼴일 테니 말이다. 교진은 호흡을 가다듬고 공중을 향해 긴 날숨을 뱉었다.

—내가 변상하겠습니다. 그러면 되는 거 아닙니까?

—당신 뭘 믿고?

H가 더욱 바짝 다가들었다. 향수와 알코올이 섞인 냄새가 훅 끼쳐 기분이 나빴지만 교진은 참기로 했다. 그걸 보고 기세가 등등해진 H가 더욱 소리를 높였다. 참다못한 남자가 나섰다.

—그깟 핸드폰이 뭐라고. 내가 또 사주면 되잖아?

—그게 아니라…….

남자가 H의 어깨를 안고 달랬다. 마치 아이를 다루듯 엉덩이도 톡톡 두들겼다. 그제야 H는 꼬리를 내렸다. 남자가 얼른 가자며 H를 잡아끌었다. H가 교진을 노려보면서 할 수 없다는 듯 남자를 따랐다. 가면서 단골집 바꿔야겠다, 경찰을 불렀어야 할 일이었다, 뭐 이따위 술집이 다 있느냐, 거기 우리 사진이 들어 있다, 하면서 주정을 했다. 우리 사진이 들어 있다는 말에 남자가 걸음을 멈췄다. 한참을 망설이던 남자가 교진을 돌아보았다. 무슨 말을 하려는가 싶더니 생각을 바꿨는지 휘청대는 H의 허리를 안고 차에 올라탔다. 일이 터질 거라면 이미 늦었는지도 모를 일이었다. 그리고 남자에게 비싼 변호사 비용 따위는 문제되지 않을 것이다. 대리기사가 시동을 걸고 벤츠는 곧 출발했다. 열린 창문으로 H의 가운뎃손가락이 불쑥 튀어나왔다.

그게 다였다.


발밑에 흰점이가 들쑤셔놓은 쓰레기들이 낭자했다. 김치 국물이 가는 골을 타고 컨테이너 박스 쪽으로 흘렀다. 신고를 해야겠지. 교진은 돌아서려다 말고 걸음을 멈췄다. 간밤의 시비가 맘에 걸렸다. H가 돌아가고 나서 컨테이너 박스에서 잤다는 증언을 확인해줄 사람도 없는 데다, 교진은 신용불량자다. 귀찮은 일들이 벌어질 게 뻔했다. 교진은 주차장 쪽을 돌아다보았다. 쓰러지듯 어둠이 내려 깔리고 길고 추운 밤이 시작되었다. 목에서 기침이 자꾸 솟았다.

말소리들이 차가운 밤공기를 뚫고 흘러왔다. 사우나에 갔던 녀석들이 한꺼번에 돌아오고 있었다. 이쪽으로 오다 말고 종현이 그 자리에 멈춰 섰다. 웬 놈이 종현을 붙들고 말을 걸

고 있었다. 놈의 대머리 정수리가 어둠 가운데서 반들거리며
빛났다. 교진은 본능적으로 길고양이처럼 촉을 세웠다. 예민
해진 몸의 세포들이 쭈뼛 섰다. 교진의 행방을 묻고 있을 게
틀림없었다.

놈이다!

뛰었다. 컨테이너 박스로 들어갔다. 지금이다. 지금이 아니
면 늦는다. 언젠가 벌어질 일이었지만 정말 여기까지 찾아올
줄 몰랐다. H의 시체 따위로 고민할 틈이 없었다. 교진은 빠
르게 움직였다. 머릿속에 입력해둔 순서대로였다. 입고 있던
야상 점퍼를 벗어두고 겨울용 파카를 입었다. 정수기 바닥 밑
에 감춰두었던 작은 종이봉투를 꺼내 가슴에 넣었다. 그리고
컨테이너 박스 안을 한 바퀴 둘러보았다. 남겨두었다 해서 다
시 생각날 만한 물건은 없었다. 떠나려다 말고 신발을 내려다
보았다. 낡은 아디다스 러닝화에 김치 국물과 된장 찌꺼기와
고양이털이 붙어 있었다. 어쩔까 고민하다 그대로 가기로 했
다. 적당한 곳에서 새 신발을 살 작정이었다. 혹시 몰라 간이
용 플라스틱 서랍장에서 두터운 겨울용 양말을 한 켤레 꺼내
주머니에 넣었다.

컨테이너 박스를 떠나기까지 채 일 분이 걸리지 않았다. 주
차장 반대쪽으로 가서 맞은편 모퉁이를 돌다 말고 멈춰 섰다.

중요한 게 생각났다. 기동력. 먼 길이 될 터였다. 그러자면 차가 필요했다. 어떡할까 생각하는데 종현이 힐끔 이쪽을 돌아보았다. 그러면서 큰 소리로 이철세에게 말했다.

—없다니까, 글쎄. 그럼, 그런 사람이 있는지 확인해보고 말씀드리죠.

여기서도 들릴 만큼 큰 목소리였다. 종현은 다른 놈에게 이철세를 떠맡긴 뒤 이쪽으로 다가왔다.

—형, 이거.

재빨리 컨테이너 박스에 들어갔다 온 종현의 손에 차 키가 들려 있었다. 어젯밤부터 벽에 걸려 있던 H의 차 키였다.

—어? 응. 고맙다.

평소 종현과 교진의 관계는 그저 직장동료일 뿐이었다. 교진은 종현이 일부러 와서 차 키까지 챙겨준 게 의아했지만 그런 걸 따질 때가 아니었다.

—저놈은 내가 맡을게.

하더니 종현이 금세 이철세를 향해 뛰어갔다. 교진은 생각할 틈도 없이 키를 들고 웅크린 자세로 H의 구형 소나타로 걸어갔다. H의 차라는 점이 걸렸지만 남아 있는 차가 그것뿐이었다. 차 밑바닥에서 흰점이가 후다닥 뛰어나와 도망쳤다. 바닥에 까맣게 탄 고깃점이 떨어져 있었다. 흰점이도 다만 집이 없기 때문에 늘 도망치는 것은 아닐 것이다. 키를 꽂고 시동을 걸었다. 부릉, 밤새 추운 겨울을 견딘 엔진이 깨어났다. 낡은 차라 그런지 휘발유 냄새가 훅 끼쳤다. 교진은 순간적으로 치민 구역질을 꿀꺽 삼키며 출발했다. 백미러에 드럼통이 보였다. 뻘건 녹이 떨어지고 있는 드럼통 밖으로 H의 발가락이 비죽 솟아 있었다. 발톱 위에 얹힌 검붉은 페디큐어가 선명했다. 뱀피 무늬 부츠는 보이지 않았다. 핏기 빠진 H의 발은 추위로 퍼렇게 얼어 있었다. 간밤의 헐거운 알리바이와 지금의 차량 탈취는 어떻게 엮일 것인가. 가속 페달을 밟는 교진의 발끝이 깊고 무거웠다.

경찰차의 사이렌 소리가 요란했다. 감자탕집을 지나치는데 노인이 밖을 내다봤다. 차창을 사이에 두고 교진에게 손을 들어 보였다. 잠시 후 노인은 자신이 본 것에 보지 않은 것을 보태 경찰에 진술할 것이다. 교진은 주차장을 빠져나와 큰길로 들어섰다. 사람들이 모여들기 시작했다. 사이렌이 멈추고 경찰들이 차에서 내리기도 전이었다. 이철세가 모여드는 사람들과 경찰차를 번갈아 보다가 종현을 제치고 컨테이너 박스로 뛰기 시작하는 게 보였다.

모퉁이를 돌아 나온 대로에서 신호에 걸렸다. 모든 시선들이 한 방향으로 향하고 있었다. 교진도 창문을 내리고 곁눈으로 그쪽을 바라보았다. 저녁 바람이 안으로 들이닥쳤다. 바람 끝에 무슨 소문이 실렸는지 사방에서 사람들이 흘러나와 주차장으로 몰려들었다. 교진이 사라졌단 사실도 금세 바람을 따라 퍼질 것이다. 모여든 사람들 틈에서 툭, 이철세가 빠져

나오는 게 보였다. 이철세가 사각사각, 어둠을 가로지르며 다가오는 소리가 또렷하게 들리는 것 같았다. 교진은 차창을 올렸다.

신호가 바뀌지 않았다. 교진은 본능적으로 긴장했다. 제발…… 바뀌지 않았다. 바뀌는 대신 신호등이 깜박거리기 시작했다. 위험에 대한 경고처럼, 붉은 불빛은 빠르게 점멸했다. 앞뒤에서 클랙슨이 터져 나왔다. 앞에는 텅 빈 횡단보도가 누워 있었다. 왼쪽으로 눈을 돌리자 모퉁이에 편의점을 끼고 있는 작은 골목이 보였다. 이철세가 금방 따라나설 것이다. 계속 거기 서 있을 수는 없었다. 교진은 핸들을 왼쪽으로 꺾었다.

부스럭, 소리가 났다. 교진은 온몸의 신경을 귀로 끌어모았다. 최대한 소리 나지 않게 창문을 내리고, 자세를 낮추고, 눈만 크게 뜨고 밖을 살폈다. 어둠 속에서 작고 번득이는 형광체 두 개가 이쪽을 쏘아보고 있었다. 고양이 눈이었다. 교진은 한숨을 내쉬었다. 다시 차창을 올리고 소리 없이 고양이를 노려보았다. 인기척을 느낀 듯 주춤하던 고양이는 곧 다시 쓰레기봉지를 헤집기 시작했다. 자세히 보니 흰점이였다. 어떻게 대로를 건너왔을까. 아까 남은 삼겹살을 먹었을 텐데 흰점이는 여전히 배가 고픈 모양이었다. 앞발로 음식 쓰레기를 골라내 쉼 없이 입에 넣고 있었다. 혹시, 새끼라도 밴 건가. 그러고 보니 요즘 들어 흰점이 배가 조금 늘어진 듯싶기도 했었다. 바람이 부는지 빈 나뭇가지가 흔들렸다. 바람 소리에 놀란 흰점이가 또다시 어디론가 사라져버렸다.

교진은 백미러에 눈을 고정시키고 있었다. 강남대로는 아직 그 상황이었다. 제아무리 이철세라도 저런 도로 상황에서는 꼼짝하지 못할 것이다. 어떻게 알았을까. 육 개월 가까이 이곳에서 지내는 동안 교진은 이철세를 조금씩 잊어가고 있는 중이었다. 교진은 마른침을 삼켰다. 긴장한 탓인지 목이 타들어가듯 말랐다. 다시 침을 삼켰다. 그러나 심한 갈증은 조금도 나아지지 않았다. 잠깐 편의점에 들어갔다 올까 하고 망설였다. 도로는 여전히 정체 상황이었고 좁고 어두운 골목에 들어와 있는 교진의 차는 대로에서는 보이지 않을 것이다. 그러니까 이쪽에서는 저쪽을 볼 수 있지만 저쪽에서는 불가능했다. 교진은 옷깃을 세우고 어깨를 움츠린 채 차에서 내렸다.

오로라는 어서 오시라는 인사도 건네지 않았다. 교진을 힐끔 곁눈질하고는 유통기한이 지난 삼각김밥과 샌드위치를 골라내는 데 열중했다. 그중 불고기 삼각김밥을 하나 뜯어 먹기 시작했다. 교진의 곁눈질 따위는 아랑곳하지 않았다. 금세 가게 안에 비릿한 음식 냄새가 퍼졌다. 교진이 막 냉장고에서 콜라를 꺼내려는데 한 사내가 유리문을 거칠게 밀치며 들어왔다. 추레한 점퍼와 누비 작업복 바지. 머리는 떡 졌다. 하루 벌어 하루 먹고사는 밑바닥 인생일 것이다. 차갑고 재빠르게 움직이는 파충류 같은 눈. 회색으로 썩어가는 이. 땀과 때에 찌든 끈적끈적한 몸. 온몸에서 풍기는 썩은 술 냄새. 교진의 인상이 저절로 구겨졌다. 사내는 익숙한 듯 막걸리 두 통과 감자칩 한 봉을 들고 가 카운터에 내려놓았다. 오로라는 사내에게서 최대한 멀리 떨어져 서 있었다. 교진은 사내를 피해 가게 안쪽 깊숙한 곳에서 지켜보았다.

오로라는 씹던 삼각김밥을 앞치마 주머니에 넣고 막걸리와 감자칩의 바코드를 찍고 거스름돈을 내주었다. 거스름돈 액수를 세 번이나 확인했다. 사내에게서 쉬어빠진 막걸리 냄새가 진동했다. 오로라는 사내와 눈을 마주치지 않으려고 애썼다. 오늘은 제발 진상 부리지 않기를 바라는 마음이었다. 사내가 카운터 위에 올려놓은 거스름돈을 세더니 갑자기 오로라를 노려보았다. 그러더니 대뜸 오로라에게 손가락질을 했다.

—야, 이년아. 왜 거스름돈을 덜 줘.

오로라가 입안에 남아 있던 밥알을 간신히 삼키고 대꾸를 하기 위해 입을 벌렸다.

—*다 드려었잖아요.*

—이 병신 계집이 뭐라는 거야.

사내의 삿대질이 더 높아졌다. 오로라의 눈이 천장과 바닥을 오가며 흔들렸다. 사내가 주먹으로 카운터를 내리쳤다. 그러더니 오로라의 멱살이라도 잡으려는 듯 팔을 쭉 내밀었다. 오로라는 깜짝 놀라 뒷걸음질 쳤다. 허공에서 갈 곳을 잃은 팔을 쳐다보던 사내가 갑자기 바닥에 벌렁 드러누웠다.

—왜 천 원을 덜 주냐.

바닥에 드러누운 사내는 소리를 질렀다. 쓱쓱 유리문을 닦는 목소리였다. 놀라 벌어진 오로라의 입에서 어버버, 뭉개진 발음이 새 나왔다. 오로라는 양팔로 제 몸을 가리고 서서 떨고 있었다.

구석에서 보고 있던 교진이 귀찮은 표정으로 앞쪽으로 나왔다. 무슨 생각이 있는 건 아니었다. 그저 손에 콜라병을 들고 카운터를 향해 걸었다. 교진은 사내를 내려다보았다. 쓰레기. 교진은 사내의 몸에 신발이 닿을까 한 발짝 옆으로 비켜섰다. 사내는 교진의 침묵을 올려다보았다. 제때 자르지 않아 덥수룩한 머리칼이 사내의 한쪽 눈을 반쯤 가렸다. 교진과 오로라를 번갈아 쳐다본 사내는 바닥에서 부스스 몸을 일으켰다. 그러고는 카운터에 놓인 막걸리통과 감자칩, 잔돈 이천팔백 원을 집어 들고 밖으로 나갔다.

사내의 신발에서 떨어진 흙으로 바닥이 지저분했다. 오로라가 입구 쪽부터 닦기 시작했기 때문에 교진은 질 나쁜 병원균을 피하는 심정으로 입구를 지나쳐 매대 쪽으로 갔다. 생각해보니 면도기 하나쯤은 있는 게 나을 것 같았다. 교진은 면도기를 찾기 위해 편의점 안을 한 바퀴 둘러보았다. 위생용품

들은 코너를 한 번 돌아 가장 안쪽에 진열되어 있었다. 면도기는 주로 아래쪽에 걸려 있었는데 종류만 무려 스무 가지가 넘는 것 같았다. 천 원부터 이만 원대까지 가격도 천차만별이었다. 교진은 그중 적당한 것을 하나 꺼내려고 무릎을 굽혔다. 막 면도기 하나를 집어 드는데 딸랑, 출입문 열리는 소리가 났다. 고등학생쯤으로 보이는 남자애들 셋이 한꺼번에 들어오면서 큰 소리로 떠들어댔다. 처음 보는 놈들이었다.

─길 건너에 사람들 엄청 모인 거 봤냐?

─경찰차도 서너 대 오고 구급차도 오고 난리던데. 좀 전에는 방송국 차들도 오고 신문기자들도 몰려오기 시작하더라고. 뭔지 알아?

─너 몰라?

─뭔데?

─살인 사건 났대.

─살인?

─그래, 걔 알아? H라고 존나 큰 가슴으로 유명했잖아?

─H?

─그래, 그 여자 죽었대. 가슴 진짜 죽였는데. 킥킥. 아래는 어떨까 막 궁금해지더라고.

그 애들은 소주를 꺼내고 맥주를 집어 들고 버터구이오징어를 옆구리에 끼고 과자봉지를 양손에 들면서 편의점이 저희들 놀이터라도 되는지 쉼 없이 지껄였다. 그중 한 놈이 그 자리에서 캔맥주를 따 마셨다. 오로라는 H의 이름을 듣고 속으로 좀 놀랐다. 그렇게 예쁘고 도도하던 여자가 죽었다니 쉽게 믿기지 않았다. 그래서 아까부터 바깥이 시끄러웠구나 싶었다. 예전에 H를 만났던 기억이 떠올랐다. 그때를 생각하면서 한숨을 쉬었다. 한숨의 이유가 비명에 횡사한 H 때문인지 자신의 처지 때문인지 헷갈렸다. 그러다 먹다 만 김밥이 생각나 앞치마 주머니에서 김밥을 꺼내 먹었다. 밥알을 씹으면서 오로라는 걱정스러운 눈빛으로 애들을 곁눈질했다. 학생들이 술을 마셔서가 아니라 딱 봐도 불량해 보이는 녀석들이 여기서 술을 마시다 무슨 사고라도 칠까 싶어서였다.

교진은 뭔가 더 고르는 척 자리에서 일어서지 않았다. 죽은 여자가 H란 소문이 이미 퍼진 것 같았다. 소문은 역시 바람보다 빠른 법이라고 생각했다. 저들의 입에서 용의자에 대한 말이라도 나올까 조마조마했다. 놈들은 여기가 술집인 줄 아는지 꺼낸 맥주를 그 자리에서 마시고 오징어를 뜯어 먹었다.

─ *저, 기, 요.*

오로라가 어눌한 발음으로 놈들을 불러 세웠다.

─ *계사안부으터…….*

놈들이 한꺼번에 오로라를 쳐다보았다.

─재 뭐래?

─몰라. 뭐라고 하는 것 같긴 한데.

놈들은 오로라 따위 무시하고 소주병을 깠다. 오로라가 카운터 밖으로 나와 놈들 앞에 섰다. 조심스럽고 망설이는 걸음이었다.

— 계사안 머언저······.

그중 한 놈이 오로라를 돌아다보았다. 그리고 다시 제 무리를 쳐다보았다.

— 얘, 모자란 애 같지 않냐?

놈들이 손에 맥주병과 소주병을 나눠 든 채 오로라에게 집중했다. 그중 한 놈이 오로라에게 바싹 다가섰다. 오로라는 뒷걸음질 쳤다. 그러자 세 놈이 함께 오로라에게 다가들었다. 교진은 무릎을 굽힌 채 그대로 있었다. 그러니까 놈들의 눈에 교진은 보이지 않을 터였다. 자신과 상관없는 일에 나설 만한 때가 아니었다.

— 어디 좀 볼까? 얼굴은 못 봐줄 지경이고······ 몸매는 괜찮은데? 그럼, 가슴은 어떤가? 마른 몸매에 가슴이 크면 훨씬 더 죽이는데 말이야. H도 말랐는데 디컵이었거든. 그 반전이 죽이는 거거든.

교진은 옆으로 고개만 빼서 놈들을 건너다보았다. 자세 때문인지 놈들의 다리만 눈에 들어왔다. 운동화를 꺾어 신은 한 놈이 앞으로 나서고 있었다. 교진의 시선은 그 발을 따라갔다. 그러자 거기, 오로라의 발이 보였다. 어처구니없게도 오로라는 맨발에 여름용 슬리퍼를 꿰신고 있었다. 그랬다. 맨발이었다. 교진은 오로라의 맨발에 신경이 쓰였다. 작고 가냘픈 발이었다. 가지런한 발가락은 너무 짧지도 뭉툭하지도 않았고 옅은 장밋빛 발톱은 윤기가 흘렀다. 걸을 때마다 발등 위로 힘줄과 뼈가 살짝살짝 윤곽을 드러내고 있었다. 그리고 발목의 뒷부분, 치명적인 아킬레스건을 품고 옴폭 들어간 그곳은 오싹할 만큼 깊었다. 오로라의 하얗고 추워 보이는 맨발은 가느다란 발목으로 이어지고 있었다. 교진의 온몸에 소름이 돋았다. 저렇게 방치되고 냉대받아서는 안 되는 발이었다. 추운 겨울밤에 속수무책으로 드러나 있는 오로라의 맨발을 보고 있자니 까닭 모르는 그리움이 느껴졌다. 그리고 동시에 화가 났다. 스스로도 이유를 알 수 없었다. 교진은 저도 모르게 자리에서 몸을 일으켰다.

한 놈이 막 오로라에게 손을 뻗고 있었다. 그놈이 오로라의 앞치마를 들어 올렸다. 그 바람에 오로라, 라고 적힌 명찰이 바닥에 떨어졌다. 오로라가 그 손을 쳐내자, 오호, 반항하니까 제법 땡기는데, 하면서 놈들이 한꺼번에 오로라에게 달려들었다. 세 놈이 오로라를 둘러쌌다. 술에 취해 안하무인이 된 놈들이었다. 한 놈이 뒤에서 오로라를 안았다. 나머지 두 놈이 오로라의 앞치마를 벗겨냈다. 그리고 두터운 겨울 스웨터를 걷어 올렸다. 남방셔츠가 나오자 많이도 껴입었다며 투덜댔다. 몸부림치는 오로라는 어, 아, 으, 하는 알 수 없는 소리를 질렀다. 부정확한 발음 때문에 비명으로조차 들리지 않았다. 다만 힘없는 동물의 신음 소리 같았다. 그러자 놈들이 웃었다.

—머리에 꽃이라도 꽂아줄걸 그랬나?

놈들이 낄낄거렸다. 그중 한 놈이 손을 뻗어 남방셔츠의 단
추를 풀기 시작했다.

교진이 튀어 나갔다. 무슨 생각이 있어서는 아니었다. 교진
의 팔꿈치에 부딪쳐 매대에 쌓여 있던 컵라면들이 우르르 쏟
아졌다. 교진은 바닥에 나뒹구는 컵라면들을 밟고 지나갔다.
놈들이 한꺼번에 교진을 돌아보았다.

—누가 있었어?

저희들끼리 시선을 주고받았다. 그러고는 험악하게 구겨
진 교진의 표정을 살폈다. 한 놈이 야, 튀자, 라며 채근하자 당
황하던 놈들이 오로라를 팽개치고는 냅다 뛰었다. 그 바람에
오로라는 바닥에 넘어졌고 놈들이 버리고 간 맥주 캔에서 거
품 섞인 노란 맥주가 바닥으로 흘렀다. 놈들은 금세 대로 쪽
으로 사라져버렸다. 막상 놈들이 가버리고 나자 교진은 딱히
뭐라 할 말이 없어 그냥 멍하게 서 있었다. 오로라를 일으켜
줄 생각조차 하지 않았다.

—고마우어요.

오로라는 내리깔았던 눈을 들어 교진을 바라다보았다. 오
로라의 입에서 깊은 한숨이 흘러나왔다. 말을 하느라 벌어진
턱은 위아래가 제대로 닫히지 못하고 따로 놀았다. 입가에 침
이 흐르는가 싶더니 오로라가 손등으로 재빨리 입가를 훔쳤

다. 비틀어진 턱을 제대로 맞물려보려고 애쓰고 있는데 떨걱 떨걱 소리가 났다. 오로라가 살아온 지난 삶들이 모두 저리 떨걱거렸을까. 절박한 저 오류를 오로라는 무엇으로 여태 버텨내고 있는가. 바닥에 흐른 맥주가 오로라의 맨발을 적시고 있었다. 교진은 깜짝 놀라 바닥에 떨어진 앞치마를 주워 오로라의 젖은 발을 닦아주었다. 자신의 맨손으로 닦아주고 싶은 마음은 꾹 눌러 참았다. 그리고 의아한 표정을 짓고 있는 오로라와 눈이 마주쳤을 때 생각지도 못했던 말이 교진의 입에서 흘러나왔다.

—바다 보러 갈까?

—…….

오로라는 대답하지 않았다. 다만 눈이 커지고 입이 점점 더 벌어졌다.

—묻잖아. 바다 보러 갈 건데. 같이 갈래?

—*바아다?*

—그래. 바다. 알아들어?

—*아알아.*

—갈래?

오로라는 얼굴이 깨질 듯 찡그렸다. 일그러진 입가로 침이 조금 흘렀다. 그러고 있으니 정말이지 정박아 같았다.

—*어언제 가아?*

—지금.

오로라는 바닥에 주저앉은 채 몸을 떨었다. 뭔가 골똘하게 생각하는 표정이었다. 교진이 들고 있는 젖은 앞치마를 노려보았다. 그러더니 고개를 들고 자리에서 일어섰다.

— *기다아려어.*

벌떡 몸을 일으킨 오로라가 카운터 옆에 있는 창고로 들어갔다. 교진은 멍한 기분으로 오로라의 꽁무니를 바라보았다. 젖은 앞치마에서 맥주 냄새가 심하게 났다. 앞치마를 던져버린 교진은 엉망이 된 바닥을 다시 내려다보았다. 흐른 맥주가 어느새 교진의 신발까지 스며들고 있었다. 먼저 신발부터 사야겠다고 생각하는데 오로라가 창고에서 나왔다.

— *가아자.*

외마디 비명을 지르듯 간결한 말이었다. 잿빛 겨울 파카를 입은 오로라의 어깨에 크고 무거워 보이는 배낭이 걸려 있었다. 오로라가 메기에는 버거워 보였지만 교진은 내버려두었다.

—뭐?

— *가아자아고.*

—가자구?

오로라의 대답에 교진은 그제야 제 입으로 무슨 말을 한 건지 깨달았다. 눈이 저절로 오로라의 발로 향했다. 오로라는 어느새 운동화로 갈아 신고 있었다. 하지만 여전히 신발 속에 오로라의 발이 들어 있을 터였다. 교진은 어정쩡한 자세로 등허리를 곧추세웠다. 기대하지 않았던 답을 막상 얻자, 뭘 어째야 할지 어리둥절했다.

―으응.

오로라는 앞장서 출입문 쪽으로 향했다. 그러다 말고 다시 뒤돌아 편의점 마크가 찍힌 비닐봉지를 꺼내더니 카운터 포스 기계를 열어 돈을 모조리 꺼내 넣고 매대를 돌며 이것저것 봉지에 집어넣었다. 여행용 티슈와 물티슈, 손톱깎이와 반진 고리, 우유 두 팩과 샌드위치 같은 것들이었다. 마치 미리 작정이라도 했던 사람처럼 빠르고 빈틈없는 몸놀림이었다. 교진이 뭐라 말할 새도 없었다.

―*뭐어해?*

―응?

―*추울바알 아안 해?*

교진은 입술을 깨물며 운동화를 신은 오로라의 발을 내려다보았다.

엄 마


그날, 남자는 오랜만에 집에 왔었다. 아주 오랫동안 오지 않았기 때문에 교진은 남자가 다시 집에 오는 일은 없을 거라고 생각하던 참이었다. 엄마는 운영하는 속옷가게도 일찍 닫고 집에 와 있었다. 며칠 전부터 엄마는 남자에게 자주 전화를 해댔었다. 무척 화가 난 목소리였다. 남자는 마치 제 집인 양 초인종도 누르지 않고 열쇠로 현관문을 따고 들어왔다.

─나 왔어.

주방에서 뭔가를 하고 있던 엄마는 나와 보지도 않았다. 현관으로 들어서는 남자의 손에 커다란 박스가 들려 있었다. 교진은 오랜만에 만나는 남자보다 그 박스에 먼저 눈이 갔다. 겉면에 커다란 기관총이 그려져 있었다. 시키지도 않았는데 교진은 뛰어나가 박스를 받아 안았다. 달려오는 아이를 품에 안으려던 남자는 박스를 안자마자 돌아서는 아이를 보고 꾸짖었다.

— 오랜만에 아빠를 보고 인사도 안 하나?

교진은 옆으로 고개만 까딱하고는 박스 포장 풀기에 집중했다. 포장 비닐이 잘 안 뜯겨져 손톱으로 벅벅 긁었다. 보고 있던 남자가 옆에 와 앉더니 비닐을 벗기고 박스를 열어주었다. 역시. 기관총은 어마어마했다. 총 길이가 교진의 가슴까지 오는 데다 검은 총신에서는 윤기가 흘렀고 코끝을 자극하는 플라스틱 냄새가 났다. 거기다 어깨에 멜 수 있는 긴 끈까지 매달려 있었다. 교진은 조심스럽게 손으로 총을 만져보았다. 그 차갑고 매끈한 느낌이라니. 지금껏 동네 아이들 중 누구도 그토록 멋진 총을 가진 친구를 본 적이 없었다. 흥분한 교진은 하아, 하아, 숨을 내쉬며 눈높이로 총을 들었다. 절로 어깨에 힘이 들어갔다. 방아쇠에 손가락을 걸고 숨을 깊이 들이마신 다음, 쐈다. 다. 다. 다. 다. 다. 다. 다. 이런 소리가 나는 거였구나. 교진은 방아쇠를 한 번 당겼을 뿐인데 끊이지 않고 소리가 나는 총을 자랑스러운 눈으로 내려다보았다.

교진은 어서 빨리 아이들에게 이 멋진 총을 보여주고 싶어서 조바심이 났다. 그중 특별히 한두 녀석을 선택해서 만져보게 해줄 작정이었다. 그리고 아이들 앞에서 무릎을 굽히고 어깨를 쫙 펴고 다, 다, 다, 다, 다, 멋있게 총을 쏘고 싶은 마음이었다. 기껏해야 물총이나 구식 모델의 권총을 가지고 놀고 있을 아이들에게 총이란 이런 것이다, 라고 마음껏 자랑하고 싶었다.

―사람 불러놓고 뭐 하고 있어?

남자는 시선을 티브이에 두고 앉은 채로 주방을 향해 소리질렀다. 어느새 외투와 양말을 벗은 남자는 티브이 앞에 앉아 있었다. 티브이에서는 삼성 라이온즈와 해태 타이거즈의 한국시리즈가 한창이었다. 엄마는 빨간 고무장갑을 낀 채로 다가왔다. 고무장갑에서 물이 뚝뚝 떨어지고 있었다.

―언제부터 전화했는지 알아요? 이젠 나랑 교진이 따위는 관심도 없다는 건가요?

엄마의 말과 태도가 심상치 않았다. 엄마는 자리에 앉지도 않고 서서 남자에게 화를 내고 있었다.

―바빴다니까. 새 모델 광고 나가는 거 봤을 거 아냐?

―그따위 핑계 대지 말아요.

―뭐? 그따위? 지금 나한테 하는 소리야?

남자가 험상궂은 표정으로 자리에서 일어섰다. 교진은 기관총을 들고 슬금슬금 구석으로 기어갔다. 엄마는 남자를 노려보고 있었다. 생각해보니 마지막으로 남자가 왔었을 때도 엄마와 싸우고는 문을 박차고 나갔던 기억이 났다. 엄마가 지지 않고 남자에게 바싹 다가들었다. 교진은 구석에서 눈치를 보며 총만 만지작거리고 있었다.

— 애가 일곱 살이 넘었어요. 취학통지서가 나왔다고요. 어쩔 건데?

엄마는 고무장갑을 낀 손을 허리에 얹고 턱을 치켜세웠다. 티브이는 저 혼자 떠들고 있었다. 선동열의 호투에 관중석에서 환호성이 터졌다.

— 뭘 어쩌자는 건데? 오랜만에 온 사람한테 다짜고짜 그런 소리를 해야겠어?

— 이혼하겠다더니. 나랑 결혼하고 교진이도 호적에 올리겠다고 약속한 게 누군데?

엄마는 눈으로 남자에게 기관총을 쏴대고 있는 것 같았다. 벌게진 엄마의 눈에서 불이 번쩍했다.

— 목소리 낮춰. 애 듣는데 지금 뭐 하는 거야?

— 애가 들으면 뭐? 애도 알 건 다 안다고. 어쩔 거냐고?

엄마의 말은 울음에 가까웠다. 높고 가팔랐으며 떨리고 있었다. 교진은 고개를 푹 숙인 채 기관총에 총알을 장전하고 있었다. 티브이에서 누군가 홈런을 친 것 같았지만 엄마의 목소리에 가려 아나운서의 멘트가 들리지 않았다.

— 알았어. 알았다고. 그런데 지금은 때가 안 좋아.

남자가 엄마를 달래려는 듯 양팔을 벌려 엄마에게 향했다. 엄마가 남자의 팔을 탁 쳐내고 다시 소리를 질렀다.

— 때? 때 좋아하시네. 교진이 성이 대체 뭐냐고?

소리를 질러대던 엄마의 눈에서 눈물이 흐르기 시작했다.

그러더니 갑자기 집 안을 돌아다니면서 남자의 물건만을 골라 집어 던지기 시작했다. 남자의 옷가지와 세면도구와 구두가 이리저리 날다가 바닥으로 추락사했다. 순식간에 온 집 안이, 난장판이 되었다. 엄마의 악쓰는 소리와 물건들이 부서지는 소리만 가득했다. 몇 안 되는 남자의 물건을 모두 던지고도 분이 풀리지 않았는지 엄마는 뭔가를 더 찾아다녔다.

엄마가 고가의 전동면도기를 들고 나왔을 때는 남자도 움찔했다. 엄마를 말리려고 남자가 막 다가가려 할 때 엄마는 전동면도기를 바닥에 팽개쳤다. 파삭. 면도기 파편이 공중으로 튀었다. 티브이에서는 한국시리즈가 막 끝나 우승을 거머쥔 해태 타이거즈 선수들이 소리를 지르고 있었다. 엄마가 티브이를 째려보더니 거칠게 플러그를 뽑아버렸다. 엄마가 울었다. 보고 있던 교진도 울기 시작했다. 엄마와 남자가 싸우는 내내 울었다. 그것 말고 일곱 살짜리가 다리가 끊어진 섬처럼 멀어져가고 있는 두 사람 사이에서 뭘 할 수 있었겠는가. 두 사람이 교진의 존재 자체를 협상과 화해의 카드로 여겨주지 않는다면 말이다.

교진은 울면서 기관총을 집어 들었다. 엄마가 우는 게 싫었다. 총알이 가득 장전된 기관총을 어깨 높이에 세우고, 자세를 낮추고, 가늠쇠 구멍에 눈을 갖다 댔다. 그리고, 기관총을 연사했다. 다. 다. 다. 다. 다. 귓바퀴가 흔들릴 만큼 커다란 소리가 요란하게 울려 퍼졌다. 티브이도 꺼진 집 안을 총소리가 뒤흔들었다. 악.

남자가 비명을 질렀다. 총알들이 남자의 발에 정확히 가 맞았다. 남자의 발등이 금세 벌겋게 부어오르기 시작했다. 남자가 험악한 얼굴로 교진을 향해 달려들었다.

—이 자식이 지금 뭐 하는 짓이야?

엄마가 먼저 교진에게 뛰어왔다. 여전히 고무장갑을 끼고 있는 팔로 교진을 감싸 안았다. 남자의 주먹이 교진의 머리 위에서 멈췄다. 교진은 계속 울었다.

—애가 뭘 안다고 그래요?

—뭘 몰라도 그렇지. 지 애비를 총으로 쏘는 놈이 어딨어?

남자가 으르렁거렸다. 교진이 엄마 품속에서 소리 질렀다.

—아빠 아냐. 옆집 아줌마가 그러는데 난 아빠 없대.

그러자 엄마가 나섰다. 뻘건 고무장갑 손이 교진의 엉덩이를 때렸다.

—아빠한테 무슨 말버릇이야?

교진이 계속 울자 엄마는 고무장갑을 뺀 손으로 교진을 쓰다듬어주었다.

—뚝 그치고. 가서 씻고 와. 저녁 먹게.


밥상을 물리고 나서 발등에 밴드를 덕지덕지 붙인 남자는 화가 좀 풀렸는지 교진에게 이리 오라며 손짓했다. 구석에서 총을 가지고 놀던 교진이 대답하지 않자 남자가 다가가 양팔로 교진을 번쩍 안아 자신의 무릎에 앉혔다. 교진이 버둥거렸지만 소용없는 일이었다. 남자에게서 담배 냄새와 늙은이의 고릿한 냄새가 한꺼번에 났다. 교진은 그 냄새가 싫었다. 희끗희끗해지기 시작한 남자의 머리칼이 교진의 무릎 위로 떨어졌다. 언젠가 엄마에게 왜 아빠는 그렇게 늙었냐고 물었다가 혼났던 기억이 났다.

남자가 다짜고짜 교진의 바지를 벗기기 시작했다. 깜짝 놀란 교진이 양손으로 바지를 끌어 올려보았지만 남자의 억센 힘을 이길 수는 없었다. 바지를 벗긴 남자는 기어이 교진의 팬티까지 끌어 내렸다.

—허. 고놈, 참. 씨도둑은 못 한다더니. 안 그래?

마지막의 안 그래, 는 엄마더러 들으라고 큰 소리로 말했다. 엄마는 설거지를 하느라 그 말을 듣지 못했다. 남자는 주머니에서 새 팬티를 꺼내 교진에게 입혀 주었다. 티브이에서 새로 광고하기 시작한 신제품이었는데 라벨은 붙어 있지 않았다. 유명 상표의 속옷을 만드는 하청 공장의 사장이었던 남자는 올 때마다 새 속옷을 가져오곤 했었다. 팬티를 갈아입힌 남자가 앞에 달린 소변 구멍에 손을 쑥 집어넣어서는 교진의 고추를 잡고 흔들었다. 남자는 씩씩거리는 교진을 보며 흐흐흐 웃었다.

교진은 화가 났다. 고개를 바닥으로 폭 숙이고 곁눈으로 남자를 째려보았다. 그 시선 끝에 주방에 서 있는 엄마의 발이 보였다. 예쁜 발이었다. 엄마의 모든 것 중 가장 예뻤다. 작고 가냘팠다. 뒤꿈치는 각질 하나 없이 보드라웠고, 하얀 발등 위로는 푸른 힘줄과 붉은 핏줄이 나란히 흘렀으며, 너무 좁지도 넓지도 않은 발볼은 갸름하게 이어지고 있었다. 뒤꿈치 부근의 옴폭 들어간 부분을 지나 동글동글한 복사뼈를 타고 가느다란 발목이 이어졌다. 발가락 위에는 장밋빛 페디큐어가 발라져 있었다. 채도와 명도가 선명한 장미 색깔은 엄마의 하얀 발등 위에서 도드라졌다.

가끔은 장미색 대신 짙은 쑥색일 때도 있었는데 교진은 장미색보다 쑥색을 더 좋아했다. 장미색은 너무 화려해서 오래도록 바라보기가 어려웠지만 쑥색은 그렇지 않았다. 보면 볼수록 그 밑에 뭐가 있는지 더 들여다보고 싶어지는 색이었다. 그 고요한 듯 반짝이는 짙은 쑥색을 볼 때마다 속이 울렁거리기도 하고 자꾸만 엄마의 발을 만져보고 싶기도 했었다.

—그만 씻고 자야지.

설거지를 끝낸 엄마가 화장실로 교진을 잡아끌었다. 교진은 그때까지도 분이 안 풀려 씩씩거리고 있었다. 교진의 발을 씻기고 난 뒤 엄마는 자신의 발도 씻었다. 바지를 걷어 올려 드러난 엄마의 종아리는 예뻤다. 어린 나이에 교진을 낳아서인지 여전히 피부는 탄력 있고 보드라웠으며 몸매도 군살 없이 볼륨이 있었다.

어젯밤에도 엄마는 똑같이 발을 정성 들여 씻었었다. 발을 다 씻고 난 엄마는 마른 수건으로 발가락 사이까지 깔끔하게 닦고 나서 얼굴에 바르는 값비싼 영양크림을 발에 바르기 시작했다. 연한 장미향이 나는 분홍빛 크림이었다. 언젠가 아빠가 비싼 걸 사다 줬다며 교진에게 자랑했던 기억이 났다. 엄마는 그걸 듬뿍 덜어 발에 발랐다. 뽀얀 엄마의 발등에 분홍빛 크림 덩어리가 잔뜩 얹혀졌다. 양이 많은 크림은 단번에 스며들지 않고 자꾸만 엄마의 발 위에서 미끄러졌다. 엄마는 크림이 피부에 흡수될 때까지 계속해서 마사지했다. 엄마의 마사지는 끝날 줄 몰랐다. 어느새 크림이 다 흡수되었다 싶으면 엄마는 또다시 크림을 덜어 발에 발랐다. 마치 발에 대고 기도라도 하는 것처럼 엄마는 고개를 숙인 채 연신 손을 비비고 발을 문질렀다. 그러고는 미리 준비해놓은 비닐봉지를 발에 씌웠다. 까만 비닐봉지였다. 봉지를 뒤집어쓴 엄마의 발에서 부스럭부스럭 소리가 났다. 그걸 보고 있자니 교진은 좀 무서운 기분이 들었다. 하얀 엄마의 발을 까만 비닐봉지가 가리고 있으니 마치 엄마의 발이 뚝 잘려진 것 같은 기분이었다.

엄마는 발에 봉지를 씌운 채로 잤다. 교진은 엄마의 발을 만져보고 싶어 손가락을 대보았지만 비닐봉지가 부스럭거릴 뿐이었다. 하지만 자고 일어나 엄마의 발을 보았을 때, 교진은 왜 엄마가 밤마다 발에 크림을 잔뜩 바르고 비닐봉지를 씌우고 자는지 알 것 같았다. 밤새 까만 비닐봉지 속에 갇혀 있던 엄마의 발은 너무나 예뻐져 있었다. 손을 대면 마치 보드라운 솜사탕을 만지는 것처럼 발등 위에서 손가락이 스르르 흘러내렸다. 그리고 다디단 솜사탕을 통째로 삼킨 것처럼 갑자기 속이 울렁거렸다. 교진은 히히 웃으면서 자꾸만 엄마의 발을 만지려고 했다. 그러면 엄마가 손바닥으로 탁, 소리 나게 교진의 손을 때렸다.

─만지지 마.

교진은 종일 엄마의 발을 만지고 싶었지만 엄마는 허락하지 않았다. 교진에게는 매일 반복되는 풍경이었다.

발을 다 씻고 난 엄마가 적당량의 크림을 발에 바르더니 그대로 화장실에서 나왔다. 교진은 의아했다.

─왜 오늘은 비닐봉지에 발 안 넣어?

교진의 옷을 다 입힌 엄마는 교진의 손을 잡아끌기만 할 뿐 아무런 대답도 하지 않았다. 그러고는 교진을 방으로 데리고 갔다. 평소에는 쓰지 않고 이불장과 옷장과 잡동사니들이 들어 있는 방이었다. 교진은 남자가 오는 날이면 이 방에서 혼자 자야 했다.

─이 방에서 자기 싫어.

─또 떼쓴다. 오늘만 여기서 자. 내일은 엄마랑 같이 자자.

난방을 하고 있었으나 방 안은 어딘지 썰렁하고 낯설었다. 엄마는 바닥에 이부자리를 펴고 교진을 억지로 눕게 했다.

─눈 감고.

교진은 얼굴을 찡그려 눈을 감았다. 아, 참. 교진이 이불을 박차고 일어났다. 끌어당기는 엄마 손을 뿌리치고 나가 구석에 세워져 있던 기관총을 들고 왔다.

　—그럼, 오늘은 총이랑 같이 잘 거야.

　교진은 기관총을 품에 안은 채 자리에 누웠다. 엄마는 내버려두었다. 그러고는 동화책을 아무거나 꺼내 몇 장 읽어주더니 이제 그만 자야지, 라고 말했다. 교진은 마지못해 응, 이라며 눈을 감고 대답했다. 엄마는 교진의 감은 눈을 다시 한 번 확인하고 불을 끄고는 방에서 나갔다.

　잠이 오지 않았다. 썰렁한 방의 냉기에 뒷머리가 쭈뼛 서는 느낌이었다. 교진은 늘 엄마와 함께 자곤 했었다. 엄마를 꼭 끌어안고 발가락으로 엄마의 발과 다리를 간질이면서 잠들었다. 그러면 코끝에서는 언제나 옅은 장미향이 간질거렸다.

　교진은 계속 뒤척거렸다. 이불 속에서 기관총을 꼭 끌어안고 있었지만 쏘지도 못하는 기관총은 위안이 되지 않았다. 교진은 감았던 눈을 슬그머니 떴다. 커튼 틈으로 달빛이 들어오고 있었다. 창백하고 희끄무레한 달빛은 위험에 대한 경고등처럼 어둠 속에서 불안하게 흔들리고 있었다. 그때였다.

　무슨 소리가 났다. 교진은 총을 손에 꼭 쥔 채 이불을 걷고 자리에서 일어났다. 온몸의 신경을 귀로 모아 방문 쪽으로 향했다. 희미하지만 분명 이상한 소리가 나고 있었다. 뭐지? 교진은 본능적으로 발을 들어 소리 나지 않게 방에서 나왔다.

달빛이 교진을 따라나섰다. 손에 기관총을 든 채였다. 소리
는 엄마 방 쪽에서 나고 있었다. 마치 아파서 신음하는 것처
럼 끙끙거리는 소리였다. 교진은 저도 모르게 소리를 죽이고
달빛이 보여준 길을 따라 천천히 엄마 방을 향해 걸어갔다.
소리는 조금씩 커지고 있었다. 교진은 살며시 방문을 열었다.
총구가 간신히 들어갈 만큼 아주 좁은 틈이었다.

　어깨에 총을 대고 자세를 낮추고……. 교진은 열린 문틈으
로 총구를 집어넣고 가늠쇠에 눈을 갖다 댔다. 좁고 동그란
구멍으로 방 안을 볼 수 있었다. 희미한 달빛이 도와주었다.
방 안에서는 옷을 모조리 벗어버린 남자가 엄마 위에 올라앉
아 엄마의 발을 빨고 있는 게 아닌가. 교진은 뭐가 뭔지 몰라
그저 바라보고 있었다. 남자가 쪽쪽 소리를 내며 엄마의 발
가락을 빨자, 엄마는 그때마다 신음 소리를 냈다. 엄마가 아
픈 건지 어떤 건지 잘 알 수 없었다. 왼쪽 발을 빨던 남자가 이
번에는 엄마의 오른쪽 발을 주무르고 쓰다듬기 시작했다. 그
러더니 발을 자신의 다리 사이에 가져다 대고 문지르기 시작
했다. 가늠쇠의 구멍이 작아 남자의 몸은 두 동강으로 잘려
져 보였다. 허연 달빛에 남자의 늘어진 어깨와 축 처진 가슴
이 드러났다. 엄마는 그대로 누워 점점 더 크게 신음하고 있
었다.

　교진은 손가락을 방아쇠에 얹었다. 그러고는 속으로 방아
쇠를 당기는 상상을 했다. 다. 다. 다. 다. 다. 총구는 남자의 다

리 사이를 향해 있었다. 다. 다. 다. 다. 남자는 기관총을 맞고
도 여전히 숨을 할딱거리면서 엄마의 발가락을 빨고 있었다.
교진은 어쩐 일인지 갑자기 고추가 간지러웠다. 한 손은 방아
쇠에 얹은 채 그대로 두고 다른 손을 내복 바지 속으로 집어
넣었다. 고추가 빳빳하게 서 있었다. 교진은 성난 고추를 손
으로 만지작거리기 시작했다. 기대와 달리 고추는 만질수록
더 간지러운 것만 같았다.

교진은 키에 손을 얹은 채 망설였다. 뭔가 말을 하려는 것처럼 입을 달싹이다가 곧 다시 다물었다. 시동을 걸고 출발하는 대신 교진은 조수석에 앉아 있는 오로라를 곁눈으로 힐끔거렸다. 오로라는 낡은 남방셔츠에 박시한 맨투맨 티셔츠를 받쳐 입고 보풀이 일어난 레깅스 차림이었다. 검정 고무줄로 대충 묶은 머리는 여기저기 삐져나와 단정치 못했다. 갸름한 얼굴형이긴 하지만 턱이 이상하게 한쪽으로 틀어져 있고 입이 늘 벌어져 있어 가끔씩 침이 흘렀다. 교진은 인상을 찌푸렸다.

정말 정신이 좀 모자란 건가……. 교진은 잘 들리지 않게 입속으로 중얼거렸다. 인상이 구겨진 채로 교진은 오로라를 훑는 눈길을 거두지 않았다. 오로라는 품에 커다란 배낭을 끌어안고 있었다. 좀 더 아래쪽으로 시선을 돌리자 오로라의 낡은 운동화가 보였다. 그런데, 오로라는 양말을 신고 있지 않았다. 교진은 순간 숨을 흡 들이마셨다. 그제야 교진의 눈길을 느낀 오로라가 두 발을 모아 다리 뒤쪽으로 끌어당겨 감췄다.

— *까암바악 이잊어었어.*

오로라는 당황스러운 표정으로 말했다.

— 가방은 챙기면서 양말 신는 건 잊었다고? 슬리퍼 신고 오지 않은 게 다행이군그래.

교진은 고개를 저으며 한숨을 내쉬었다. 그러고는 키에 얹혀 있던 손을 거두고 헤드레스트에 머리를 기댔다. 교진은 손을 무릎 위에 올려놓았다가 기어를 만지작거리다가 마땅히 둘 데가 없어 파카 주머니에 집어넣었다. 손에 뭔가 잡혀 꺼내보았다. 교진의 손 위에 겨울용 양말이 올려져 있었다.

— 아.

교진은 언제 이게 여기 있었지? 라며 작게 탄식을 내뱉었다. 오로라가 교진이 들고 있는 양말을 내려다보았다. 교진은 양말과 오로라를 번갈아 쳐다보았다.

— 자, 신어.

교진의 목소리는 별 수 없다는 투였다. 오로라가 민망한 표정으로 교진이 내민 양말을 받아 들었다.

― *아안 그래도 되느은데…….*

오로라의 얼굴이 일그러지면서 턱이 심하게 뒤틀렸다. 흡사 웃는 표정 같았다. 이어 오로라는 자동차 실내등을 켜고 운동화를 벗었다. 오로라의 맨발이 실내등 불빛에 고스란히 드러났다. 오로라의 하얀 발등에 실내등의 노란 불빛이 얹히자 발은 더욱 가냘프고 아름다워 보였다. 교진은 저도 모르게 오로라가 맨발에 양말을 신는 모습을 지켜보고 있었다. 그러다 오로라가 교진을 바라보자 교진은 흠흠 헛기침을 하며 짐짓 차창을 향해 고개를 돌렸다. 차창에 맨발의 실루엣이 부드러운 곡선으로 비치고 있었다. 교진은 오로라를 등지고 좀 더 차창을 향해 돌아앉았다. 그러고는 오로라에게 보이지 않도록 왼손을 들어 손가락으로 창에 비친 실루엣을 쓰다듬었다. 교진의 손가락은 검은 창에 비친 발의 곡선을 따라 때로는 주춤하며 때로는 거침없이 창 위로 미끄러졌다.

― *뭐어해?*

―뭐?

교진은 깜짝 놀라 얼른 왼손을 주머니에 집어넣었다. 갑자기 튀어나온 교진의 목소리가 생각보다 컸는지 오로라가 교진을 돌아보았다.

― *추울바알 아안 해?*

―어? 응.

교진은 당황한 손짓으로 시동을 걸고 서둘러 액셀을 밟았다. 몸을 똑바로 고쳐 앉고 전방을 주시했다. 막 들어선 강남 대로는 퇴근시간이 지나서인지 대체로 소통이 원활했다. 교 진은 핸들에 두 손을 올려놓은 채 운전에 집중했다. 멀리서 경 찰차와 구급차의 사이렌 소리가 뒤엉켜 날카롭게 들려왔다.

남성용 양말이 사이즈가 맞지 않아 오로라는 운동화를 신 느라 애먹었다. 안고 있는 배낭을 조수석 바닥에 내려놓고 다 시 운동화를 잘 고쳐 신었다. 새로 신은 양말은 보드랍고 따 뜻했다. 그제야 오로라는 준비가 다 된 것 같은 기분이었다. 오로라는 희미하게 미소를 지었다. 이렇게 될 일이었다는 듯 표정이 편안해졌다. 오로라는 안전벨트가 잘 고정되어 있는 지 꼼꼼하게 확인했다. 그러고는 다시 배낭을 들어 올려 품에 안았다. 마음이 좀 느긋해진 오로라는 차창을 조금 열었다. 그러다 찬바람이 몰아닥쳐 깜짝 놀라 얼른 다시 닫았다. 오로 라는 파카 앞섶을 단단히 여미고 조수석 깊숙이 몸을 기댔다.

교진은 창문을 열다 말고 다시 닫고 있는 오로라를 곁눈으 로 보았다. 금세 차 안 공기가 싸늘해졌다. 핸들에 올려놓은 손끝이 시렸다. 오로라는 아무 말 없이 앞만 똑바로 보고 있 었다. 오로라가 무슨 생각을 하고 있는지 교진은 알지 못했 다. 교진은 운전하면서 가끔 오로라의 눈치를 살폈다. 오로 라의 운동화 위로 교진의 양말이 눈에 들어왔다. 교진은 묘한 기분으로 자신의 양말을 내려다보았다. 서로 말이 없었다. 구 형 소나타 엔진이 털털털, 숨 가쁜 소리로 침묵의 격자를 찢

고 있었다. 그런데 갑자기 오로라가 주머니에 손을 넣는 게
보였다.

— 뭐 하는 거야?

교진의 목소리가 낮고 빨랐다. 그 순간 교진은 오로라가 주
머니에서 꺼낸 휴대폰으로 어딘가에 전화를 거는 장면을 떠
올렸다. 당황한 교진은 브레이크 대신 액셀을 더욱 힘주어 밟
았다. 부웅. 낡은 엔진 소음이 거칠게 귓바퀴를 긁어댔다. 교
진은 오른손을 뻗어 오로라의 손목을 잡았다.

— *아앗.*

교진에게 손목을 잡힌 오로라가 짧게 비명을 뱉었다. 교진
의 손힘은 보기보다 억셌다. 오로라는 영문을 몰라 눈을 동그
랗게 뜨고 교진을 보았다. 교진은 험상궂은 표정으로 눈을 부
릅뜨고 있었다.

— *머그을래?*

주머니에서 나온 오로라의 손에 천하장사 소시지가 올려
져 있었다. 당황한 오로라의 발음이 더 뭉개지고, 입꼬리가
심하게 틀어졌다. 교진은 화가 났다. 멀리서 아련하게 들려오
는 사이렌 소리가 밤의 제국의 불온한 질서를 헤집어놓고 있
었다.

—너, 뭐야?

낮게 뱉어 나온 교진의 목소리에 한겨울 추위가 묻어났다.
그 소리에 오로라의 눈이 동그래졌다. 오로라는 별것도 아닌

일로 화를 내는 교진이 의아했다. 생각해보니 교진은 처음부터 지나치게 긴장한 표정을 짓고 있었다. 오로라는 교진에게 무슨 일이 있는 게 분명하다고 생각했다.

— *왜 나라앙⋯⋯.*

왜 나랑 바다에 가자고 한 거냐고 물으려다 말고 오로라는 입을 다물었다. 까닭을 물어봐야겠다고 생각했지만 지금은 적당한 때가 아니라고 판단했다.

—뭐라고?

교진의 목소리는 여전히 날이 서 있었다.

— *내 이르음으은 오, 로, 라, 라고 마알했어.*

오로라의 궁색한 유머감각이 차 안의 공기를 뒤흔들었다. 교진은 어이가 없어 웃었다. 천하장사 소시지 껍질을 까고 있는 오로라를 보며 교진은 자신이 너무 예민한 탓이라고 생각했다.

— 먼 나라 하늘에 빨강, 파랑, 뭐 그런 색으로 보이는 그거? 진짜⋯⋯ 이름이야?

교진은 오로라가 건넨 소시지를 받아서는 그냥 기어박스 앞에 던져두었다. 나중에 먹겠다는 말조차 하지 않았다.

— *그을쎄에.*

—글쎄?

— *으응. 그러얼 수도 아니일 수도. 너얼 어떠케 미일어.*

교진은 더 묻지 않았다. 오로라의 이름이 오로라이든 아니든 무슨 상관이랴 싶었다.

— *너언?*

— 뭐? 내 이름? 교진.

— *너언 보온며엉이야?*

— 그럴 리가.

교진이 퉁명스럽게 대꾸하자 오로라가 작게 소리 내 웃었다.

그게 다였다. 오로라와 교진은 입을 다물었다. 밤늦은 시간
의 올림픽대로는 정체가 완전히 풀려 있었다. 교진은 뒤차들
을 앞서 보내며 규정 속도를 지켰다. 요즘은 어딜 가나 시시
티브이가 지천이다. 오로라가 앞질러 멀어지는 차들을 보면
서 보일 듯 말 듯 고개를 끄덕거렸다. 교진으로서는 무슨 뜻
인지 알 수 없었다. 해독할 수 없는 은유 같았다. 오로라가 다
시 주머니에 손을 찔러 넣었다. 교진은 운전에 집중하면서 이
번엔 그냥 두고 보았다. 주머니에서 나온 건 딸기맛 불가리
스였다. 교진은 표 나지 않게 고개를 저었다. 뚱뚱하지도 않
은 여자애가 끊임없이 먹어대는 게 한없이 미련해 보이기만
했다. 다 먹고 나서 트림까지 꺽 토해내더니 오로라가 교진을
돌아보고 입을 열었다.

— *오주움 마려.*

— 뭐?

— *오주움, 마려업다고.*

거참. 교진은 기가 찼다. 하마터면 당장 내리라고 소리를

지를 뻔했다. 어이없다는 표정으로 오로라를 쳐다보았다. 오로라는 등허리를 곧추세우고 앞뒤로 몸을 움직이고 있었다. 교진은 하는 수 없이 올림픽대로를 빠져나왔다. 주택가 골목길은 충분히 어두웠다. 그곳에 그냥 차를 세울까 하다가 뭔가 생각난 듯, 동네를 한 바퀴 돌고 '재건축 인가 승인'이라는 플래카드가 붙어 있는 동보 아파트 단지 안으로 진입했다. 어두운 지상 주차장은 아파트 건물과 야산으로 둘러싸인 외벽 사이에 있었다. 이미 봄이 와 있어야 할 거기엔 다만 밤바람에 흔들리는 앙상한 가지들뿐이었다. 곧 허물어지겠지만 아직은 온전한 주차장엔 시시티브이 따위는 달려 있지 않았다.

주차 기어가 다 물리기도 전에 오로라가 조수석 문을 열고 내려 차 옆에 그대로 주저앉았다. 가로등 불빛이 오로라의 맨엉덩이 살을 핥고 있었다. 차에서 내린 교진은 오로라의 반대쪽으로 돌아 트렁크를 열고 공구함을 뒤져 드라이버를 꺼내 들었다.

주차장은 고요했다. 오가는 차도 없고, 달도 뜨지 않았다. 맥주나 한잔하면서 드라마를 보거나 스포츠 하이라이트 장면을 보고 있을 시간이었다. 교진은 먼저 베란다에 나와 있는 사람은 없는지 고개를 들어 단지 안을 둘러보았다. 바람이 차가운 겨울밤이었다. 베란다 문은 하나같이 단단하게 닫혀 있었다. 교진은 주차되어 있는 차량들의 번호판을 떼기 시작했다. 처음 달 때 꽉 조여두고 다시 풀지 않은 나사들은 잘 풀리지 않았다. 금세 등줄기에 차가운 땀방울이 배어 나왔다. 졸 졸 물 흐르는 소리가 그치지 않았다. 가는 골을 따라 교진의 발치에 도착한 오줌 줄기 끝에서 뿌글거리는 거품이 일었다. 교진은 인상을 쓰면서 얼른 발을 옮겼다. 기본이 안 된 여자 같으니라고, 힘껏 나사를 풀며 속으로 투덜댔다.

간신히 세 대의 차량에서 번호판을 뗐다. 드라이버가 돌아 갈 때마다 나는 금속성의 소리가 교진의 온몸을 조여왔다. 아 드레날린이 솟구쳤다. H의 차량 탈취에 이어 두 번째로 저지 르는 위법 행위였다. 네 번째 차는 일 톤 트럭이었다. 피로감 을 느낀 교진은 드라이버의 무게를 감당하기 힘든 기분이었 다. 고개를 들자 오로라가 곁에 와 서 있었다. 교진은 심장이 땅바닥에 떨어지기라도 한 것처럼 놀라 바닥에 엉덩방아를 찧었다.

—놀랐잖아.

교진의 목소리는 낮고 불안했다. 먼 데서부터 찬바람이 불 어닥쳤다. 오로라는 아무 말 없이 교진을 내려다보고 있었다. 뭔가를 고민하는 듯한 표정이었다. 오로라는 한참이나 그러 고 있었다. 입을 열어 교진에게 뭐라고 말을 하려다 말고 다 시 입을 다물었다. 대신 오로라는 교진의 행동에 침묵으로 동 조했다. 오로라는 옷깃을 여미고 누가 보는 사람은 없는지 눈 을 들어 살폈다.

교진은 한숨을 내쉬며 가슴을 쓸었다. 짐작과 달리 오로라는 호기심이나 불안감을 느끼는 것 같지는 않았다. 오히려 고개를 들고 이리저리 먼 곳까지 살피는 품이 망을 보는 정탐병의 자세에 가까웠다. 교진도 연신 주위를 살피면서 타고 온 소나타의 번호판을 떼어내 바꿔 달았다. 새로운 번호판을 매달 때 나사를 꽉 조이지 않았다. 교진은 나머지 두 개의 번호판을 트렁크에 넣었다. 트렁크를 닫으려다 말고 구석에 놓인 카메라 가방이 보여 별 생각 없이 집어 들어 뒷좌석에 던졌다. 뒷좌석의 상태는 끔찍했다. 그런대로 봐줄 만한 앞좌석과 전혀 달랐다. 바닥에는 콜라와 하이트 맥주 빈 캔, 맥도날드 포장지와 날짜가 한참 지난 《씨네 21》이 널려 있었다. 좌석 위에는 세탁한 지 오래돼 보이는 무릎담요와 남성용 양말 한 짝, 살이 부러진 우산과 찢어진 전국 관광지도가 제멋대로 구겨져 있었다. 그리고 차가운 밤기운이 가득 들어차 있었다.

— *배, 고오파.*

하마터면 교진은 실소를 터뜨릴 뻔했다. 간신히 참은 다음 오로라를 돌아보았다. 그리고 기어박스 앞에 널린 천하장사 껍질과 텅 빈 요구르트 병을 내려다보았다. 대시보드에 박힌 붉은색 디지털 숫자는 11:56. 번호판을 바꾸느라 시간을 지체했다. 평소라면 교진도 야식을 먹을 시간이었다. 핸들을 손가락으로 탁탁 두드리며 잠시 생각하던 교진은 길을 돌아 유턴했다. 교진은 어두운 골목만을 골라 동네를 돌았다. 고개를 앞으로 내밀어 주위를 살폈다. 모퉁이를 돌 때마다 불 꺼진 소규모 상가들이 이어졌다. 무슨 선인지 모르는 철로가 지나가고 지에스 주유소를 지나치자 잠들어 있는 동보 초등학교가 나오고 어두운 학교 정문 옆에 24시 김밥천국이 환하게 깨어 있었다.

— 핸드폰 줘봐.

테이블에 엎드려 졸고 있던 아줌마에게 음식을 주문한 뒤, 교진은 오로라에게 손을 내밀었다. 부탁이라기보다는 뭔가 따지는 듯한 말투였다.

— *어업서.*

— 없어? 왜?

— *아안 가져와있어. 펴언의저엄에서.*

— 안 가져왔어?

— *으웅.*

— 왜?

— *피일요 어업슬 거 가타서.*

교진은 의심스러운 눈으로 오로라를 보았다. 그리고 정말 없냐고 재차 확인했다. 오로라는 들고 있던 젓가락을 내려놓고 양손을 주머니에 넣었다 뺐다.

— 필요 없을 거 같아서 두고 왔다?

— *으웅.*

교진은 한동안 오로라를 노려보았다. 오로라가 뱉은 말의 행간을 뒤지려는 듯 교진은 오로라의 표정을 꼼꼼하게 살폈다. 오로라의 옆자리에는 커다란 배낭이 놓여 있었다. 차 안에 두고 내리면 될 일이지 그걸 왜 끌고 다니느냐는 교진의 타박에도 아랑곳없이 식당 안에 가지고 온 것이었다. 배낭은 내용물이 가득 찬 듯 단단하고 무거워 보였다.

　―그 가방은 언제 싼 거야?

　― *나주웅에 마알해주울게.*

　오로라는 빈 젓가락만 빨았다. 뭘 나중에…… 라고 교진이 다시 되물으려는데 오로라가 꼬리를 자르고 들어왔다.

　― *너느은?*

　―뭐? 핸드폰?

　―으응.

　―원래 없어.

　― *왜에?*

　―신불자야. 뭔지 알지? 전화도 뭣도 내 이름으로 된 건 아무것도 없어.

　오로라는 고개를 끄덕거렸다. 오로라는 더 묻지 않았다. 다만 알 만하다는 듯한 표정으로 교진을 건너다본 뒤 벽에 붙은 메뉴판을 눈으로 훑었다. 그사이 주문했던 음식이 나왔다. 교진이 시킨 나가사키 짬뽕에는 몸통과 다리가 잘려나간 오징어의 가운데 부분이 들어 있었다. 불투명한 오징어 연골이 뿌연 국물 속에서 따로 놀았다. 오로라의 야채 김밥에는 단무지가 두 개 들어 있었다. 교진은 저도 모르게 오로라가 먹는 모습을 건너다보았다. 오로라는 필사적으로 음식물을 씹어 삼켰다. 틀어진 턱뼈가 잘 닫히지 않는지 간혹 밥알이 입가로 흘러 떨어졌다.

교진이 컵에 물을 따라주자 한 모금 마시더니 다시 김밥을 씹었다. 입맛이 떨어진 교진은 젓가락을 놓고 옆 테이블에 있는 리모컨을 가져다 티브이를 켰다. 24시간 뉴스 채널을 돌리려다 말고 그냥 두었다. 흐르는 광고 화면 오른쪽 위에 자정 뉴스 타이틀이 박혀 있었다.

방금 들어온 소식입니다. 오늘 저녁 7시경, 강남구 청담동에 있는 모 가라오케의 주차장에서 여배우 H씨가 숨진 채 발견되었습니다. 인근 주민의 신고로 출동한 경찰에 따르면 죽은 H씨는 폐드럼통에 버려져 있었는데요. 머리 뒤쪽에 둔기로 가격당한 흔적이 있는 걸로 보아 살해 쪽에 무게중심이 실리고 있습니다. 시민들은 피해자가 공인이라는 점에서 더 큰 충격을 받았는데요…….

교진은 라면 면발이 목구멍에 걸리기라도 한 것처럼 캑캑거렸다. 교진은 급하게 물을 따라 마셨다. 갑자기 두통이 일어 머리가 아프고 속이 메슥거렸다. 오로라는 김밥을 다 먹고 교진이 남긴 라면을 제 앞으로 끌어다 먹고 있었다. 교진은 젓가락을 내려놓고 두 손으로 머리를 감싸고 꾹 눌렀다. 그러고는 의자를 밀치고 자리에서 일어났다.

—일어나.

—*왜에?*

김밥을 씹다가 대답하느라 오로라의 입가로 밥알이 툭 떨어졌다. 오로라는 잇새에 낀 김밥 찌꺼기를 혓바닥으로 밀어내 뱉었다.

—늦었어. 얼른 가야지.

차에 올라타자마자 교진은 먼저 내비게이션을 떼어 뒷좌석으로 던졌다. 시동을 걸자마자 액셀을 밟았다. 오른쪽으로는 환하게 불 밝힌 넓은 길이, 왼쪽으로는 좁고 어두운 골목길이 보였다. 교진은 잠시 망설이다 왼쪽으로 핸들을 돌렸다. 구형 소나타는 스며들 듯 어둡고 좁은 골목길로 들어섰다. 오로라가 표정으로 왜? 하면서 교진에게 물었지만 교진은 오로라를 돌아보지 않았다. 교진은 인적이 드문 골목길만을 골라 방향을 잡아 갔다. 속도는 더뎠고, 골목길은 끝이 없었다. 교진은 얼굴을 찡그린 채 왼손으로는 핸들을 잡고 오른손으로는 관자놀이를 눌렀다. 대시보드에 박힌 붉은 디지털 숫자만 끊임없이 깜박거리고 있었다.

한참 뒤. 골목길을 돌고 돌아 구형 소나타는 남태령 고개를 넘어가는 대로로 나왔다. 왠지 서늘한 느낌이 교진의 뒤통수를 자극했다. 불안한 눈으로 백미러를 통해 뒤를 살폈다. 늦은 시간이므로 차량 통행은 많지 않았다. 간혹 지나가는 차들은 텅 빈 도로를 엄청난 속력으로 지나갔다. 찬바람이 교진의 차를 때리고 흩어졌다. 그렇게 수백 미터쯤 직진하고 있을 때, 빠른 속도로 달려오던 차 한 대가 교진의 차를 지나치지 않고 뒤에 따라붙었다. 저건 뭐지? 뭔가를 감지한 듯 교진은 등허리를 곧추세우고 백미러를 뚫어지게 들여다보았다. 5846.

놈이었다. 뒤에서 쫓아오는 흰색 싼타페 운전석에 앉아 있는 놈은 이철세가 분명했다. 어두워서 얼굴을 식별할 수는 없었으나 놈이 이철세인 것은 자명한 사실이었다. 이철세가 끌고 다니는 5846 흰색 싼타페라면 교진도 타본 일이 있었다. 교진은 가속 페달을 힘주어 밟았다. 반동으로 오로라의 머리가 헤드레스트에 부딪혔다. 깜짝 놀란 오로라는 재빨리 교진을 돌아보았다. 교진은 백미러에 눈을 박고 입술을 물고 있었다. 오로라는 룸미러에 눈길을 주었다. 바싹 따라붙은 흰색 싼타페. 오로라 또한 본능적으로 긴장했다. 차 안의 공기가 딱딱하게 굳어가는 느낌이었다.

교진은 액셀을 끝까지 밟았다. 속도위반을 신경 쓸 때가 아니었다. 눈은 계속해서 백미러에 고정시킨 채였다. 여기저기 들르느라 시간을 많이 지체한 건 사실이다. 그러나 서울을 빠져나가는 길이 여기뿐인 것도 아니다. 어떻게 따라왔지…… 어디서 이철세에게 덜미를 잡혔을까……. 교진은 혼잣말을 중얼거렸다. 흰색 싼타페가 부딪칠 정도로 바싹 따라붙었다. 대머리에 길게 찢어진 눈의 이철세는 앞을 똑바로 노려볼 뿐 아무런 표정도 짓고 있지 않았다. 교진은 백미러에서 눈을 떼지 않은 채 속도를 더욱 높였다. 그러자 이철세의 싼타페도 같이 속도가 빨라졌다. 오로라도 룸미러를 통해 뒤차 운전석에 앉아 있는 사람을 볼 수 있었다.

— *누구우야?*

—사채업자.

교진이 빠르고 낮은 목소리로 대꾸했다. 그러고는 곧 다시 운전에 집중했다. 오로라는 작게 고개를 끄덕였다.

— *그러언데 왜에?*

—나중에.

교진은 오로라의 물음을 잘랐다. 교진의 목소리는 날카로웠다. 오로라는 더 묻지 않았다. 대신 조수석 위에 매달린 손잡이를 단단히 붙잡았다. 입을 꽉 다물고 혹시나 싼타페가 부딪쳐오는 건 아닌지 자꾸만 뒤를 돌아보았다. 교진도 불안해 보이기는 마찬가지였다. 눈에 핏발이 서고 미간을 잔뜩 찡그린 표정으로 백미러와 전방을 교차해 노려보고 있었다.

남태령 고개를 넘어 과천으로 향하는 길은 곧고 넓게 뻗은 팔차선 도로였다. 딱히 피할 수 있는 곳이 없었다. 조바심이 나는지 부서져라 핸들을 잡고 있는 교진의 손등 위에 힘줄이 툭 불거져 나왔다. 마치 경주라도 하듯 구형 소나타와 싼타페가 나란히 텅 빈 도로를 엄청난 속도로 질주하고 있었다. 얼마 지나지 않아 과천 시내와 경마장으로 갈라지는 길이 나왔다. 경마장 쪽 이정표에는 공원과 미술관과 동물원이 한꺼번에 쓰여 있었다. 잠깐 브레이크를 밟은 교진은 곧 핸들을 왼쪽으로 꺾었다. 이정표는 다시 경마장과 미술관으로 나뉘었고 교진은 미술관 쪽으로 방향을 틀었다. 역시 싼타페도 놓치지 않고 따라붙었다. 주위는 온통 잠들어 있었고, 지나는 차는 교진의 소나타와 이철세의 싼타페가 전부였다. 교진은 액셀을 끝까지 밟았다. 폭풍 같은 엔진 소음이 황량하고 조용한 이차선 밤길을 깨우고 있었다. 차 간 거리는 오십여 미터. 오로라는 쫓아오는 차를 보기 위해 고개를 뒤로 돌리고 등허리를 곧추세웠다. 손잡이를 잡고 있는 손아귀에 더욱 힘이 들어갔다.

미술관에 도달하기 직전, 교진은 핸들을 왼쪽으로 한 번 더 꺾었다. 직진해오는 이철세가 눈치채기 어려운 큰 각이었다. 하지만 거기는 텅 빈 주차장이었다. 교진이 핸들을 다시 돌리려는 순간 오로라가 핸들을 붙잡았다. 오로라는 차창 앞유리에 몸을 바짝 붙인 채 주차장을 살피고 있었다. 교진이 오로라를 돌아보자 오로라가 손을 뻗어 앞을 가리켰다. 교진의 눈이 오로라의 손가락을 따라갔다. 그러자 거기, 주차장 안쪽 구석에 어둠에 가려진 골목이 간신히 보였다.

구석으로 다가가자 주차장 뒤쪽으로 난 좁은 골목길이 보였다. 교진은 속도를 낮춰 소음을 없앤 뒤 골목으로 들어갔다. 라이트와 시동을 끄고 몸을 웅크렸다. 이제 이쪽에서도 이철세가 보이지 않았다. 다만 싼타페의 풀가동된 엔진 소리가 천지를 흔들고 있었다. 긴장 때문인지 갑자기 터져 나온 기침이 교진의 몸을 흔들었다. 헐떡이며 공기를 빨아들였다. 소리를 죽이려 손으로 입을 가렸으나 속절없었다. 오로라가 교진의 손을 잡아 내리고 껍질 깐 사탕을 입에 넣어주었다. 단침을 삼키자 기침이 녹아들었다. 싼타페 엔진 소리는 동물원을 지나 미술관 쪽으로 멀어졌다. 교진은 키에 손을 얹었다. 그 손을 오로라가 잡았다.

— *더 기다려.*

오로라는 단호한 목소리로 말했다. 교진의 손은 긴장 때문에 가늘게 떨리고 있었다. 오로라는 교진의 손을 잡은 채 어두운 차창 밖을 살폈다. 싼타페가 혹시 주차장 쪽으로 시선을 돌린다 해도 눈치채기 어려울 만큼 구석진 골목이었다.

— *지그음 나가며언 드을켜.*

오로라는 멀리서 들려오는 흰색 싼타페의 엔진 소리에 온 신경을 집중했다. 교진은 놀란 눈으로 오로라를 돌아보았다. 오로라는 교진의 손을 계속 잡고 있었다. 교진의 손을 잡고 있다는 사실을 깨닫지 못한 채 오로라는 부릅뜬 눈으로 앞만 노려보고 있었다. 교진은 오로라의 손을 내려다보았다. 그리고 다시 오로라의 또렷한 눈빛을 올려다보았다. 오로라는 단단하고 흔들림이 없는 표정을 하고 있었다. 싼타페의 거친 소리가 가까워졌다 멀어졌다, 다시 가까워지고 있었다. 교진은 시동을 걸지 않고 기다렸다. 숨 쉬는 소리도 신경 쓰여 최대한 천천히 들이마시고 뱉었다. 그리고, 기다렸다.

고요했다. 얼마나 시간이 지난 건지 알 수 없었다. 대시보드에 박힌 숫자가 1을 훌쩍 넘어가고 있었고, 시동이 꺼진 차 안 공기는 교진과 오로라의 호흡을 따라 허옇게 김이 피어오르고 있었다. 두 사람 모두 아무 말이 없었다. 어느새 성난 짐승의 울음 같던 엔진 소리가 완전히 멀어지고 고요한 세상에 달빛이 내려왔다. 보름이 얼마 안 남은 모양이었다. 오로라가 낮은 한숨을 토해내더니 차창을 통해 달빛을 올려다보았다. 그러고는 웃었다. 찌그러진 한쪽 턱이 오로라의 웃음을 따라 둥그렇게 벌어졌다. 날이 섰던 차 안 공기가 한결 누그러지는 것 같았다. 교진은 달빛 대신 주차장의 텅 빈 공간을 바라보았다. 그때였다.

완전히 사라졌다고 생각했던 짐승의 울음이 되돌아왔다. 싼타페의 엔진 소음은 아까보다 더 화가 나 있는 듯했다. 교진과 오로라는 다시 귓바퀴에 신경을 긁어모았다. 커브를 트는지 타이어 마찰음이 밤공기를 뒤흔들었다. 교진은 순간 차창 가까이 몸을 숙였다. 판단이라기보다 본능이었다. 그러다 다시 몸을 일으켰다. 들리는 소리로만 상황을 파악했다. 큰 각으로 커브를 튼 이철세는 비어 있는 주차장 앞에서 브레이크를 밟았다. 그러고는 주차장을 살폈다. 그러나 주차장은 어둡고 텅 비어 있다. 주차장 입구에서는 이쪽 골목이 보이지 않는다. 이철세는 곧 액셀을 있는 힘껏 밟아 반대쪽으로 커브를 틀어 빠져나갔다. 그 성난 짐승은 골목을 돌고 돌아 멀어져갔다.

쌴타페의 엔진 소리가 한참이나 멀어지고 나서도 교진은 여전히 불안했다. 손을 비비다가 그 손으로 마른세수를 했다. 답답한 기분이 들어 창문을 열자 서슬이 팽팽한 찬바람이 필사적으로 들이닥쳤다. 오로라가 앞섶을 여미는 걸 보고 도로 창문을 닫았다. 벌써 삼월 말. 진달래가 피고 개나리가 우거지고 목련이 비명을 지르듯 벌어졌어야 할 때지만 올해는 아직 겨울이었다. 흰색 쌴타페가 한 번 더 주차장 앞길을 왕복했다. 그리고 얼마 뒤, 완전한 고요가 주위를 뒤덮었다. 긴장이 풀린 교진은 등받이 깊숙이 몸을 묻고 헤드레스트에 머리를 기댔다.

돌아보니 오로라는 달빛을 올려다보고 있었다. 교진은 오로라의 표정을 살폈다. 오로라도 긴장이 풀렸는지 미소를 짓고 있는 것처럼 헤벌쭉 입이 벌어져 있었다.

—더 기다려야 한다는 걸 어떻게 안 거야?

—*그냥.*

오로라는 무심하게 대답했다. 교진은 오로라가 여전히 품에 안고 있는 배낭을 보았다. 배낭의 높이가 거의 오로라의 목까지 와 있었다. 그냥이라……. 교진은 오로라의 대답을 입으로 중얼거렸다. 오로라가 신고 있는 자신의 양말이 눈에 보였다.

—그건 그렇다 치고. 넌 왜 밤낮으로 편의점에서 일했던 거야?

교진은 오로라에게 뜬금없는 질문을 했다.

—*뭐어?*

—나도 신불자라 사채업자한테 쫓기는 걸 말했잖아. 왜 밤새 편의점에서 일했던 거냐고?

오로라의 표정이 골똘해졌다. 오로라는 표 나지 않게 곁눈으로 교진을 살폈다. 긴장이 풀린 탓인지 교진은 목뒤에 팔을 받치고 차창의 앞쪽을 바라보고 있었다. 눈이 반쯤 감긴 데다 의자에 몸을 기대고 있는 모습이 마치 축 늘어진 젖은 빨래 같았다. 딱히 궁금해하는 표정 같아 보이지는 않았다. 오로라는 무슨 말을 할까, 잠시 고민했다. 그러면서 자신이 신고 있는 교진의 양말을 내려다보았다.

—*추울바알해.*

—뭐?

—*가며언서 마알하알게.*

교진은 뚱하게 오로라를 보았다.

—하긴 밤새 차 안에 있기도 뭐하네. 어디 잘 만한 데라도 찾아보든지.

교진은 그제야 시동을 걸었다. 적막한 공간에 퍼지는 엔진 소리는 깜짝 놀랄 만큼 컸다. 교진은 신중하게 주위를 살피고 최대한 속도를 죽여 출발했다. 소나타의 오래된 엔진이 그릉, 그르릉 앓는 소리를 내며 천천히 앞으로 나갔다. 대로까지 나왔지만 이철세의 싼타페는 눈에 띄지 않았다. 교진은 손이 움직이는 대로 핸들을 돌렸다. 어디 정해진 목적지가 없다는 듯, 남쪽으로 가다가 갑자기 방향을 바꿔 동쪽으로 가다가 또다시 골목을 돌아 서쪽으로 향하는 식이었다. 점차 길이 사라지더니 어느새 눈앞에 어두운 산들이 웅크리고 누워 있었다.

―*이거.*

밤이 깊어 새벽이 가까운 시간이었다. 과천에서 다시 출발해 벌써 세 시간 가까이 운전했다. 교진은 오로라가 뭔가를 내미는 걸 보고 차를 세웠다. 어딘지 모르겠는 산 중턱이었다. 짙은 안개가 안온한 차단 막이 되어주었다. 이철세라도 야산들을 뒤지려면 어쨌든 날이 밝은 뒤라야 가능할 것이었다. 교진은 브레이크를 걸고 시동을 껐다. 피곤해서 절로 눈이 감길 지경이었다. 주위에 가득한 어둠이 소나타를 단숨에 집어삼켰다. 교진은 실내등을 켜고 오로라가 건넨 것을 들여다보았다.

사진이었다. 교진은 반쯤 감긴 눈을 비볐다. 사진은 오래된 것인 듯 가장자리가 닳아가고 있었다. 사진 속에는 어린 여자가 함박 웃고 있었다. 설명하자면, 예뻤다. 갸름한 얼굴에 동양적으로 생긴 가늘고 긴 눈, 날렵하고 완벽한 브이 라인 턱선에 길고 부드러운 웨이브 머리. 사진 속 여자는 세련된 기하학 무늬가 박힌 원피스를 입고 있었다. 우아하고 세련된 손짓으로 자신의 머리칼을 만지며 마치 노래를 부르듯 입이 약간 벌어져 있었다. 가냘픈 몸피와 핑크빛 메이크업이 사랑스러웠다. 영원한 그리움의 상징과도 같은 깊은 눈빛이 교진의 시신경을 통해 온몸으로 느껴졌다.

　　—누군데?

　　—나.

　하마터면 그 밤에, 어딘지도 모를 산속에서 길을 잃은 판국에, 교진은 실소를 터트릴 뻔했다. 막 터져 나오는 웃음을 간신히 목구멍으로 삼켰다.

　　—*사암 녀언 저언에.*

　교진은 눈으로 오로라를 훑었다. 이마는 단정했다. 너무 넓지도 않고 너무 낮지도 않고 동그맣게 적당했다. 가늘고 긴 눈은 어떻게 보면 사진 속 여자와 닮은 것 같아 보였다. 자세히 보니 콧날이 날렵한 게 사진 속 모습과 비슷해 보이기도 했다. 하지만 사진과 달리 오로라의 눈 밑에는 짙은 다크서클과 기미가 내려앉아 있었고 피부도 푸석했다. 되는대로 질끈 동여맨 머리 모양에다 우중충하고 펑퍼짐한 티셔츠에 쫄바지, 라인 없는 파카를 입고 있는 매무새 또한 사진 속 여자와는 전혀 매치가 되지 않았다. 게다가 하관은……. 교진은 오로라의 턱을 보며 낮게 한숨을 쉬었다. 금방이라도 질질 침이 흐를 것처럼 비틀리고 이지러진 오로라의 턱은 아무리 봐도 눈살을 찌푸리게 했다. 사진 속 여자에게서 보이는 매력이 오로라에겐 전혀 없었다. 오로라는 뚫어져라 사진을 보고 있었다. 손으로 사진을 쓰다듬고 있는 오로라의 표정은 행복해 보였다. 교진은 고개를 저었다. 오로라에게 뭔가 말을 하려다 말고 오로라의 표정을 보고는 그저 차창을 조금 열고 긴 숨을 토해냈다.

— 내가 왜에 바암나앗으로 이일하는지 아알아?

— 왜?

— 다시 이러엏게 되려어고.

소 녀

나는 언제나처럼 벤치에 혼자 앉아 있었어. 저쪽에서는 체
육복을 입은 아이들이 서로 편을 갈라 막 농구시합을 시작하
고 있었지. 나는 저 멀리 학교 담장 너머를 쳐다보았어. 나지
막한 담장 너머로는 강물이 흐르고 있었어. 나는 그저 심심해
서 강물 위에 놓인 돌다리가 몇 개인지 세고 또 세었어. 하나,
두울, 세엣, 일곱, 아홉, 열하나······. 강폭이 제법 넓어서 다리
끝에 놓인 돌까지 세려면 한참이나 걸렸지.

　　—너는 오늘도 아픈 거니?

　　목에 호루라기를 걸고 나온 선생님이 지나가다 나를 보고
는 말을 걸었어.

　　—네. 머리가 많이 아파요.

그날 내가 학교에 가서 처음으로 한 말이었어.

—그래. 알았다.

선생님은 늘 그렇듯 나를 벤치에 남겨두고 아이들에게 향했어. 나는 다시 돌다리의 개수를 세고 그다음엔 강물에 돌을 던져 물수제비를 뜨는 상상을 했어. 머릿속에서 동그랗게 퍼지는 물의 동심원이 아주 예뻤어. 그래서 나는 혼자 앉아 있을 때면 노래를 부르면서 마음속에 그 동심원을 그리곤 했어. 동그랗게, 동그랗게 퍼지는 원을 보면 어느새 혼자 앉아 있다는 사실도 잊었지. 늘 그랬어.

그 무렵 나는 소녀의 나이였지만 불행하게도 소녀라 불린 적은 단 한 번도 없었어. 이해해. 누구라도 내 모습을 보면 '소녀'라는 단어를 연상하긴 쉽지 않았을 테니까. 난 그냥 못생긴 계집애였지. 비쩍 마른 데다 피부 빛깔은 거무튀튀하고 까마귀 털처럼 까만 머리칼은 푸석푸석했어. 그래서 까만 멸치가 별명이었는데, 가끔 도시락 폭탄이라고 부르는 애들도 있었어. 거친 말을 싫어하는 애들은 나를 네모난 액자라고 불렀고. 왜냐하면 내 얼굴은 내가 봐도 지나치게 네모났거든. 거기에다 주걱턱이 삐죽 나와 있었고……. 못생겼다고 아무도 나랑 놀아주지 않았어. 못생긴 게 전염되는 것도 아닌데.

특히 체육시간이면 아무도 날 상대하기 싫어했어. 어떤 애들은 선생님이 안 볼 때 나를 때리거나 발로 차는 일이 많았고. 한번은 명희라는 애가 멀리서 나한테 돌을 던졌어. 학교에 오지 말라고 하면서. 명희 주위에는 늘 애들이 구름처럼 몰려다녔어. 명희는 찰랑찰랑한 긴 머리를 늘어뜨리고 교복 치마를 잔뜩 올려서 늘씬한 다리를 드러내놓고 다니는 애였는데, 예쁜 데다 늘 주머니에 돈이 많았거든. 명희 엄마가 술집에서 일하는 여자라는 소문도 있었는데, 그게 뭐 중요한 일은 아니지. 어쩌면 명희한테서 풍겨 나오는 묘한 퇴폐와 몽환의 매력 때문에 그런 소문이 돌았던 건지도 모르고. 그런데 그 애가 나를 무지 싫어했거든. 내 얼굴이 딱 남의 집 똥걸레나 빨면서 살게 생겼대.

그런데 명희가 던진 돌이 뾰족했었나 봐. 머리가 찢어져 피가 났어. 나는 화가 나서 명희를 노려봤어. 아프기도 했고. 그런데 이마 위로 흘러내리는 피를 보고는 애들이 도시락 폭탄이 피 흘리니까 진짜 마녀 같다면서, 피 흘리는 마녀가 째린다면서 점점 더 나를 싫어했어. 그 다음부터는 아예 체육시간마다 아프다고 선생님께 거짓말했어. 그러고는 멀찌감치 떨어진 벤치에 혼자 앉아 있었지.

그런데 꼭 누군가가 나한테 공을 던지는 거야. 일부러 던지는 거였어. 내 머리 쪽으로. 배구공일 때도 있었고, 테니스공일 때도 있었는데, 야구공이나 축구공일 때는 정말이지 깜짝 놀라서 비명을 질렀으니까. 그날도 그랬어. 심심해진 애들이 저희들끼리 네모난 마녀가 혼자 있으니까 꼴불견이라고 소곤거리면서 나를 향해 농구공을 던졌어. 그래서 화가 났어.

농구공이 날아왔을 때 나는 자리에서 벌떡 일어났어. 날아오는 농구공을 두 손으로 받아 안았지. 그러고는 있는 힘껏 공을 애들에게 던졌어. 놀란 애들이 우르르 뒤로 밀려가더라구. 그걸 보던 선생님이 나를 손짓으로 불렀어.

—너 아프지 않구나. 그럼 이리 와서 애들하고 같이 농구해.

그러고는 주머니에서 파란색 머리띠를 꺼내 내게 건넸어. 나는 할 수 없이 머리띠를 하고 들어갔는데 아무도 공을 주지 않는 거야. 나는 한쪽 구석에 오도카니 서 있었지. 선생님은 상대편 선수로 뛰고 있었는데 공 한 번 만져보지 못하고 우물쭈물 서 있는 나를 자꾸 쳐다봤어. 다른 선수들은 모두 내가 보이지 않는 것처럼 굴었고.

경기 시간이 거의 다 끝나가고 점수는 이 점 차. 나는 거기서 있을 필요가 없었어. 저기, 아까시나무 아래 혼자 앉아 있게 해주세요, 라는 눈빛으로 선생님을 쳐다봤는데 선생님이 순간 내게 사인을 보내는 거야. 내가 다시 눈빛으로 대꾸할 새도 없이 선생님은 드리블하던 공을 들어 커다란 아치로 패스했지. 내게서 다섯 발짝쯤 떨어져 있던 명희 이름을 부르면서 말이야. 흰 머리띠를 하고 있던 명희는 선생님과 같은 편이었거든. 하지만 난 알 수 있었어. 그 공은 나를 위한 거라는 걸. 눈빛으로 호명된 나는 처음으로 날아올랐어. 하늘 높이 점프해서 팔을 옆으로 쭉 뻗어 농구공을 가로챈 거야. 그러고는 공을 안은 발이 땅에 떨어지기도 전에 같은 편 선수에게 패스했지.

알지? 인터셉트. 난 너무도 멋지게 그걸 해낸 거야. 상대편의 허를 찌르고 상대편이 당황한 사이 같은 편에게 패스까지 이어줘서 골로 성공하게 만드는 농구의 가장 기본적이고 가장 지능적인 기술. 선생님이 나를 보고 웃었어. 자신의 눈빛을 읽어내고 실수 없이 그걸 잘 해낸 내가 자랑스러웠던 거지. 때마침 강 쪽에서 바람이 불어왔어. 숨이 찬 나는 바람에 실린 물비린내를 흠뻑 들이마시면서 깊이 호흡했어. 가슴이 벅찼어. 애들 중 누구도 생각하지 못했던 인터셉트 기술을 완벽하게 구사해서 우리 편이 이기는 데 결정적인 역할을 하게 된 거였으니까. 이제 애들도 나를 무리 속에 끼워주겠지…… 생각했었어.

그러나 결과는 전혀 달랐어. 내게 공을 인터셉트 당한 명희는 멍하니 입을 벌리고 서 있었고, 내가 잡은 공을 패스 받았어야 할 애는 자기한테 공이 올 줄 모르고 넋 놓고 있다가 공을 놓쳤고, 흐르는 공을 상대편이 잡아서는 잽싸게 골대에 집어넣은 거였어. 막상막하이던 승부도 사 점 차로 끝났지. 신나게 땀을 흘리며 농구를 하던 애들의 표정이 모두 순식간에 싸늘해졌어. 그러고는 내게 욕을 했지.

—미친년, 못생긴 게 어디서 나대고 지랄이야. 지가 무슨 농구 선순 줄 알아?

—암튼 저런 년은 아무 데도 끼워주지 말아야 한다니까.

라고들 했어. 어쭙잖은 중학생 농구 경기에서는 인터셉트 같은 훌륭한 기술이 용인되지 않았던 거야. 나는 남의 공을 뺏은 못된 계집애에 불과했지. 그들의 농구 경기는 인터셉트 따위는 없는 그저 공놀이라는 불문율을 내가 깨트렸던 거야. 결승골의 주인공이 될 줄 알았는데 졸지에 내게 인터셉트 당했던 명희가 발밑의 모래흙을 발로 차 일으키면서 한마디를 뱉었어.

─씨발.

명희가 차올린 거친 모래먼지가 내 눈에 들어갔어. 나는 하굣길 내내 눈에 들어간 모래먼지가 빠지지 않아 눈물을 흘렸어. 눈 안에서 모래알이 따끔거렸지. 학교 담장을 돌아나가 돌다리를 밟아 건너려는데 갑자기 한 무리의 애들이 내 앞을 가로막았어. 돌다리 위에 서 있었으므로 옆으로 피해줄 수가 없었지.

─얘냐?

그중 가장 키가 큰 남자가 옆에 서 있던 명희에게 물었어. 눈물이 계속 흐르고 있었기 때문에 고개를 들 수는 없었지만 명희는 어느새 교복 치마를 올려 입고 입술에는 딸기색 립글로스를 바르고 있었어.

─응, 오빠. 이 기집애가 나를 아주 떡으로 만들었다니까, 재수 없게.

오빠라 불린 남자는 고등학생 같았어. 씹던 껌을 강물 속에 탁, 뱉더니 주머니에서 담배를 꺼내 물고 불을 붙였어. 그러고는 나를 끌고 학교 뒤쪽에 있는 쓰레기 소각장으로 갔어. 명희랑 다른 애들이 깔깔거리면서 따라왔지. 나는 발버둥 쳤지만 소용없었어. 나는 혼자였고 그쪽은 힘센 고등학생까지 포함해서 대여섯이었으니까. 소각장에서 타는 냄새가 심하게 났어. 청소를 마치고 학생들이 하교한 뒤에는 늘 그곳에서 쓰레기를 태우곤 했지. 고등학생은 담배가 끼워진 손가락으로 내 턱을 툭툭 건드렸어.

— 니가 그 네모난 마녀냐?

모래알은 눈 안으로 타고 들어가 가슴속에서도 따끔거렸어. 쓰레기 타는 연기 때문에 나는 아무 말도 못하고 눈물을 줄줄 흘리고 있었지.

— 못생긴 년한테는 이게 약이지.

하면서 고등학생이 내 뺨에 담뱃불을 갖다 댔어. 옆에 서 있던 애들이 킥킥거렸어.

— 꼴좋다. 그러게 어디서 깝치래?

명희는 찰랑찰랑한 머리칼을 손으로 휙 넘겼어. 그러고는 고등학생에게 팔짱을 끼면서 매달렸어. 지지직. 담뱃불이 내 뺨 위에서 둥글게 타들어갔어. 섬뜩한 느낌이 온몸을 훑었어. 저절로 몸이 떨렸지. 나를 비웃는 소리가 내 비명을 삼켰어. 깔깔 웃는 애들이 멀어지고 나서도 나는 혼자 소각장 뒤에 서 있었어. 다 타고 난 재가 바람에 날렸어. 나는 주저앉아 머리

위로 떨어지는 재를 보며 눈물을 흘렸어. 재가 식어 가라앉고 모든 아이들이 돌아가고 어둠만 남아 있을 때까지 꼼짝도 하지 못했어.

간신히 일어나 집으로 돌아가는데 다리가 후들거렸어. 나는 양손으로 얼굴을 가린 채 고개를 푹 숙이고 걸었어. 흔하디흔한 어둠도 담뱃불 자국이 선명하고 못생긴 내 얼굴을 가려주지는 못하니까. 걸으면서 내가 무슨 생각을 했었는지는 기억나지 않아. 하지만 그때, 단 한 번도 소녀라 불리지 못했던 나의 소녀 시절은 끝나버렸어. 바람이 불면, 나는 백만 개의 방향에서 불어닥치는 바람을 혼자 서서 맞아야 했으니까. 해가 지면, 해를 잡아먹고 세상을 집어삼키는 어둠 속에서 혼자서 걸어가야 하는 거였으니까.

집으로 돌아온 나는 한참이나 장롱을 뒤졌어. 적당한 게 있는지 찾는 거였어. 장롱 바닥까지 뒤집고 나서야 좋은 걸 찾아냈어. 내가 어릴 적에 기저귀로 쓰던 무명천이었지. 엄마가 그걸 왜 안 버리고 보관해두었는지는 모르겠어. 아무튼 나는 그 무명천을 책상 다리에 친친 감았어. 배배 꼬아서 끈으로 만든 기저귀는 내 배설물을 받아내는 대신, 내가 책상에 앉아 있는 동안 내 다리를 단단히 묶어주었지. 극심한 피로감과 잠의 유혹이 나를 파고들 때마다 무명 끈은 밤이나 낮이나 내 발목을 거세게 조였어. 무명 끈을 풀어내는 순간, 세상 어디에도 내가 있을 곳은 없다고 스스로에게 윽박지르는 수많은 날들이 쌓여갔지.

때때로 담뱃불 자국이 욱신거렸어. 책상에 엎드려 졸다가 식은땀과 악몽에 뒤치는 새벽에는 깔깔대는 웃음의 환청이 내 귀를 파고들기도 했어. 그러면 나는 깜짝 놀라 깨서 주위를 두리번거렸어. 여전히 어둡고 아무도 없는 곳에서 나 혼자 떨고 있었지. 그럴 때면 눈물을 흘리는 것 외에 내가 할 수 있는 게 없었어. 오로지 무명 끈으로 내 발목을 더 꽉 조여 묶을 뿐이었지.

학교를 졸업하고서도 나는 단 한 번도 입사면접을 통과하지 못했어. 면접은 고사하고 서류심사를 통과하는 일도 거의 없었어. 우수한 성적 따위는 별 도움이 되지 않았지. 길고도 긴 시간을 거친 내 얼굴은 그사이 더 네모나졌으니까. 주걱턱은 더 나온 데다 뺨에 담뱃불 흉터까지 올라붙어 있는 얼굴이었으니까. 그래서 그랬어. 입사원서에 동생의 사진을 붙여낸 적이 있었지. 다섯 손가락 안에 드는 큰 회사였어. 그러고 나니까 필기시험을 통과하고 드디어 면접을 볼 수 있게 되었어.

커다란 방이었어. 걸어 들어가는데 발소리가 너무 크게 울려 놀란 나머지 발끝을 들고 걸었어. 처음 사 신은 힐이 익숙하지 않아 하마터면 내 발에 걸려 넘어질 뻔했어. 남자 면접관들이 무표정한 얼굴로 앉아 있었지. 나를 힐끗 본 면접관들은 입사원서의 사진과 나를 번갈아보더니 내게는 아무것도 묻지 않았어. 다른 응시자들은 각자 영어로 자기소개를 하고 포부를 펼치고 토론을 벌이고 있었어. 나는 맨 끝자리에 앉아 안절부절못하고 있었지. 어쩌다 묻지도 않은 말에 내가 대답을 할라치면 면접관이 내 말을 자르고 다른 응시자에게 엉뚱한 질문을 하곤 했어. 왼쪽과 오른쪽 중 어느 쪽 얼굴에 자신 있느냐, 미팅 나갔는데 옆에 앉은 잘생긴 친구에게 관심이 집중된다면 어떻게 하겠느냐, 뭐 이런 식의 질문들이었어. 나는 삼십 분가량 이어진 면접 내내 입을 다물고 있어야만 했지. 그러고는 다 됐으니 나가라고 하더군. 다음 차례를 부르면서 말이야. 제자리에서 쭈뼛거리고 있던 나는 면접실을 나오기 전에 용기를 내서 물었어.

— 왜 제게는 한마디도 묻지 않으시는 거죠?

나는 부당함에 대해 항의했어. 그러자 면접관 중 한 명이 표 나게 인상을 쓰면서 한마디 하더니 내 대답도 듣지 않고 그대로 나가버렸어.

— 입사원서에 다른 사람의 사진을 붙이다니. 정직성과 도덕성이 의심되는 지원자에게 무슨 질문을 하라는 거요?

나는 아무 말도 하지 못했어. 내가 더 뭘 할 수 있었겠어. 아무것도 없었어. 나의 노력 따위는 아무것도 아닌 거였어. 집으로 돌아오는데 자꾸 걸음이 비틀거렸어. 어지러운 것 같기도 하고 속이 메스꺼운 것 같기도 했어. 두통약과 소화제를 사 먹었지만 소용없었어. 구역질이 치밀어 올라 몇 번이나 헛

구역질을 했어. 나중에는 노란 위액이 넘어오더군. 집으로 돌아온 나는 책상다리에서 무명 끈을 풀어 쓰레기통에 던져 넣었지.

그리고 그날 밤. 쓰레기통을 뒤져 무명 끈을 다시 꺼내 들었어. 이제는 누렇게 변한 무명 끈을 들고 화장실로 가 수건걸이에 끈을 묶었어. 한참 동안 그 끈을 손에 쥐고 숨을 골랐어. 눈물은 나오지 않았어. 그런 거 흘려봐야 봐줄 사람도 없고 이제 와서 눈물 따위가 무슨 상관이겠어. 나는 입을 다문 채 묶인 무명 끈 속으로 목을 들이밀었어.

무섭진 않았어. 다만 스스로에게 미안한 기분이 들었어. 그래서 까무룩 흐릿해져가는 의식으로 나는 미, 안, 해, 라고 말했어. 목구멍이 꺽꺽 막혀 말하기가 어려웠어. 눈앞이 흐려지면서 내가 소각장 한가운데 서 있는 장면이 떠올랐어. 어릴 적에 다니던 학교에 있는 소각장이었어. 좁디좁은 소각장 안에서 나는 어디로 가야 할지 몰랐어. 갑자기 불이 타오르기 시작했어. 나를 둘러싸고 있는 쓰레기들이 타들어가기 시작하더니 급기야 불은 내 몸에 옮겨 붙었어. 내 얼굴에서 연기가 피어오르기 시작했지. 마치 커다란 담뱃불이 짓이겨지는 것처럼 동그란 불길이 치솟았어. 연기 때문에 숨을 쉴 수가 없었어. 캑캑거렸지만 목구멍은 더욱 막혀가고 있었어. 너무 무서웠어. 그 불길이 나를 태워 나는 천천히 재가 되어가고 있었어. 큰 소리로 도와주세요, 외쳤지만 아무도 오지 않았지. 꺼억꺼억. 연기를 먹은 목구멍에서 가르륵 숨이 사그라졌어. 몸에서 힘이 빠지고. 그리고, 그 깔깔대는 웃음소리.

그때 누군가 내 목구멍을 벌리고 숨을 불어 넣었어. 뿌연 눈이 한참이나 지나서야 분명해졌지. 가난하고 추레한 잠바를 입고 있는 엄마가 나를 안고 울었어. 엄마의 얼굴도 사각에다 주걱턱이었지. 엄마의 울음은 그 밤이 다 지나도록 그치지 않았어. 나는 울지 않았어. 그저 울고 있는 엄마를 멍하니 보고 있었어. 내 좁고 네모난 세계에 엄마의 눈물이 흘러넘쳤어. 밤새 울고 난 엄마는 하얗게 질린 얼굴로 기침을 하기 시작했어. 그리고 엄마는 오래지 않아 폐결핵과 화병으로 죽었어.

그 후로 얼마나 누워 있었던 건지 나도 모르겠어. 엄마가 죽고 동생도 이젠 지쳤다며 집을 나가고, 그러고 나서도 아주 오랜 시간이 흐른 것 같았어. 어쩌면 며칠 되지 않는 시간이었을지 모르지. 하지만 나는 시간의 흐름을 느낄 수가 없었어. 배에서 꼬르륵 소리가 요동치면 아무거나 먹고 아무것도 없으면 그냥 잤어. 뭔가를 먹을 때를 제외하면 단 한 번도 입을 열지 않았고, 그저 오랫동안 빨지 않은 이불 속에서 종일 뒹굴었어. 잠이 오면 자고 잠이 오지 않으면 잠이 오길 기다렸어. 밤도 낮도 모두 밤인 날들이었어. 그러다 씻지 않은 발이 가려워 무심코 발을 서로 비볐지. 그런데 그 발이 발치에 아무렇게나 굴러다니던 리모컨을 건드렸나 봐. 티브이가 켜졌어. 백 년 만에 누군가의 말소리를 들은 기분이었고, 들리니까 귀가 열리더군. 곧이어 눈이 귀를 따라 티브이로 향했지.

한 케이블 채널이었어. 무지 못생긴 여자가 나와서 못생겼기 때문에 겪어야 했던 일을 말하고 있었어. 그 못생긴 여자는 자신이 극복해야 할 세상과의 간극은 눈 덮인 크레바스처럼 깊이를 알 수 없는 것이라며 울었어. 일그러진 외모는 마녀의 저주처럼 평생 따라다녔다고 말이야. 나는 이불을 박차고 일어나 앉았어. 떡 진 머리칼에서 비듬이 우두두 바닥으로 떨어졌어. 그리고 티브이 볼륨을 올렸지. 거의 본능적인 행동이라고 해도 좋아.

그 케이블 방송사에 성형을 주제로 한 프로그램이 생겨난 거였어. 연예인들의 줄지어 이어진 성형고백에다 성형으로 인생이 바뀐 사람들의 사연이 세간에 화제가 되고 있던 때였지. 프로그램은 못생겼다는 이유로 세상에서 외면당하고 핍박받아온 사람들을 돕기 위해서 생겼다고 말하더군. 나는 지난 방송까지 일일이 찾아보았어. 방송은 어떻게 저렇게 못생긴 사람이 다 있을까 싶은 여자를 데려다 비루먹은 그들의 삶을 보여주었어. 그들은 언제나 우울증과 피해망상에 시달렸다고 고백했고, 하나같이 친구가 없었어. 방송 내내 끝도 없이 눈물을 흘리고 있었지. 그러고는 성형수술 후 완전히 변한 새로운 모습을 보여주는 거야. 나는 눈을 크게 뜨고 티브이 앞에 바싹 다가앉았어. 그리고 소리쳤어.

저거다!

꿈

　하필이면 날씨가 너무 좋았다. 오로라는 원망스러운 눈으로 하늘을 올려다보았다. 그리고 깊은 한숨을 내쉬었다. 잠을 못 잔 탓인지 약간 어지러운 기분이었다. 주머니에서 마스크를 꺼내 쓴 오로라는 고개를 떨구고 바닥만 보고 걸었다. 막 건물 입구를 빠져나오는데 누군가와 부딪쳤다. 악. 마치 벽에 부딪친 것처럼 아파서 저도 모르게 고개를 들고 쳐다보았다.

　—*죄소웅하압니다.*

　어눌한 발음이 그대로 입 밖으로 나와버렸다. 오로라는 놀라 손으로 입을 막았다. 눈앞으로 커다란 박스가 지나갔다. 박스를 들고 있는 사람은 사무실에서 가끔 마주치던 물류 담당 직원이었다. 오로라는 직원이 자신을 알아볼까 봐 얼른 고개를 돌렸다. 다행히 직원은 신상품이 가득 든 박스를 들고 있어 죄송하다는 오로라의 인사에도 별 반응이 없었다. 다만 박스가 무거운 듯 걸음을 재촉해 건물로 들어갔다. 이제 오로라 대신 새로 온 모델이 저 박스에 들어 있는 예쁜 옷들을 입게 되겠지. 오로라는 마지막으로 건물 한쪽에 붙은 섹시 프린세스의 간판을 올려다보았다.

오로라는 막 온라인 쇼핑몰 섹시 프린세스의 모델에서 해고된 참이었다. 예상했던 일이었지만 막상 사장으로부터 미안하다는 말을 듣는 순간 심장이 쿵 떨어지는 것만 같았다. 사장에게 따져 물을 수도 없는 일이었다. 얼굴이 이렇게 돼버렸으니 더 이상 모델 일을 할 수 없는 건 당연하지 않겠는가. 사무실에서 나오는데 앳되고 귀여운 얼굴의 새 모델이 미소를 지은 채 들어오고 있었다. 사장이 자리에서 일어나 새 모델을 맞아주었다. 이제 저 여자애가 나를 대신해 날마다 예쁜 옷들을 입고 카메라 앞에서 웃어대겠지. 문득 지나간 날들이 거짓말처럼 느껴져 오로라는 고개를 가로저었다.

방송에 출연하고 성형 수술을 받은 후 오로라는 그야말로 꿈같은 시간들을 보냈다. 오로라는 예뻤고, 완전해졌다. 방송이 끝나자마자 여기저기서 오로라에게 연락이 왔다. 잡지 인터뷰도 하고, 방송에 출연해서 인생역전의 드라마를 들려주고, 심지어 강연 청탁도 받았다. 그리고 많은 남자들이 한번 만나고 싶다며 오로라의 연락처를 알아내려 했다.

그러다 섹시 프린세스라는 인터넷 쇼핑몰 모델로 발탁됐다. 오로라의 방송을 보고 채용한 거였다. 오로라는 매일같이 예쁜 옷을 입고 카메라 앞에서 쉼 없이 웃었다. 그러면 옷이 훨훨 팔려나갔다. 모든 게 다 잘됐다. 오로라가 해야 할 일이라곤 웃는 거뿐이었다. 예쁜 얼굴로 웃으니까 돈과 칭찬과 사랑이 날로 쌓여갔다. 정말이지 꿈을 꾸는 것 같았고 매일 새로운 날들이었다. 그런데 순식간에 그 모든 것이 사라져버린 것이다. 오로라는 한숨을 내쉬며 옷깃을 여몄다.

날씨가 따뜻해져서인지 거리엔 사람들이 많았다. 오로라는 마스크를 잔뜩 올려 얼굴을 가린 채 사람들을 피해 걸었다. 하지만 햇살이 너무 환해 얼굴이 완전히 가려지는 것 같진 않았다. 사람들이 모두 자신을 쳐다보는 것만 같았다. 오로라는 최대한 구석으로 붙어 벽을 따라 걸었지만 환한 봄 햇살이 거기까지 따라와 오로라를 비췄다. 햇살에 눈이 부셔 눈앞이 어지러울 지경이었다. 오로라는 문득 눈부신 조명 빛이 자신을 비추던 때를 떠올렸다.

처음으로 오로라가 주인공이 되었던 날이었다. 스튜디오 안의 공기는 탁하고 더웠다. 오로라는 웬만한 건물 이층보다 더 높은 천장을 올려다보았다. 그렇게 높은 천장을 보는 것 또한 처음이었다. 약간 위압감이 느껴졌다. 오로라는 소리 나지 않게 깊은 숨을 들이쉬고 내쉬기를 반복했다. 긴장과 흥분 때문에 눈동자가 쉼 없이 좌우로 움직였고 손바닥과 발바닥에 땀이 배어 나왔다. 프로그램 담당 피디가 큐 사인을 주자 진행자가 긴장된 톤으로 멘트를 했다.

　─자, 못생겼다는 이유로 불행한 삶을 살았던 주인공은 과연 수술 후 어떻게 바뀌었을까요? 여러분 모두 궁금하시죠?

　진행자는 잘나가는 여배우 H였다. H가 멘트를 마치자마자 방청객들이 일제히 네, 하고 큰 소리로 대답했다.

　─그럼 다 함께 오늘의 주인공을 불러볼까요?

　H의 말이 끝나기 무섭게 방청객들이 한목소리로 오로라의 이름을 불렀다. 그러자 무대의 조명이 꺼지면서 핀 조명이 오로라를 가리고 있는 커튼 위로 떨어졌다. 오로라는 커튼 뒤에서 자신의 이름이 불리는 소리를 들었다. 심장이 두근거리고 손에 땀이 잡히기 시작했다. 수술 뒤 오로라도 자신의 모습을 보는 건 그때가 처음이었다.

　오로라는 난생처음 머리에 염색을 하고 화장을 하고 보랏빛 꽃무늬가 자잘하게 박힌 시폰 미니드레스를 입은 자신의 모습이 어색하지는 않을지 걱정되었다. 드레스에 박힌 보랏빛 꽃송이가 꽃비처럼 오로라의 머리부터 발끝까지 우수수 떨어지는 기분이었다. 그런 옷을 처음 입어봐서 손은 어디다 두어야 좋은지 치맛단 아래로 드러난 다리는 얼마큼 붙여야 예쁘게 보이는지 알 수 없어 안절부절못했다. 화장이 지워질까 봐 함부로 얼굴에 손을 대지도 못하고 그저 처분을 바라는 아이처럼 두 손을 앞으로 모아 잡고 서 있었다.

드디어, 오로라를 가리고 있던 커튼이 천천히 위로 올라가기 시작했다. 그와 동시에 드라이아이스가 퍼져나가고 진행석으로 향하는 길을 따라 조명이 켜졌다. 천장에서 지미집 카메라가 내려오면서 오로라를 화면 가득 잡았다. 큰북이 둥둥 울리는 음향효과가 긴장되고 설레는 분위기를 고조시켰다. 오로라는 천천히 걸음을 떼기 시작했다. 카메라가 줌인해 들어와 오로라의 얼굴로 다가오기 시작했다. 스포트라이트가 천천히 걸음을 떼는 오로라를 환하게 내리비췄다.

내쏘는 조명 빛이 지나치게 환해서 눈이 부셨다. 눈앞에 놓인 길이 보이지 않을 정도였다. 금세 눈이 멀 것 같은 기분이 들었다. 그래도 오로라는 눈을 찡그리지 않고 미소 지었다. 흥분한 심장의 박동이 점점 빨라지더니 급기야 쿵쾅쿵쾅 요란한 소리를 내기 시작했다. 오로라는 깊이 숨을 들이마셨다. 스튜디오에 있는 사람들뿐 아니라 방송을 시청하는 모든 사람들이 자신을 보고 있을 생각을 하니까 다리가 후들거렸다. 온몸이 불에 타는 것처럼 뜨거워지고 얼떨떨한 기분이었다. 처음 받아보는 관심이었고, 몰라보게 변한 자신의 얼굴이 궁금해 미칠 지경이었다.

그리고, 오로라가 앞으로 걸어가는 순간, 모든 눈과 귀가 오로라에게 집중되고 한꺼번에 사람들의 박수와 환호가 터져 나왔다. 오로라는 그 찬사와 감탄의 한가운데에 우뚝 서서 사람들에게 미소를 지어 보였다. 오로라의 눈에는 아무것도 보이지 않고 다만 끝도 없이 이어지는 감탄사가 귓속으로 가득 흘러들어올 뿐이었다.

　휴. 오로라는 흥분이 되살아나는 것 같아 한숨을 내쉬었다. 아직도 그때의 환호성이 들리는 것 같고 귓가에는 그때 들었던 박수 소리가 끊이지 않았다. 오로라는 사람들을 등지고 내내 벽을 보며 걸었다. 다른 생각을 해보려고 노력했지만 머릿속에서는 박수 소리가 점점 더 커지고 있었다. 오로라는 돌아가고 싶었다. 다시 예뻐지면 사람들의 관심과 사랑이 다시 오로라에게 쏟아질 것이다. 지금껏 살면서 그때가 유일하게 행복했던 때였으니까 말이다. 점점 커지는 박수 소리가 신경을 자극하는데 갑자기 또다시 통증이 느껴지기 시작했다.

　턱이 아프기 시작하더니 급기야 턱관절에서 딱딱 소리가 나고 통증은 점점 더 심해졌다. 오로라는 손으로 턱을 감쌌다. 하지만 아무 소용없는 일이었다. 턱에서 시작된 통증은 신경을 타고 온몸으로 퍼져 머리는 깨질 것처럼 아프고 사지가 마비되는 것처럼 뻣뻣해지는 느낌이었다. 그러더니 턱관절이 제멋대로 아래위로 움직이기 시작했다. 멈추려 애썼지만 움직임은 멈춰지지 않았고 소리는 점점 더 커져만 갔다. 그리고는 뭔가 흐르는 느낌이 들어 백에서 손거울을 꺼내 들었다. 누가 보지 않도록 벽을 향해 돌아서서 거울을 들여다보았다. 어느새 마스크에 붉은 피가 번지고 있는 게 아닌가.

오로라는 깜짝 놀라 마스크를 벗고 티슈를 꺼내 흐른 피를 닦았다. 입을 벌리고 보자 입의 안쪽에서 피가 뚝뚝 떨어지고 있었다. 오로라는 아픔과 두려움 때문에 눈물을 흘렸다. 대체 무슨 일이 벌어지고 있는 건지 알 수 없어 불안했다. 이미 턱 관절은 보기 흉하게 뒤틀렸고 아무리 애써도 입은 제대로 다 물리지 않았다. 벌어진 입가로 검붉은 피가 흘러내렸다. 무서웠다. 이대로 삶이 끝나버릴 것처럼 두렵고 아팠다. 오로라는 온몸을 벌벌 떨며 벽을 보고 소리 내 울었다. 지나가는 사람들이 저마다 오로라의 뒷모습을 힐끔거렸다.

오로라는 걸음을 재촉했다. 사람들의 시선을 피하면서 서둘러 걷느라 숨이 찼다. 손에 티슈를 잔뜩 뭉쳐 입을 막고 고개는 푹 숙인 채였다. 자꾸만 터져 나오는 울음을 삼켰고, 목구멍이 아팠다. 사람들이 모두 자신을 이상한 눈으로 쳐다보는 것 같았다. 통증보다 그게 더 신경 쓰였다. 오로라는 창피하고 무서워서 사람들과 눈을 마주치지 못했다. 마치 술에 취한 사람처럼 다리는 제멋대로 흔들렸고 또렷하지 않은 눈의 초점은 땅바닥 어딘가를 헤매고 있었다. 어서, 어서 가야 해. 오로라는 오로지 그 생각만 했다. 하지만 걸음은 자꾸 제자리에서 헛돌았다.

병원 앞에 도착한 오로라는 가쁜 숨을 진정시키느라 애썼다. 마스크를 쓰고 있었기 때문에 호흡은 더욱 불규칙했다. 숨을 들이마시고 내쉬기를 반복하면서 병원 건물을 올려다보았다. 외벽이 맨 시멘트로 발라진 데다 동그란 구멍이 숭숭 뚫려 있는 모양새로 여전히 고급스럽고 세련된 외양이었다. 카메라와 함께 왔을 때와는 달리 병원으로 들어서는 걸음이 조심스러웠다. 안으로 들어서자 먼저 은은한 향내가 느껴졌다. 하지만 숨을 깊이 들이쉬자 병원 특유의 냄새가 희미하게 느껴졌다. 그 냄새를 맡자마자 오로라는 수술실에 들어가던 때가 떠올라 순간 가슴을 쓸어내렸다.

무섭고 추웠었다. 오로라는 수술대 위에 누워 오들오들 떨었다. 무명 끈에 목을 집어넣을 때도 그렇게 떨리지는 않았었다. 동그랗게 켜진 수술실 형광등이 그렇게 커 보일 수가 없었다. 수술 도중에 저 형광등이 뚝 떨어지면 어떡하지? 그러면 유리 파편이 내 온몸 여기저기에 깊숙이 박히겠지? 나는 죽게 될까? 예뻐진 얼굴도 못 보고? 오로라는 긴장과 두려움 때문에 숨조차 제대로 쉴 수 없었다. 양악수술은 전신마취를 하고 얼굴의 절반을 자르는 대수술이었다. 겪어본 적 없으므로 어찌해야 할 바를 몰랐다. 오로라는 입술이 하얗게 질렸다. 같이 들어온 카메라가 오로라의 얼굴을 클로즈업했다.

오로라가 멀뚱히 서서 수술했던 때를 떠올리고 있자니 수술복을 입은 간호사가 지나가다가 오로라를 힐끔 쳐다보았다. 오로라는 얼른 고개를 돌리고 카운터로 향했다.

—무슨 일로 오셨나요?

카운터에 앉아 있던 코디네이터가 오로라를 알아보고는

마뜩잖은 어투로 말했다. 카메라와 함께 왔을 때와 사뭇 다른 어투였다. 포니테일로 깔끔하게 머리를 묶은 코디네이터는 여전히 우아했다.

— *워언자앙니임 조옴······ 마안나아야 해애요.*

— 원장님 지금 수술 중이세요. 한참 걸릴 텐데 기다리시겠어요?

코디네이터는 오로라의 발음을 알아듣느라 약간 인상을 찌푸렸다. 오로라는 기다리겠다고 대답하고 소파 구석에 가 앉았다. 계속 피가 흘러 아예 티슈 통을 옆에 가져다 놓았다. 통증 때문에 어떤 생각에도 집중하기가 어려웠다. 오로라는 두려움을 잊으려고 병원 내부를 둘러보았다. 고급스러운 내부 한쪽 벽에 붙어 있는 의료진 소개 사진이 눈에 들어왔다. 오로라를 담당했던 의사는 사진 속에서도 여전히 여유 있는 미소를 짓고 있었다. 오로라는 피부에서 매끈한 윤기가 흐르던 담당 의사를 처음 만났던 때가 생각났다.

의사는 카메라와 함께 찾아간 오로라를 환한 웃음으로 맞아주었었다. 그러고는 자리에서 일어나 친절하게 환자용 의자를 오로라 쪽으로 끌어다 주었다. 카메라가 줄곧 의사를 찍고 있었다. 의사는 이내 가운 주머니에서 펜을 꺼내 오로라의 얼굴에 이리저리 표시를 하기 시작했다. 오로라는 시키는 대로 고개를 바싹 쳐들고 손은 가지런히 모아 무릎에 올려두었다.

— 심한 사각턱에 주걱턱이 문제군요.

의사는 손으로 오로라의 턱을 쥐고 이리저리 돌려보았다.

　─담뱃불 자국도 상태는 좋지 않지만 레이저로 해결할 수 있어요. 문신 지우는 것처럼요. 알죠?

　오로라는 고개를 끄덕였다. 처분만 바라는 불치병 환자처럼 간절한 표정이었다.

　─눈도 짝짝이라 살짝 만져주는 게 좋겠고…… 코는 생각보다 좋은데요? 콧방울도 적당하고 콧대도 잘 서 있고. 예뻐요.

　하면서 의사가 오로라를 향해 미소 지었다.

　─이, 해볼까요?

　의사는 이 발음을 길게 내면서 입을 옆으로 벌려 보였다.

　─음, 앞니 두 개가 토끼이빨이네요. 갈아내고 덧씌우면 될 거 같군요.

　오로라는 대문니가 보일까 봐 얼른 입을 닫았다.

　─역시 턱이 가장 안 좋아요. 아무래도 양악수술을 해야겠어요.

　의사가 펜으로 오로라의 얼굴에 다시 그림을 그리기 시작했다. 카메라에 비친 오로라의 얼굴은 지저분하게 장난쳐놓은 도화지 같았다.

　그 장면은 방송 때 고스란히 화면에 나왔다. 방청객들이 오로라의 얼굴을 보고 킥킥거리던 생각이 났다. 그러고는 저희들끼리 마주 보며 얼굴에 그림을 그리는 시늉을 하기도 했었다. 그까짓 것쯤 오로라는 우습게 참아 넘겼었다. 마음대로 비웃으라지. 그래봐야 이제는 자신보다 못생긴 사람들 아닌가. 하지만 화면에 수술 장면이 나왔을 때는 오로라도 견디기 어려웠다. 마취로 잠든 오로라 대신 카메라가 그 모든 과정을 기억해 재생해내고 있었다. 오로라는 진료실 옆에 붙은 수술실을 뚫어져라 보면서 방송 때 보았던 수술 장면을 떠올렸다.

일곱 시간에 걸친 대수술이었다. 의사가 날이 선 메스를 들고 오로라의 턱 선을 자르기 시작했다. 모자이크된 화면이 금세 흐르는 피의 붉은색으로 가득해졌다. 아. 으아. 방청석에서 괴성이 터져 나왔다. 누군가는 화면에서 얼굴을 돌렸다. 얼마 지나지 않아 허연 턱뼈가 드러나고 의사는 전기톱을 집어 들었다. 버튼을 누르자 위잉 위잉, 전기톱 돌아가는 소리가 요란했다. 오로라는 저도 모르게 얼굴을 찡그리면서 손을 턱으로 가져갔었다. 모자이크 처리된 화면에서는 톱으로 뼈를 자르는 소리가 생생하게 흘러나오고 있었다. 톱으로 뼈를 자르는 소리는 그치지 않고 계속 이어졌다. 사방으로 피가 튀었다. 오로라는 모자이크에 가려진 화면 속 자신의 모습을 뚫어져라 쳐다보았었다. 방청석에서 비명이 쏟아졌고 오로라는 흡, 숨을 멈췄다.

오로라는 마치 지금 자신의 턱뼈 위로 톱이 지나가는 것만 같았다. 그때의 고통이 살아나는 것처럼 턱이 아팠다. 오로라는 수술실 팻말을 노려보았다. 고막을 찢어대는 전기톱의 날카로운 파열음이 지금도 들리는 것만 같아 진저리를 치면서 연신 턱을 어루만졌다. 반 이상 잘려나가 허전해진 턱 선이 손안에 잘 들어오지 않았다.

하지만 정작 통증은 수술이 끝나고 본격적으로 시작되었었다. 정말이지 끔찍하고 무시무시한 통증이었다. 수술 후 밤마다, 낮마다 공포와 통증 때문에 잠 못 들었다. 수백 개의 대못이 얼굴을 끊임없이 찔러대는 것 같았다. 커다란 톱이 온몸의 뼈를 산산조각 내는 것 같았다. 오로라가 할 수 있는 거라곤 종일 냉찜질을 하고, 찜질을 쉴 땐 멀건 미음을 삼키거나 악몽을 꾸는 것뿐이었다.

되살아난 악몽을 뿌리치려는 듯 오로라는 고개를 세게 가로저으며 손으로 귀를 막았다.

―들어오세요.

간호사가 오로라를 불렀다. 오로라는 자리에서 일어나 진료실 쪽으로 걸어갔다. 걸어가다가 문득 벽에 붙은 거울에 턱을 비춰보았다. 웃을 때마다 턱이 당기고 아프다는 느낌이 처음 들었을 때는 그저 수술 후 근육들이 자리를 잡기 전이니까 그렇겠지 생각했었다. 그런데 수술 후 석 달이 지났을 무렵, 입을 벌리고 자세히 들여다보니 송곳니 쪽 잇몸이 떨어져 나가 있었다. 그러더니 급기야 입안에서 피가 나기 시작했다. 그리고 턱에서 소리가 나면서 통증이 시작된 것이었다.

―별거 아니에요. 양악수술을 하게 되면 종종 있는 일이에요.

의사는 심드렁하게 말했다. 그러고는 곧 또 수술이 있다며 무슨 이상이 있으면 또 오라고 건성으로 덧붙이고는 이내 나가버렸다. 오로라는 제대로 말도 못했다. 그리고 나오는데 간호사가 처방전을 내밀었다. 약국에 가 물으니 진통소염제와 지혈제라고 했다.

집으로 돌아와 약을 먹고 누웠다. 하지만 의사의 말과 달리 증상은 더 심해졌다. 진통제를 또 꺼내 먹었지만 여전히 턱관절에서 소리가 나고 미친 듯이 아팠다. 턱이 틀어지고 입도 저절로 벌어지고 아무 때나 침이 흐르면서 발음이 샜다. 어눌한 발음으로 말을 하니까 정말 바보가 된 기분이었다. 거기다 침까지 흘리는 얼굴이라니. 오로라는 멍청한 얼굴로 침을 흘리지 않으려고 입을 꾹 다물었다. 토막 나버린 말들이 입 밖으로 나오지 못하고 속으로 숨어들었다.

식은땀의 한기 때문에 잠에서 깼다. 깊은 새벽이었다. 오로라는 악몽이 무서워 다시 잠들지 못했다. 꿈속에서 세상은 어둠 이상으로 캄캄했다. 마치 차가운 녹내장이 시작되어 시야가 침침하게 지워지는 것 같았다. 고개를 좌우로 흔들면서 낮은 신음을 토하자 비틀거리던 몸에서 턱이 쑥 빠져 떨어져나가는 것 같았다. 오로라는 어, 으, 아, 하는 알아듣지 못할 신음을 토하면서 울었다. 날이 밝자마자 오로라는 다른 병원을 찾았다.

─양악수술 부작용입니다. 턱을 잘라내고 다시 이어붙이면서 나사를 잇몸 끝자락에 박았는데 고무줄로 나사를 묶을

때 잘못해서 잇몸이 떨어져나간 거예요. 내버려두면 점점 더 심해질 겁니다.

의사는 재수술을 해야 한다고 했다. 재수술한다고 해도 떨어져 나간 잇몸은 다시 나지 않으니 평생 그대로 살아야 할 거라고 말했다. 오로라가 힘없이 자리에서 일어나는데 의사가 오로라의 등 뒤에 대고 한마디 덧붙였다.

— 의료분쟁에 휘말릴 경우를 대비해서 재수술은 애초에 수술했던 병원에 가서 하는 것이 가장 좋습니다.

오로라는 그 길로 다시 수술했던 병원을 찾았다. 의사의 목소리는 차가웠고 표정은 굳어 있었다. 오로라는 카메라와 함께 처음 찾아갔던 때를 떠올리면서 속으로 한숨을 뱉었다.

— 협찬으로 수술해줬던 거라 재수술은 안 됩니다.

— *그러엄 어떠케 해야지요?*

의사는 일그러진 오로라의 발음을 알아듣느라 인상을 찌푸렸다.

— 밖에 나가서 코디네이터와 상의하세요.

의사의 팽팽한 얼굴 피부는 주름이 지는 대신 기묘하게 비뚤어졌다. 오로라가 막 입을 벌리고 뭐라 더 말을 하려고 했지만 의사는 지금 수술이 잡혀 있다면서 자리에서 일어났다.

— 재수술은 가능합니다. 하지만 비용을 부담하셔야 합니다.

코디네이터는 사무적으로 말했다. 그러고는 계산기에 숫자를 똑똑 찍더니 오로라에게 내밀었다. 그러면서 비용을 받지 않고 수술했던 경우라 민원을 제기해도 소용없다고 덧붙였다. 오로라는 고개를 숙여 계산기를 들여다보았다. 계산기에 찍힌 숫자는 멀쩡한 턱도 벌어질 만한 액수였다.

병원 밖으로 나온 오로라는 마스크를 쓰고 간호사가 다시 챙겨준 처방전을 들고 약국으로 향했다. 거리에는 햇살이 가득했다. 옆 건물 옥상 위에 커다란 광고판이 붙어 있는 게 보였다. 여배우 H가 화장품을 손에 든 채 활짝 웃고 있었다. 여전히 아름다운 얼굴이었다. H는 매일같이 신께 감사기도를 할까? 오로라는 쓸데없는 생각을 하며 쓴웃음을 지었다. 그러자 마스크 안에서 오로라의 입꼬리가 괴상하게 한쪽으로 틀어져 올라갔다. 햇살이 너무 환해 오로라는 눈을 찡그렸다. 문득 눈부시게 화려했던 무대 위의 스포트라이트와 처음 입었던 보라색 꽃무늬 원피스가 생각났다.

7am on Mar. 21

까무룩 잠이 들었던가 보았다. 교진은 잠에서 깨어 잿빛의 날이 시작되는 것을 지켜보았다. 느리고 반쯤 불투명했다. 히터가 꺼진 차 안은 추웠다. 몸이 떨렸고, 몹시 피곤했다. 오로라는 조수석에서 웅크린 채 잠들어 있었다. 울었나. 오로라의 얼굴에 허연 눈물 자국이 한 줄기 말라붙어 있었다. 교진은 그때까지도 오로라의 손에 들려 있던 사진을 바라보았다. 눈물이 떨어진 자리가 허연 곰팡이 꽃이 피어나듯 짓물러 멀겋게 쭈글쭈글했다. 꿈이라도 꾸는지 오로라가 입을 오물거리면서 신음했다.

교진은 먼저 시동을 걸고 히터를 틀었다. 그 소리에 놀랐는지 오로라가 부르르 몸을 떨면서 눈을 떴다. 그리고 이곳이 어딘지를 가늠하는 듯 눈을 깜박거리며 주위를 살폈다. 교진을 돌아보고 낮은 한숨을 뱉었다. 둘 다 추웠고 덮을 게 없었다. 교진이 뒷좌석을 뒤져 오랫동안 빨지 않은 무릎담요를 찾았다. 담요를 건네자 오로라는 두말 않고 받아 들었다. 담요를 배에 걸쳐 얹은 오로라는 조수석 의자를 뒤로 밀더니 반쯤 누운 자세로 두 다리를 대시보드 위에 얹었다.

　— *부우었어.*

　— 그래도 이건 좀…….

교진은 쭉 뻗은 오로라의 다리를 보면서 혀를 찼다. 예의가 아니…… 라고 말하다 말고 오로라가 입고 있는 레깅스가 팽팽하게 부풀어 올라 있는 걸 보고 입을 다물었다.

　— 원래 그렇게 잘 붓는 체질이야?

교진의 물음에 오로라는 그저 어깨만 으쓱해 보인 뒤 고개를 옆으로 돌려 창밖을 바라보았다. 바깥은 아직 겨울 한가운데에 있었다. 온통 바싹 마른 나무숲이었다. 헐거운 잿빛 겨울 숲으로 아침 해가 환영처럼 떠오르고 있었다. 교진은 오로라를 내버려둔 채 차 밖으로 나왔다. 발에 마른 흙과 죽은 잎사귀들이 밟혀 서걱서걱 겨울 소리를 냈다. 흡. 차가운 숲 속의 공기 때문에 순간 숨이 막혔고 머리가 멍했다. 교진은 급하게 숨을 들이마시고 내쉬었다. 빈 나뭇가지를 아침 바람이 흔들고 있었다. 여기가 어딘지 알 수 없었다. 벌목을 했는지 둥치만 남은 나무들과 가지에 붉은 리본을 매단 나무들이 순서 없이 떨고 있었다. 교진은 머리를 흔들어 생각을 해보려고 했지만 찬바람이 다 쓸어가버린 듯 멍했다.

어느새 따라 나온 오로라가 옆에 와 섰다. 눈을 들어 최대한 멀리 바라보았다. 햇살 속에 뭔가 반짝였다.

—*저, 거……*.

—뭐?

오로라가 손을 들어 먼 곳을 가리켰다. 그 끝에 커다란 물이 걸려 있었다.

—저수지네.

교진은 어깨를 웅크리고 손은 주머니에 넣은 채 입으로만 대꾸했다. 입이 바싹 말라 입안으로 침을 모아 삼켰다. 오로라는 저수지를 보고 있었다. 막 어둠에서 깨어난 저수지에서 물 냄새가 풍겨왔다. 움직임이 거의 없는 물에서 피어오르는 냉기가 이물스러웠다. 오로라가 손으로 배를 문지르면서 교진을 돌아보았다.

—*배 아안 고파?*

—배고파죽겠다. 목도 마르고. 일단 내려가서 마을이라도 좀 찾아보든지…….

오로라가 막 돌아서려는 교진의 소맷부리를 잡아끌었다.

—*기다아려.*

교진은 오로라를 따라 차 안으로 들어갔다. 영문을 몰라 그저 오로라를 물끄러미 보고 있었다. 오로라가 배낭을 열더니 그 안에서 뭔가를 주섬주섬 꺼내기 시작했다. 이어 무릎담요를 차 뒷좌석에 깔고 꺼낸 것들을 늘어놓았다. 봉지를 들고 세게 이 분간 흔들면 자체 발열해서 데워지는 비빔밥과 꼬마김치, 뜨거운 물만 부으면 바로 먹을 수 있는 소고기 뭇국이었다. 오로라는 일회용 숟가락과 나무젓가락도 잊지 않았다. 잠깐 생각하는 듯하더니 배낭에서 모든 메뉴를 하나씩 더 꺼내놓았다.

—이게 다 뭐야? 언제 챙겨온 거야?

교진의 눈이 놀라 커졌다. 오로라가 웃는 듯한 표정으로 교진을 보면서 비빔밥을 흔들어대기 시작했다.

—이런 걸 미리 다 챙겨놓은 거야?

—*마안야악으을 모올라서어.*

음식들을 내려다보며 묻던 교진은 아차, 했다.

—너…… 왜 날 따라온 거야?

—*따아라 오온 거 아니야.*

오로라는 계속해서 비빔밥을 흔들고 있었다. 사그락, 사그락 봉지 안에서 비빔밥 섞이는 소리가 났다.

—그럼 뭔데?

—*그냐앙 내가아 오온 거야.*

—그게 무슨…….

오로라가 나머지 한 개의 비빔밥을 교진에게 내밀었다. 눈으로 흔들라는 시늉을 했다. 그 바람에 교진의 질문은 꼬리가 잘렸다.

— *이일다안 머억고오.*

교진은 멍한 표정으로 오로라가 건넨 비빔밥 봉지를 흔들었다. 미심쩍은 눈초리로 오로라를 쳐다보았지만 오로라는 아랑곳하지 않고 비빔밥 봉지를 뜯어 먹기 시작했다. 냄새가 근사했다.

— 그래. 일단 먹자.

기대하지 않았지만 비빔밥은 그럴듯했다. 콩나물은 아삭했고 김가루는 바삭했으며 밥알은 탱글탱글했다. 오로라는 배낭에서 보온병을 꺼내왔다. 시간이 지나 미지근한 물을 부은 소고기 뭇국에는 소기름이 떠 있었다. 둘은 뭇국을 국물까지 싹 비웠다. 쓰레기를 대충 모아 치운 뒤 오로라가 티슈를 꺼내 엉성한 숲 속으로 들어갔다. 교진은 뭐가 뭔지 모르겠다는 표정으로 오로라의 뒤태를 노려보았다. 그러다 주유소 마크가 찍힌 티슈를 들고 차 밖으로 나가 오로라의 반대 방향으로 뛰었다. 꽃 따는 동안 차가운 겨울바람이 빈 엉덩이를 훑었다.

배가 차니까 덜 추웠다. 교진은 저수지로 내려갔다. 물은 차가웠다. 세포들이 일제히 들고 일어날 지경이었다. 그래도 얼굴을 씻고 나니까 머리가 맑아지는 기분이었다. 차가운 땅에 엉덩이를 붙이고 앉아 쉬는데 갑자기 물 가운데서 뭔가가 튀어 올랐다. 뒤따라온 오로라가 기겁을 하면서 소리 질렀

다. 팔뚝만 한 송어였다. 교진은 쿡, 속웃음을 웃으며 물속을
자세히 들여다보았다. 그러고 보니 물속에서 송어 떼가 저들
끼리 뒤치고 있었다. 햇살을 받은 비늘이 유리 파편처럼 톡톡
튀었다. 양식장인가. 눈에 드러난 가두리 시설은 없었다. 둘
러보니 빈 낚싯대가 두엇 물속에 걸쳐 있고, 구겨진 종이 소
주팩과 빈 라면 봉지가 흙 속에 반쯤 박혀 있었다. 오래 머물
수 있는 곳이 아니었다. 누군가 곧 낚싯대를 챙기러 올라올
것이었다.

교진은 일어나 엉덩이를 털었다. 밤새 이슬을 맞은 흙은 엉
덩이에 들러붙어 쉽게 떨어지지 않았다. 물가에서 잔물결이
일어 뭍을 씻어 내리다가 다시 자갈밭에 부서져 밀려가면서
부글거리고 쏵쏵거렸다. 오로라가 물을 묻힌 손가락으로 머
리칼을 쓸어 빗었다.

─차 뒷자리에 손거울 있던데?

─*꾀일요 어업서.*

─왜?

교진의 입에서 저도 모르게 나와버렸다. 교진은 급하게 입
을 다물었다. 오로라는 아무 대답도 하지 않았다. 못 들은 척
뒤돌아 차로 돌아갔다. 머쓱해진 교진은 물 묻은 손을 바지
주머니에 문질러 닦고 오로라의 뒤를 따랐다.


다시, 출발했다. 오로라는 계속 추운지 담요를 목까지 끌어

올려 덮었다. 얼굴엔 피곤이 검버섯처럼 눌어붙어 있었다. 교진은 오로라의 눈치를 보면서 히터를 더 세게 틀었다. 금세 차창에 뿌옇게 김이 서렸다. 출발했지만, 어디로 가야 할지 몰랐다. 여기가 어딘지도 알 수 없었으므로 어느 쪽으로 방향을 잡아야 할지 모르는 게 당연했다. 내비게이션은 떼어내버렸고 산속에 이정표 따위가 있을 리 없었다. 이철세는 아직도 길 위를 헤매고 있을까. 놈이라면 결코 포기하지 않을 것이다. 남쪽으로 향하다 과천 대공원에서 놈을 따돌리고 방향을 틀어 해가 뜨는 쪽으로 길을 잡아왔다. 김서림제거 팬을 돌리자 곧 차창 밖으로 길이 드러났다. 교진은 가속 페달을 밟았다. 어차피 산속 외길이었다.

해발로 따져 이백여 미터는 내려왔다 싶을 즈음 도로 옆으로 큰물이 내려다보였다. 아까 본 저수지와는 비교도 되지 않을 만큼 큰물이었다. 양옆으로 산등성이에 둘러싸여 완만하게 내려오다가 만을 이루는 곳의 경사면에 마을이 있는 게 보였다. 이른 시간인지 마을은 아직 깨어나기 전이었고, 작은 모터가 달린 낚싯배 한 척이 뭍으로 쑥 올라와 있었다. 어떻게 저기까지 올렸을까 싶게 배는 물가에서 십여 미터는 족히 떨어져 있었다. 교진은 몸을 차 앞유리에 붙이고 밖을 살폈다. 시선이 닿는 거리 끝에 담양호 방향을 가리키는 이정표가 눈에 걸렸다. 밤새 단양 쪽으로 넘어온 모양이었다. 잠시 차를 멈췄다.

하늘과 산줄기와 물로 삼등분된 풍경은 흐린 아침 안개로 경계가 분명하지 않았다. 물의 표면에 하늘이 내려앉아 있었다. 안개 속에 숨은 햇살을 찾아 담뿍 담은 물은 고요하게 반짝였다. 고운 결이었다. 오로라가 창문을 열고 고개를 내밀었다. 이어 팔을 뻗어 조용하게 누워 있는 물결이라도 휘저으려는 듯 공중에다 흔들어댔다.

— *보옴이 오며언 예쁘게었다.*

교진은 말없이 고개만 끄덕였다. 구름 사이로 반짝 햇살이 내비쳤다가 다시 숨었다. 햇살과 구름과 물결이 만들어내는 변주가 느리고 아름다웠다. 교진은 다시 가속 페달에 발을 올려놓았다. 시내 쪽으로 갈 수 없어 샛길로 빠졌다. 마을도 피해야 했다. 작은 마을에서는 낯선 사람에게 큰 호기심을 보이는 법이다.

조금 더 내려오니까 굴다리가 나왔다. 차든 사람이든 통행한 지 오래된 것 같은 모양새에 끌려 굴다리를 지났다. 굴다리 안은 어두웠다. 양옆에는 바짝 마른 산나물이며 나뭇가지들이 쓸려 다녔고 제설용 모래주머니가 쌓여 있었다. 벽에는 백 년은 된 듯한 거미줄이 치렁치렁했다. 속도를 죽여 지나는데 후다닥, 뭔가가 튀어나와 보닛에 부닥쳤다. 고양이였다. 거친 파열음으로 차가 멈추자 고양이는 차 안을 쓱 훑어보고는 재빠르게 앞으로 뛰어나갔다. 다친 곳은 없는지 가벼운 몸놀림이었다.

―흰점이?

―*뭐어?*

―아무것도 아니야.

확실히 흰점이와 비슷한 데가 있는 고양이였다. 흰점이처럼 코 옆에 허연 반점이 새겨져 있었다. 고양이가 다리를 빠져나가다 말고 이쪽을 돌아보며 이빨을 드러냈다. 저 정도 송곳니에 충분한 적의가 없으면 이빨은 아마 살점 깊숙이 박힐 것이다. 흰점이가 그랬을까……. 교진은 혼잣말을 중얼거렸다. 문득 물어뜯긴 H의 반쪽 얼굴이 떠올라 고개를 저었다. 험상궂은 표정을 짓던 고양이가 이쪽을 돌아다보며 천천히 굴다리를 빠져나갔다.

굴다리를 빠져나와 뒤를 돌아보니 위쪽으로 도로가 지나고 있었다. 고속도로인 듯했다. 평일 아침이라 지나는 차도 없었다. 도로 뒤쪽으로는 야산이었다. 앞쪽으로는 빈 들판. 빈 들판 뒤로 또 야산. 봄이 와서 밭에 씨를 뿌리기 전엔 인적이 있을 곳이 아니었다. 조금 더 내려오니 여전히 오가는 사람은 없고, 군 사격장 팻말이 붙어 있었다. 계속 샛길을 따라갔다. 말라 죽어 비틀리고 윗가지가 잘려나간 나무에 팻말이 붙어 있는 게 보였다. 가까이 가보니 옹이 지고 한쪽이 떨어져나간 나무 팻말에 '새림서점'이라고 쓰인 굵은 매직 글씨가 흐려지고 있었다. 고속도로 바로 옆에 그것도 인적이 거의 없는 산속에 서점이라니. 새림서점 밑에 작은 글씨로 '숲

속의 헌책방 이쪽으로 20m'라고 덧붙여져 있었다. 매직으로
그어진 화살표 옆에 펼친 책 모양 그림이 허술하게 그려져 있
었다.

— *오주옴 마려어.*

교진은 대시보드에 박힌 디지털시계를 보았다. 아침 먹고
꽃 따러 갔다 온 지 채 한 시간도 지나지 않았다. 교진은 이해
할 수 없다는 표정으로 오로라를 돌아보았다. 오로라는 어느
새 손에 티슈 봉지를 쥐고 다른 손은 문손잡이에 얹어놓고 있
었다. 잠시 고민하던 교진은 서점의 화살표를 따라 핸들을 오
른쪽으로 돌렸다. 깊은 산속이라도 책방이라면 잠깐 들르는
게 이상한 일도 아닐 것이다. 하지만 교진은 곧 차를 그 자리
에 세워야 했다. 길이 끊겨 있었다. 주차 기어를 넣자마자 오
로라가 차 문을 열고 내렸다. 교진은 하는 수 없이 따라 내렸
다. 몇 발짝 걷던 오로라가 다시 돌아와 무릎담요를 꺼내 어
깨에 둘렀다. 공기는 차가웠고 호흡을 따라 입김이 쏟아져 나
왔다. 입가에 비릿한 안개 맛이 느껴졌다.

오로라를 따라 흙길을 걸어 내려가던 교진은 금세 기분이
나빠졌다. 밤새 얼었다 녹은 땅이 질척해서 조심해서 걸었지
만 신발에 온통 흙이 달라붙었다. 순전히 그 때문에 여기다
오로라를 버리고 갈까, 하는 혼잣말이 저절로 흘러나왔다. 교
진은 방기의 충동을 참아내느라 입을 꾹 다물고 앞만 보고 걸
었다. 신발을 내려다보지 않으려고 애썼다. 이 미터가 안 되

는 너비의 오솔길은 왼쪽에 빈 밭을, 오른쪽으로는 담처럼 길게 이어진 숲을 옆구리에 끼고 있었다. 길가로 누군가 연못을 파놓은 것이었던 듯 보이는 웅덩이가 버려져 있었다. 둥글게 돌이 놓인 웅덩이에서 썩은 동식물의 냄새가 섞여 한꺼번에 올라왔다.

교진은 손으로 코를 움켜쥐고 웅덩이에 발이 젖지 않도록 비켜서 걸었다. 뒤돌아보니 긴 에스 자 길이 굴다리와 이어져 있었다. 오십 미터는 넘게 걸었지만 책방은커녕 어떤 인공 구조물도 보이지 않았다. 그저 반년 가까이 견디느라 지친 숲의 겨울이 오롯이 드러나 있을 뿐이었다. 예년 같으면 들과 나무에 물이 오르기 시작할 때였지만 여전히 들판과 숲은 잠들어 있었다. 바람조차 일지 않아 버려지고 잊힌 곳 같았다. 교진의 발걸음을 따라 흙덩이가 바스러지는 소리만 올라왔다. 길은 오른쪽으로 크게 구부러져 있었다. 잠시 망설이던 교진은 길을 따라 돌았다.

정말, 거짓말처럼 거기 책방이 있었다. 얕은 경사면에 지어진 이층 목조주택이었고, 널빤지에 '숲 속의 헌책방, 새림서점'이라 쓰인 팻말이 지붕 밑에 매달려 있었다. 경사면 아래쪽으로 길게 이어진 건물은 나무 벽에 격자무늬 창이 달려 있었다. 전체적으로 보면 산장과 비슷한 분위기였는데, 그보다 훨씬 규모가 컸고 전문가의 조언을 구하지 않은 듯 허술해 보였다.

아직 채 완공하지 않은 집인지 한쪽 벽면에는 포장을 뜯지 않은 나무 패널이 잔뜩 쌓여 있었다. 집 주변은 온통 쓰레기 장이었다. 뜯어내버린 낡은 보일러며 곰팡이 핀 비닐 장판, 무덤에서라도 꺼낸 것 같은 책 무더기가 여기저기 버려져 있었다. 나무판자며 각목 따위는 아무렇게나 지붕 위에 널브러져 있는 데다 내버린 의자들이며 책상들이 제멋대로 굴러다녔다. 초등학교에서 볼 수 있는 책걸상들이었다. 저런 게 어떻게 여기까지 올라왔을까, 교진은 고개를 갸웃했다.

뜬금없기는 건물 전체가 다 그랬다. 산속에 개인이 잘 지어놓은 별장도 아니고 헌책방이라는데 아직 다 짓지도 않은 건물이라. 이제 막 개업 준비를 하는 곳인 듯싶었지만 매달린 팻말은 수 년 동안 그곳에서 차가운 겨울을 난 듯 지치고 낡아 있었다. 건물 뒤쪽에는 얕은 개울이 흘렀는데 나무를 엮어 만든 다리를 밟아 건너면 바로 뒷산이었다. 개울가에 놓인 넓적한 바위는 일부러 그곳에 가져다 놓은 것처럼 커다란 나무 밑자리를 차지하고 있었다.

입구 옆쪽 벽면에는 게시판처럼 커다란 보드가 붙어 있었다. 오래된 흑백사진이 표구되어 걸려 있고 각종 지방 언론 매체들에서 오려낸 듯한 기사들이 스크랩되어 있었다. 모두 새림서점을 소개하는 기사들이었다. 지역에선 꽤 유명세를 탄 모양이었다. 기사 속에 공통적으로 들어 있는 인물은 머리가 반쯤 벗겨지고 주름이 깊은 초로의 사내였다. 마른 몸피의 남자는 이빨이 여러 개 빠져 웃을 때 입안 여기저기가 비어 있었다. 다른 사람과 같이 찍힌 사진이 없는 걸로 봐서 가족 없이 혼자 지내는 듯했다. 창턱에 팔을 괴고 먼 곳을 바라보고 있는 사진이 인상적이었다.

그런데 눈빛이 심상치 않았다. 노인의 눈빛은 뭐랄까, 뭔가를 생각하고 있거나 혹은 뭔가를 감추고 있는 느낌이었다. 그렇지 않은가. 혼자 깊은 산속에 들어와서 책방을 한다는 것이 이해되지 않았다. 교진은 노인의 정체가 의심스러워 인상을 찌푸렸다. 어떤 사연이 있어 도망 길에 나섰다가 결국 이곳으로 숨어든 건 아닐까. 혹은 알 수 없는 이유로 신분 위장이 필요한 사람은 아닐까. 교진은 호기심과 불안을 동시에 느꼈다.

조심스럽게 현관문을 여는데 문풍지가 쓸리는 소리가 났다.

—실례합니다.

교진은 입구에 서서 작은 소리로 인기척을 냈다.

—아무도 안 계세요?

목소리를 조금 키웠다. 안으로 들어가보니 가장 먼저 커다란 난로가 눈에 들어왔다. 나무를 때는 난로는 불이 꺼져 있었지만 아직 따뜻했다. 교진은 눈으로 오로라를 찾아 두리번거렸다.

—책을 좀 보러 왔는데요.

데시벨이 더 높아진 목소리에도 아무 응답이 없었다.

—*아무도오 어업서.*

어딘가에서 오로라가 쑥 나왔다. 그러더니 여기저기를 살피기 시작했다. 안쪽에는 때가 눌어붙고 한쪽 문짝이 덜렁거리는 싱크대와 먼지투성이 가스레인지가 올려져 있는 게 부엌의 꼴을 하고 있었다. 그 옆으로 문이 하나 나 있었다. 오로라가 거침없이 문을 열고 안으로 들어갔다.

─주인 허락도 없이…….

교진이 오로라의 예의 없는 행동을 나무라며 뒤를 따랐다. 열린 방 안에는 역시 아무도 없었다. 사무실 겸으로 쓰는 공간인 듯 앉은뱅이책상에 컴퓨터와 프린터 한 대가 놓여 있을 뿐 그 외 풍경은 바깥과 별반 다르지 않았다. 덜 마른 빨래와 이불은 바닥에 제멋대로 널려 있었고, 대충 못을 박아놓은 옷걸이에는 낡고 때 묻은 작업복이 걸려 있었다. 홀아비 냄새가 지독했다. 코를 막고 방에서 나온 오로라가 한쪽에 나 있는 목조 계단을 오르기 시작했다. 이층 공간으로 이어지는 곳이었는데 바닥이 낮아 고개를 숙이고 올라야 했다.

이층은 제법 공간이 넓었다. 방문은 세 개나 되었는데 오로라를 따라 방 안을 엿보니 안에는 잘 개켜진 이불이 각각 마련되어 있었다. 마치 손님을 받는 시골의 민박집 같은 공간이었다. 다만 방 안에 오래 머문 한기에 어깨가 떨렸다.

─ *여기 조으은데?*

하면서 오로라가 방 안으로 들어갔다. 교진은 망설였다. 노인의 눈빛이 생각났다. 방은 주인이 쓰는 공간이 아닌지 오래

된 먼지 냄새가 배어 있었다. 오로라가 거침없이 구석에 놓인 이불을 가져다 바닥에 깔았다. 오로라를 말리려다 말고 교진은 몸을 떨며 난방 시설을 찾아보았다. 이층 싱크대 뒤쪽으로 기름보일러가 매달려 있었다. 전원을 넣자 윙 소리와 함께 타닥, 불이 오르는 소리가 났다. 오로라가 꿉꿉한 냄새가 나는 이불 위에 앉더니 이윽고 그대로 누워버렸다. 교진은 구석에 쪼그려 앉았다. 예의와 염치에 대한 생각을 버릴 만큼 몸이 녹초가 된 상태였다. 사방으로 귀를 기울여보았지만 여전히 아무 소리도 들리지 않았다. 교진은 벽에 기대앉았다. 얼마 지나지 않아 눈꺼풀이 내려오기 시작하더니 곧 쓰러지듯 찬 바닥에 모로 누웠다. 잠이 들면서도 파카 앞섶을 단단하게 여몄다.

— 내 휴대폰 어쨌어?

— 그걸 왜 나에게 묻지? 난 모르는 일이야.

— 당신이 모르면 누가 알아? 당신이 빼돌린 거잖아. 여기서 밤새 빼박이 노릇해봐야 얼마나 벌겠어. 휴대폰 하나면 하룻밤 일당 뽑고도 남는 거 아냐?

H의 얼굴이 점점 더 커졌다. 앙칼진 목소리는 우렁우렁 울렸다. 옆에서 지켜보던 사람들은 킬킬거리면서 교진을 비웃었다. 캄캄한 하늘이 불이 번지듯 점점 검붉어지더니 우박이 쏟아지기 시작했다.

— 말이면 단 줄 알아? 난 그따위 짓 안 해, 안 한다고.

— 그걸 어떻게 믿지? 당신 같은 사람들 많이 봐서 아는데 말이야…….

— 나 같은 사람이 어떤 사람인데? 나를 많이 봤다고? 나를 언제 봤는데? 나를 알아?

우박이 교진에게만 떨어졌다. 호두만 한 우박은 검붉은 색이었다. 교진은 화가 치밀어 견딜 수가 없었다.

— 감히 네까짓 게 나를 좀도둑 취급해?

— 뭐야? 내가 누군지 몰라? 나 H야, H라구. 어디서 거지 같은 게 지랄…….

— 너 따위 한물간 배우가 뭐? 나한테 지랄? 창녀 주제에.

교진의 눈동자가 붉어졌다. 실핏줄이 터져 핏물이 흘러내렸다. 주위를 둘러보았다. 버려진 장작 하나가 바닥에 뒹굴고 있었다. 교진은 장작을 집어 들고 그대로 H의 머리를 내려쳤다. 장작에 박혀 있던 대못이 H의 정수리를 꿰뚫었다. 힘을 주어 뽑아내자 핏줄기가 분수처럼 하늘을 향해 솟아올랐다. H가 악악대며 비명을 질렀다. 지켜보던 사람들이 점점 작아졌다. 작아지면서 끊임없이 교진을 비웃었다. 우박이 얼굴로 떨어져 피부가 찢어졌다. 뺨에서 붉은 피가 흘러 발등에 떨어졌다.

— 창녀? 네 놈이 내 가랑이를 벌려본 적 있어? 네 놈한테는 가랑이는커녕 가래침도 아까워. 퉤.

정수리에서 피를 뿜는 H가 교진을 향해 가래침을 뱉었다. 가래침은 검붉은 공중에 아치를 그리면서 교진의 미간에 탁, 달라붙었다. 침과 피가 뒤섞여 턱을 타고 흘렀다. 교진은 천천히 H에게 다가갔다. 그리고 머리채를 쥐고 흔들었다. 교진의 손안에서 H는 소리 없는 비명을 질렀다. H의 예쁜 이목구비가 형편없이 구겨지고 있었다. 교진은 입을 크게 벌리고 H의 얼굴을 물어뜯었다. 악.

소리는 H의 것인지 교진의 것인지 알 수 없었다. H의 얼굴은 마치 짓눌려 곤죽이 된 딸기파이처럼 한입에 떨어져 나왔다. 떼어낸 얼굴 반쪽을 퉤, 바닥에 뱉어냈다. 어디서 나왔는지 흰점이가 떨어진 반쪽 얼굴을 물고 도망갔다. 흰점이는 피가 뚝뚝 떨어지는 살점을 물고 길 위를 헤매게 될 것이다. 돌아갈 집이 없는 것들은 그래야 해. 언제나, 어느 곳으로든 떠나야 하는 거야.

반쪽 얼굴을 들고 H가 교진을 덮쳤다. 사람들이 지켜보는 가운데 치마를 걷어 올리고 매끈한 다리를 벌렸다. H의 얼굴에서 떨어진 핏방울이 다리 사이로 흘렀다. H가 교진의 머리통을 잡아 쥐고는 천천히 자신의 다리 사이로 가져갔다. 악. 악. 교진은 검붉은 하늘을 향해 끝나지 않을 비명을 질렀다. 교진의 얼굴 위로 핏빛 우박이 끝도 없이 떨어졌다. 교진의 턱이 점점 벌어지더니 급기야 비틀어지기 시작했다. 살려달라고, 도와달라고 소리치는데 교진의 입에서 나온 말이 어버버…… 말이 되지 않고 흩어졌다.

악. 하마터면 정말로 비명을 지를 뻔했다. 교진은 놀라 벌어진 입을 다물지 못했다. 흐릿한 전등 아래 얼굴 하나가 교진 쪽으로 구부리고 있었다. 교진은 눈을 깜빡거려 정신을 모았다. 얼굴은 희미하게 웃고 있었고, 간간이 잇새가 비어 있었다. 그 얼굴에서 물방울이 똑똑 떨어지고 있었다. 낯선 곳에서 잠들었던 게 생각났고, 얼굴이 축축한 게 느껴졌다. 만져보니 온통 물기로 번들거렸다. 영문을 몰라 어리둥절하는데 먼 데서 비 오는 소리가 들렸다. 차가운 빗방울이 꿈속까지 따라와 악몽을 부추긴 모양이었다. H의 얼굴을 물어뜯던 이빨의 느낌이 그때까지 생생해 턱관절이 뻐근했다. 교진은 낮은 한숨으로 남은 꿈의 찌꺼기를 떨어냈다.

어디서 봤더라. 낯선 얼굴은 낯이 설지 않았다. 은발의 머리칼이 듬성듬성한 노인이 표정으로 일어나기를 재촉했다. 문득 생각났다. 현관문, 스크랩된 기사들, 그 속에 들어 있던 사진, 그 주름진 얼굴. 맹금류 같은 노인의 시선이 따가웠다. 노인의 눈길을 헤아리기가 어려웠다.

빗방울은 천장에서도 떨어졌다. 노인이 일어나 앉은 교진의 앞에 양반다리를 하고 앉았다. 어느새 방 안은 훈훈해져 있었다. 온몸이 풀려 나른했다. 교진은 방 안을 둘러보았다. 벽시계가 걸려 있었다. 다섯시 반. 얼마나 잠들어 있던 건지 알 수 없었다. 방문 틈새로 어둠이 몰려오고 있었다.

　　—끄응.

　　오로라가 신음했다. 돌아보니 이불을 둘둘 말고 잠꼬대라
도 하는 듯싶었다. 그런데 그게 아닌가 보았다. 오로라는 배
를 움켜쥐고 끙끙대고 있었다.

　　—어디 아파?

　　교진이 다가가자 가늘게 눈을 뜬 오로라가 배, 라며 간신히
내뱉었다. 배가 왜? 하다가 노인을 돌아보았다.

　　—주인도 없는데 함부로 들어와서 죄송합니다. 아내랑 함
께 여행 중이었는데 산속에서 길을 놓쳐서 그만……. 그런데
보시다시피 아내가 아프다고 해서 무작정 들어왔습니다. 아
내가 임신 중이라…….

　　교진의 입에서 꾸며낸 말이 술술 나왔다. 사실대로 말하는
것보다는 낫겠지, 하는 표정으로 오로라가 작게 고개를 끄덕
였다.

　　—하, 그랬구먼. 그랬어. 난 또……. 괜찮아. 사람 사는 집에
사람이 오는 게 뭐 이상한가?

　　노인은 금세 표정을 풀고 웃었다. 마른 몸피에서 오랫동안
돌보지 않은 애완견 냄새가 났다. 노인이 이불 속으로 손을
집어넣었다.

　　—바닥은 따뜻하네. 병원엔 안 가도 되나? 이 동네엔 병원
이 없어서.

— 괜앤차안아요.

오로라가 쥐어짜듯 대답했다. 노인을 돌아보고 희미하게 웃기도 했다. 오로라의 대답을 듣고 오로라의 얼굴을 본 노인이 다시 교진을 돌아다봤다.

— 아내가 몸이 좀, 장애가 있어요.

— 그렇구먼. 그런 몸을 하고 이 겨울에 여행이라.

노인의 눈초리가 가늘어졌다. 산속에 혼자 오래 살다 보면 자질구레한 남의 일에 촉각이 곤두서는 법이다. 교진은 노인의 눈치를 보며 이불을 더 끌어다 오로라를 덮어주었다.

— 아내가 따뜻한 곳에 가면 기분이 좋아질 것 같다고 해서 남쪽으로 여행 가던 중에……. 그런데, 여긴 혼자 계신 모양이네요.

교진은 일부러 고개를 크게 돌려 주위를 살폈다. 오로라를 살피던 노인이 교진을 따라 방 안을 둘러보았다.

— 오래됐지. 여기 들어와 살다 보니까 알겠더라고. 도시에 사는 사람들이 다들 혼자인 게지. 난 아냐.

— 이런 곳에 헌책방이 있을 줄은 몰랐습니다.

— 나도 몰랐어. 여기까지 오게 될 줄…….

노인이 겸연쩍은 표정으로 웃었다. 자꾸 보니까 노인의 눈빛은 그저 도시 생활을 경험한 자의 본능에 가까운 경계심 같아 보이기도 했다.

— 그나저나 저녁들은 드셨나?

—*아니이요.*

간신히 일어나 앉은 오로라가 먼저 대답했다.

—당…… 신…… 괜찮아?

교진은 작게 물었다. 걱정스러운 말투가 과장되게 들렸다.

—*으응. 자암까안 배가 무웅쳐서. 괘앤차안아.*

—그럼, 뭣 좀 먹어야지. 산모 잘 챙겨서 따라 내려와요.

노인이 자리에서 일어나 먼저 아래층으로 내려갔다. 교진과 오로라가 마주 보며 어색하게 미소 지었다. 교진은 오로라가 일어난 자리에 구겨진 이불을 잘 개서 한쪽으로 밀쳐놓았다.

—그만 갈까.

—*저녁억 머억어야지이.*

오로라가 낮은 목소리로 교진을 붙들었다.

—갈 길이 먼데.

교진은 말하면서 손으로 따뜻한 방바닥을 쓸었다. 그 온기에 묶인 듯 한동안 꼼짝하지 않고 생각에 잠겼다. 교진은 쉽게 바닥에서 손을 떼지 못했다. 그리고 창밖을 바라보았다. 겨울비 내리는 산속, 인적 없는 외진 곳이었다. 때마침 아래층에서 김치찌개 냄새가 솔솔 올라왔다.

노인은 읍내에 다녀온 모양이었다. 삼전마트 마크가 찍힌 커다란 비닐봉지 세 개가 작업대 위에 부려져 있었다. 가스레인지 위에서 김치찌개가 보글보글 끓고 두부가 노릇노릇 부쳐지고 있었다.

　―오랜만에 장을 봤어. 이제 또 한참 동안 읍내에 나갈 일
도 없고.

　노인은 말린 생선 두 마리를 꺼내 프라이팬에 얹었다. 치
직, 기름 위에서 살이 익는 소리가 귀에 감겼다. 오로라가 찌
개 간을 보고 파를 송송 썰어 넣었다. 온 집 안에 싱싱한 소리
가 가득했다. 밥상은 노인의 방에 차려졌다. 두부부침, 김치
찌개, 생선구이에다 고사리나물에 말린 호박나물까지. 노인
이 잘 익은 김치를 뒤꼍에서 꺼내와 손으로 길게 쭉쭉 찢어
접시에 담아왔다. 갓 지은 잡곡밥에 잘 익은 보리알이 탱글탱
글했다. 보고 있자니 눈이 밝아지는 기분이었다. 고기를 앞에
둔 육식동물처럼 배 속이 울렁거렸다.

　오로라는 수저 세 벌을 깨끗하게 씻어 들고 들어와 앉았다.
파카를 벗고 앉은 모양새를 가만 보니 배가 좀 나온 것 같기
도 해서 교진은 어리둥절했다.

　―어서 먹어.

　노인이 먼저 숟가락을 들었다. 오랜만에 시골 고향집에 둘
러앉은 가족의 풍경이었다. 한동안 수저가 부딪치는 소리와
음식물을 씹는 소리만 빗소리에 섞여들었다.

　―원래 손님들은 이층에서 먹는 시스템이야. 하지만 뭐, 지
금은 우리밖에 없으니까.

　밥알을 씹는 노인의 헐거운 잇새에서 자꾸만 밥알이 나오

려고 했다. 교진은 찌개를 떠먹다 말고 꿀꺽 침을 삼켰다.

　─여기 손님들이 많이 옵니까?

　─여름엔 그렇지. 이층 봤잖아. 여기 와서 휴가를 보내는
사람들도 많아. 좋지, 여기. 개울가에서 삼겹살 굽고 내가 키
운 상추며 배추에다 쌈장 푹 찍어 싸 먹으면.

　─요즘은 별로 없구요?

　─춥잖아. 누가 이 겨울에 여기까지 오나. 겨울엔 나 혼자야.

　오로라는 말없이 또 먹는 일에 열중하고 있었다.

　─그런데 어떻게 여기까지 들어오셨습니까. 이 산속에 헌
책방이라니. 정말 놀랐습니다.

　─한 삼십 년을 서울 대학가에서 헌책방을 했어. 그때가 좋
았지. 늙기 전이었고. 그때는 나도 장발에다 나팔바지 입던
시절이었어. 피가 끓어 환장하던 때였다고. 헌책방도 인기 좋
았잖아, 그땐. 하지만 요즘 누가 헌책방 와서 책을 사나. 가난
한 고시생 몇몇 말곤 손님이 없더라구. 임대료는 자꾸 오르
고. 그래서 옮겼어. 요 밑에 삼전 초등학교가 폐교된 지 십 년
째야. 처음엔 그리로 옮겼어. 거기서 한 삼 년 하다가 이리로
들어왔지. 작년 봄에. 거기에 전통 가옥 학교라고 집 짓는 법
가르쳐주는 곳이 들어왔거든. 나도 거기서 좀 배워서 이걸 지
었지.

　교진은 건물 밖에 쌓여 있던 책걸상이 생각났다. 입에 밥을
떠 넣던 노인이 갑자기 일어나 밖으로 나갔다 들어왔다. 손에

양은 주전자가 들려 있었다. 진한 막걸리 냄새가 퍼졌다. 노인이 밥공기 두 개에다 술을 따르고 세 번째 공기에다 따르려다 말고 오로라의 배를 슬쩍 곁눈질했다.

—마셔봐. 내가 만든 거야.

노인이 먼저 잔을 비우고 손으로 입가를 훔쳤다. 교진도 노인을 따라 밥공기에 든 막걸리를 마셨다. 살얼음이 낀 막걸리는 걸쭉하고 달았다. 알코올기보다 먼저 찬기가 찌르르 식도를 울렸다. 설탕을 너무 많이 넣은 탓에 목이 아렸다. 교진은 캑캑 기침을 하면서 빈 잔을 털어 노인에게 건네고 잔을 채웠다. 기침을 내뱉는 교진을 보며 노인이 웃었다.

—그런데 여기 들어오니까 숲 속의 헌책방이라고 사람들이 신기해하더라고. 신문이나 방송 같은 데서 가끔 찾아오기도 하고. 요즘 인터넷이 좀 좋아? 책이야 어디서고 온라인으로 주문만 하면 금방 보내주면 되는 거고.

—그럼…… 매일 인터넷도 보고 그걸로 세상 소식도 알고 그러시겠군요?

입안에서 두부부침이 꼿꼿이 서는 기분이었다. 비조차 내리는 겨울밤이다. 문득 창밖으로 고개를 돌린 교진은 신 김치를 씹는 듯 입안에 침이 고였다. 오로라가 얼른 교진에게 물을 따라주었다. 고소하고 따뜻한 둥굴레차가 급하게 목구멍을 따라 내려갔다.

—그것도 요즘은 잘 안 봐. 내 책방은 주로 전공서적을 구

비하고 있는데 주문이 거의 없거든. 사실 말이 헌책방이지 그저…… 사는 거야. 여기 좋거든. 임대료도 없고.

그제야 교진은 다시 밥을 먹기 시작했다.

—혼자 외롭진 않으세요?

—외로운 거? 그건 세상 복잡하게 사는 사람들이 어쩌다 남는 시간에 괜히 그 시간을 어쩔 줄 몰라서 느끼는 혼돈인 거지. 여긴 복잡한 일도 없고, 복잡하지 않은 시간도 없지. 외로우면 애초에 여길 어떻게 들어와?

—그렇겠네요.

—그저, 가끔 이렇게 누가 오면 반갑지. 그래도 책방이라고 주로 젊은 사람들이 오니까 나도 젊게 사는 거야.

교진은 작게 한숨을 내쉬었다. 가만 보니 노인의 눈빛에는 젊은 총기가 아직 남아 있는 듯했다. 노인에 대한 의심을 내려놓아도 되지 않을까 생각하는 교진의 얼굴에 잠깐 안도의 빛이 스쳤다.

—가끔 산짐승이 내려오기도 할 텐데.

—오지. 지들도 배고프니까. 뒤꼍에 고구마랑 감자랑 쌓아놨어. 나눠 먹어야지. 어차피 나 혼자선 다 못 먹어.

—농사도 지으세요?

—여기 하루 종일 있어봐. 그거 말고 뭐 할 게 있나.

마른 몸피의 노인은 그득 담았던 밥 한 공기를 다 비웠다. 교진과 오로라의 밥공기도 어느새 비어 있었다. 농도 짙은 막걸리 석 잔은 독주 못지않았다. 교진은 얼큰하게 오른 술기운으로 벽에 기대고 앉았다. 체온이 오르고 결기가 풀어지는 느낌이었다. 오로라와 노인은 밥상을 옆으로 밀쳐두고 막 쪄낸 고구마 껍질을 까고 있었다.

—자고 갈 거지?

노인이 오로라에게 깐 고구마를 건네며 물었다. 오로라는 물김치를 떠먹고 있다가 노인이 건넨 고구마를 받아 들어 베물었다.

—네에.

오로라가 동의를 구하는 눈빛으로 교진을 쳐다보며 노인에게 대답했다. 말하면서 씹느라 고구마 조각이 입 밖으로 튀어나왔다. 교진은 인상을 찌푸렸다.

—겨울산은 추워. 길도 가려지고. 날 밝으면 가. 나랑 얘기나 좀 하자고.

노인이 구석의 이불을 끌어다 오로라의 무릎을 덮어주었다. 마치 밀렸던 정을 나누는 부녀의 모습 같았다.

—네에.

오로라는 다시 한 번 노인에게 대답하면서 교진에게 고구마를 내밀었다. 교진은 오로라를 향해 작게 고개를 까딱했지만 고구마를 받아 들진 않았다.

—그럼, 저는 술도 깰 겸 동네 한 바퀴 돌고 오겠습니다.

교진은 벗어놨던 파카를 다시 걸쳐 입었다. 밤 여덟시. 어차피 이곳을 찾는 사람이 없다. 그러나 이철세는…… 아무 정보 없이도 턱밑까지 쫓아왔던 놈이다. 아무래도 놈이 마음에 걸렸다. 노인이 앉은뱅이책상 서랍에서 손전등을 꺼내 일어서는 교진에게 건넸다.

─이 밤에 산책은 무슨. 이거 들고 나가. 비는 그쳤으려나.

비는 그쳤다. 현관문을 열자 차가운 겨울밤이 왁 달려들었다. 냉기를 가득 품은 어둠이 집 주위를 단단하게 에워싸고 있었다. 손전등이 비추는 작은 원이 유일하게 허락된 공간처럼 어둠 속에 둥둥 떠 있었다. 손전등을 둥글게 돌리니까 바닥에 작은 빛의 회오리가 일었다. 흙길은 제법 거센 비 때문에 질척거렸다.

비가 섞인 찬 기운 때문인지 마른기침이 터졌다. 기침은 깊고 짙었다. 어둠 속을 걷는 교진의 발걸음이 무거웠다. 얼마나 버틸 수 있을까……. 이철세…… 그리고 누명……. 교진의 혼잣말은 겨울 찬바람에 묻혔다. 담배를 꺼내 물었다. 불이 잘 붙지 않아 라이터를 대여섯 번을 켜야 했다. 긴 하루였다.

달이 동그랗고 밝았다. 서울에서 보던 달과 같은 것이지만 달랐다. 좀 더 따뜻했고 조금 더 위엄이 있었다. 별조차 드물게 떠 있는 하늘에 달빛이 주변의 어둠을 거느리고 있었다. 달빛에 눈이 익자 거기, 뽀얗게 길이 보였다. 교진은 좁은 경사 길을 따라 올라 차를 세워둔 곳으로 다가갔다. 다가가는데 손전등 불빛에 두 대의 차가 걸렸다. 뭐지. 교진은 경비에 걸린 탈영병처럼 가슴을 졸이며 자세를 낮추고 다가갔다. 손전등을 쥔 손아귀에 저절로 힘이 들어갔다.

구형 소나타 한 대, 그리고 지붕에 방수포를 뒤집어씌워놓은 낡은 비둘기색 아반테. 아반테는 범퍼 아래쪽이 녹슬어가고 있었다. 노인의 차인 모양이었다. 교진은 가슴을 쓸어내렸다. 그새 손바닥에 밴 땀을 바지에 문질러 닦았다. 그러나 혹시 모르는 일이다. 교진은 차를 어딘가로 옮겨두어야겠다고 생각했다. 소나타에 시동을 걸고 엔진 소리를 최대한 죽여 천천히 지나왔던 굴다리 안으로 들어갔다. 고양이는 어딜 갔는지 보이지 않았다.

혹여 놈이 이쪽으로 방향을 잡는다 해도 이곳까지 들어오기는 쉽지 않을 것이다. 시동을 끄고 차에서 내린 다음, 굴다리 안에 있는 마른 나뭇가지며 제설용 모래주머니를 차 지붕 위와 주변에 자연스럽게 흩어놓았다. 그리고 다시 건물을 향해 걷다 말고 노인의 아반테 앞에 섰다. 망설이다가 아반테의 번호판을 떼어내서는 소나타로 가져가 바꿔 달았다. 소나타에 달려 있던 번호판은 트렁크에 넣어두었다. 뒷좌석에 놓여 있던 카메라 가방이 눈에 들어왔다. 긴긴밤 겨울 산속 집에서 무슨 할 일이 있겠는가. 교진은 무심코 카메라 가방을 챙겨 들었다.

―내 친구는 봤나?

―네?

―고양이 말이야. 못 봤어?

―못 봤는데요.

―오늘은 저녁 먹으러 오지도 않네. 자네들 때문인가?

―어르신이 키우는 고양입니까?

―봤구먼. 작년 겨울에 멧돼지가 내려와서 물어 죽이려는 걸 내가 구해줬거든. 그때부터 밥 먹으러 오는 놈이야. 흰점이가 드나들고 나서 우리 집에 쥐도 없어졌어.

―아까 내려오다 굴다리 밑에서 봤습니다. 그런데 이름이 흰점이입니까?

교진은 조금 놀란 듯한 얼굴로 누린내 나는 삼겹살을 물고 사라졌던 흰점이를 떠올렸다. 동시에 얼굴 반쪽이 떨어져나간 H가 생각나 미간을 찡그렸다.

―멧돼지가 고놈 얼굴을 물어뜯었어. 얼굴 반쪽이 뜯겼는데 코 옆에는 영 털도 다시 안 나고 허옇게 맨살이 보이더라고, 점처럼. 그래서 이름 붙였지. 내가 밖에서 일하고 있으면 옆에 와서 가끔 다리에 얼굴을 비비더라고.

―집 안에선 안 키우세요?

―뭐하러. 집 안에서 애완고양이로 집통이 노릇이나 하라고? 이놈의 집구석이란 데가 한 번 들어오면 더 깊이 들어가고 싶어지거든. 그놈 눈빛 봤나? 섬뜩한 게 살아 있잖아. 그게 사는 거지. 멧돼지한테 물리고 나서 더 날이 섰어. 그놈 참. 길

에서 살던 놈들은 길이 돌아갈 곳이지.

멧돼지라면 가능할까. 교진은 가끔 멧돼지가 도심에 나타나기도 한다는 뉴스를 본 기억이 났다. 오래 묵은 굶주림과 인간에 대한 두려움이라면 있을 수 있는 일일 것이다. 그렇다면 H는 죽은 뒤에 멧돼지의 공격을 받은 것일까. 아니면 살아 있을 때? 교진의 머릿속에 멧돼지와 H가 대치하고 있는 상상이 영화의 한 장면처럼 그려졌다.

— 데리고 올라가.

오로라가 고구마를 손에 쥔 채 졸고 있었다. 교진은 손전등을 노인에게 돌려주고 오로라를 흔들어 깨웠다. 오로라는 잠이 덜 깬 눈으로 부축하여 일으키는 교진에게 온몸을 기대왔다. 생각보다 가벼워 힘 조절에 실패한 교진의 손이 순간적으로 미끄러질 뻔했다. 노인은 오로라가 나온 자리로 그대로 들어가 누워 이불을 끌어다 덮었다.

— 아침에 책방 한번 둘러봐. 명색이 책방인데. 책들도 가끔 들여다봐줘야 안 죽는 법이거든.

양말도 스웨터도 벗지 않은 노인은 팔만 뻗어 앉은뱅이책상 밑에서 목침을 꺼내 머리 밑에 괴었다.

— 나갈 때 불 끄고.

노인은 금세 코를 골았다. 다시 긴 겨울밤이 시작되고 있었다. 이층으로 올라온 오로라는 잠이 깼는지 벽에 기대 앉아 있었다. 달랑 이불 한 채와 앉은뱅이책상이 있는 텅 빈 방이었다. 긴 밤을 이야기꽃으로 지새울 만한 사이도 아니었다. 교진은 옆방으로 갈까 생각했지만 방 안의 온기가 붙잡았다. 둘 다 어색한 표정으로 말없이 앉아 있었다.

교진이 생각났다는 듯 차에서 가져온 카메라 가방을 끌어당겼다. 안에는 독일산 필름식 라이카 카메라와 디지털식 파인픽스 X100이 들어 있었다. 둘 다 전문가용 카메라였다. 교진은 파인픽스 X100을 들어보았다. 제법 무게감이 있었다. 정말 H의 취미가 카메라와 사진이었을까. 가느다란 손목으로 무거운 카메라를 들고 있는 H의 모습이 얼른 떠오르지 않았다.

교진은 카메라에 저장되어 있던 사진들을 천천히 살펴보았다. 금방이라도 비를 뿌릴 것처럼 낮게 구름이 깔린 해변, 어둑한 하늘을 배경으로 벌판에 서 있는 하얀색 창고 건물, 서울역 앞에서 양다리에 검은 생고무를 친친 감고 엎드려 구걸하는 거지, 종로 먹자골목 한가운데서 쓰레기통을 뒤지는 고양이…….

배경과 구도와 이미지가 하나의 메시지를 향해 모여 있었다. 오랫동안 몸에 밴 감각이 순간적으로 나왔을 때 찍을 수 있는 사진들이었다. 초보의 솜씨는 아니었다. 거친 질감이 느껴지는 게 보통의 디지털 카메라이지만 이 카메라는 필름 질감을 담을 수 있는 카메라라고 얘기해줬던 기억이 났다. 누가 얘기해준 거지? 교진은 고개를 갸웃했다. 그러다 갑자기 종현이 생각났다.

'사진이란 때를 기다리는 예술이다. 그러므로 딱 맞는 순간은 절대로 예술가가 고를 수 없다.'라고 순간의 영원성을 믿었던 한 외국 사진가가 한 말이라면서 종현이 읊조렸던 말이 떠올랐다. 무슨 때? 하고 교진이 장난스러운 표정으로 묻자, 종현은 사진가는 제 손가락이 제때에 셔터를 누를 수 있도록 신성한 기도를 하는 사람이야, 라면서 눈을 크게 뜨고 얼굴을 붉히며 진심으로 화를 냈었다. 그때 종현이 들고 있던 카메라가 바로 파인픽스 X100이었다.

그런데 H가 어떻게 이 카메라를 갖고 있는 건지 알 수 없었다. 찍혀 있는 사진들을 더 돌려보았다. 여러 인물 사진들이 이어지고, 나머지는 모두 H의 사진들이었다. 대부분 접사에 가까울 만큼 클로즈업한 H의 모습은 몽환적이었다. 커다란 거울 앞에서 막 드레스의 끈을 어깨 위로 추스르고 있는 사진이 가장 눈에 띄었다. 전체적으로 어두운 배경에 거울 앞에 켜진 조도 낮은 조명을 받고 있는 H의 얼굴은 무방비 상태였고, 기다란 속눈썹 밑에서 까만 눈동자가 무심하게 거울을 들여다보고 있었다. 하얗고 매끈하게 드러난 H의 등에 조명빛이 고운 결을 이루며 굴곡을 따라 흘렀고 채 추스르지 못한 어깨 끈 아래로 풍만한 H의 가슴이 엿보였다.

H의 사진을 보고 있자니 마치 몰래 엿보고 있는 듯, 교진은 묘한 기분이 들었다. H는 잘나가던 섹시 여배우였다. 그 여배

우가 옷 갈아입는 장면을 누군가 찍은 것이다. 셀카는 아니었다. 연출사진의 흔적도 보이지 않았다. 누군가 어두운 방 안에서 옷을 입고 있는 H를 몰래 지켜보다가 찍은 것이다. 대체 누가 찍은 걸까. 중년의 그 남자? 아니라면 또 다른 H의 남자가 있는 것일까. 그것도 아니면 H는 스토킹이라도 당한 걸까. 연예인들이 광기 어린 팬에게 협박당하는 일이 종종 있다지 않은가. 그렇다면 H는 또 다른 남자나 혹은 스토커에게 죽임을 당한 걸까. 그렇게 생각하니 교진은 온몸에 소름이 돋았다.

　―깜짝이야.

　어느새 오로라가 옆으로 바짝 다가와 카메라를 신기한 듯 들여다보았다.

　―*줘어바야.*

　―뭐?

　―*그으거.*

　오로라는 교진이 들고 있던 파인픽스 X100을 가리켰다. 교진은 뭐하려고? 라고 물으려다가 그냥 건네주었다. 카메라를 든 오로라가 달빛에 대고 셔터를 눌러댔다. 그러고는 뒤돌아서 교진에게 카메라를 내밀며 찍은 사진을 보여주었다. 누르스름하고 희끄무레한 동그라미가 까만 바탕에 커다랗게 박혀 있었다. 웃고 있는 듯 오로라의 입꼬리가 더욱 틀어져 있었다. 교진도 슬그머니 미소를 지어 보였다. 창문을 타고 찬바람이 몰아닥쳤다. 그렇게 달빛 아래 나란히 서서 칼바람을 함께 맞고 있자니 묘한 기분이었다.

교진은 순간적으로 손에 들고 있던 라이카를 가슴께로 들어 올려 렌즈를 마주 보는 자세로 셔터를 눌렀다. 그 찰나의 순간에 오로라는 손을 들어 제 하관을 가렸다. 본능에 가까운 손짓이었다. 그리고 화를 냈다.

—*찌익지 마아.*

오로라가 낮은 목소리로 으르렁댔다. 겸연쩍어진 교진이 카메라 두 대를 챙겨 가방에 집어넣었다.

—그냥 셔터 소리가 궁금해서 눌러본 거야. 필름도 안 들어 있고.

오로라는 여전히 파인픽스 X100을 손에 든 채 계속해서 교진에게 투덜댔다.

—이리 내. 너 카메라 다룰 줄도 모르잖아?

교진은 민망한 기분이 들어 공연히 오로라에게 화를 냈다. 그러고는 거친 손짓으로 오로라에게서 카메라를 뺏어 들었다. 어쩐 일인지 액정화면에는 H가 어깨를 드러내고 옷을 입고 있는 순간의 사진이 띄워져 있었다. 교진은 깜짝 놀라 저도 모르게 H의 사진을 감추고 낮게 구름이 깔린 해변을 찍은 사진을 카메라 액정에 띄웠다. 오로라가 뭘 느꼈는지 교진에게 다가와 카메라 액정화면을 들여다보았다.

해변에 거친 파도가 밀려들고 있는 사진이었다. 새벽녘인지 저물녘인지 해변은 검붉은 노을빛이 내려앉고 있었다. 오로라는 한참이나 물끄러미 그 사진을 내려다보았다. 교진도 오로라의 시선을 따라 해변을 마구 할퀴는 사진 속 거친 파도에 눈을 주고 있었다. 뜬금없이 오로라가 교진에게 물었다. 아무런 맥락도 어떤 의도도 읽히지 않는 억양이었다.

— *왜 바아다에 가려느은 거야아.*

오로라의 갑작스러운 물음에 교진의 입에서 생각지도 않았던 대답이 튀어나왔다.

— 엄마 찾으려고.

그러고는 순간적으로 흘러나온 스스로의 말에 교진은 피식 웃었다.

— *어엄마?*

— 응.

— *어업서?*

— 있었지. 지금은 없어.

— *어엄마가 바다에 이있서?*

— 소문에…… 남쪽 바닷가에서 엄마를 본 사람이 있대서.

## 선 택

상가가 문 닫고도 한참이나 지난 시간이었으니까 어두운
건 당연했어. 하지만 왠지 그날은 뭔가 다른 느낌이 들었어.
달도 뜨지 않은 깊은 밤이었다고는 해도, 어쩐지 처음부터 빛
이라고는 전혀 없었던 곳 같은 기분이었어. 그래. 원래부터
어두운 곳. 빛이 있든 없든 상관없이 언제나 어두운 곳. 꼭 그
런 느낌이었어. 온몸에 오소소 소름이 돋을 지경이었어.

오래된 건물 복도에서는 곰팡이 냄새가 났어. 전에는 느끼
지 못했던 건데…… 그날 내 후각은 개처럼 예민해진 기분이
었어. 나는 더듬거리면서 이층으로 걸어 올라갔어. 매일 드나
드는 곳이었는데도 갑자기 어디가 어딘지 모르겠는 거야. 난
간을 붙잡은 손에 나도 모르게 힘이 들어갔어. 내 발소리가

공룡의 발소리만큼이나 크게 울렸어. 나는 깜짝 놀라 뒤꿈치를 들고 걸었어. 마치 내가 밤의 불청객 같은 기분이 들더군.

나는 속으로 투덜댔지. 굳이 오늘 물건을 가져다 달라는 상가번영회장에게 욕을 했어. 번영회장이 집으로 전화를 했더라고. 엄마가 연락이 안 된다면서, 내일 상가 전체 체육대회에 부상으로 쓸 양말과 수건 세트를 미리 확인해야 하니까 오늘 가져다 달라고 말이야. 나는 따뜻한 이불 속에 누워 있다가 하는 수 없이 일어나면서 짜증이 좀 났어. 막 잠이 든 참이었거든. 그러면서 그런 일은 엄마가 있는 낮에 처리하면 좋지 않았느냐고, 번영회장에게 한마디 했지. 그랬더니, 다 큰 아들놈이 아직도 엄마 타령이냐고 큰소리치더군. 번영회장이 말이야.

그날 엄마는 심야 영화를 보고 들어온다고 했었어. 성룡이 나오는 코믹 액션영화라고 했었는지, 여명과 장만옥이 출연한 멜로영화라고 했었는지 지금은 기억이 안 나. 중요한 건 그즈음 엄마가 전에 없이 늦게 들어오는 일이 잦았다는 거였어. 그날도 말로는 친구와 함께 영화를 본다고 했었지만 난 그 말을 믿을 만큼 순진한 나이는 아니었으니까. 짐작할 수 있는 일이었지. 엄마는 연애 중이었던 거야. 나는 모른 척했어. 대체 어떤 아저씨와 연애 중인 걸까 궁금해죽을 지경이었지만 물어보지는 않았어.

어두운 복도를 지나면서 엄마가 언제 내게 말해줄까 생각했어. 고백의 내용으로 보나 엄마의 성품으로 보나 내 면전에 대고 직접 얘기할 확률은 높지 않았어. 나는 손으로 벽을 더듬어 걸으면서 머릿속으로 상상해보았어. 내가 늦잠 자고 일어난 어느 날 아침, 엄마는 먼저 가게에 나가고 식탁 위에 따뜻한 밥이 차려져 있는 거야. 반찬은 내가 가장 좋아하는 아귀찜. 그러면 나는 아귀찜을 씹으면서 드디어 올 게 왔구나, 알아채겠지. 그러고는 엄마가 남겨놓은 메모를 찾아볼 거야. 그러다 냉장고 문 같은 곳에 붙어 있는 쪽지를 발견하겠지. '기뻐해라. 드디어 너에게도 새아빠가 생긴단다.' 뭐 이런 내용의 쪽지 말이야. 그럼 나는 반대하는 척하다가 엄마의 행복을 빌어준다며 허락했을 거야. 엄마가 웨딩드레스를 입은 모습을 보고 싶기도 했고. 아름다운 엄마의 모습을 본다는 건 좋은 일이잖아. 더구나 못 입어본 여자에게 웨딩드레스는 깊이 박힌 가시 같은 거라며.

그런 생각을 하니까 좀 우스운 기분이 들었어. 모르겠어. 엄마의 연애가 좀 낯설기도 하고 당황스럽기도 하고 한편으로 생각하면 감춰져 있던 시한폭탄이 터진 거 같기도 하고, 뭐 대충 그런 기분이었던 거 같아. 내 입가로 킥킥거리는 웃음이 새 나오더라고. 텅 빈 상가 복도에 내 웃음소리가 울렸어. 나는 흠칫 놀라 손으로 입을 가리고 속으로 웃었어. 엄마는 남자와 영화를 볼 때 순진한 척 손만 잡고 있을까, 아니면 남자의 허벅지 위에 다리를 포개 얹어놓고 남자의 어깨에 머리를 기대고 있을까 궁금했지.

어둠을 더듬어 엄마가 운영하는 속옷가게 앞에 도착한 나는 오른쪽 가장자리로 가서 무릎을 굽히고 앉아 송곳을 뽑으려고 손을 쭉 뻗었어. 새시문의 자물쇠가 걸린 위치였지. 가게 문 위로 덧댄 보안용 새시문의 자물쇠가 고장 나 며칠째 송곳으로 대충 걸어놓았었거든. 그런데 이상하게도 새시문은 내려와 있지 않고 송곳은 그냥 바닥에 떨어져 있는 거야.

처음엔 엄마가 새시문 내리는 걸 잊은 줄 알았어. 새로 생긴 애인과 영화 보러 가려고 서두르느라 깜박 잊은 거겠지, 하고 짐작했어. 나는 일어나 가게 유리문 앞에 섰어. 그래도 유리문은 잠그고 갔겠지 생각하면서 무심코 유리문을 밀었는데…… 열리는 거야. 그때는 짜증이 좀 났어. 아무리 마음이 급하다고 가게 문 닫는 것도 깜박하는 게 말이 되나 싶었어. 전에는 한 번도 없던 일인 데다 가끔 내가 가게 문 잠그는 걸 잊을라치면 엄마는 화를 내곤 했었거든. 아무리 연애에 정신이 팔렸어도 그렇지 도둑이라도 들면 어쩌려고. 나는 엄마에게 한마디 해야겠다고 마음먹으면서 유리문을 천천히 열었어. 그런데…… 뭐가 보이는 거야.

—저게 뭐지?

어슴푸레한 어둠 속에 뭔가 허연 물체가 움직이는 게 보였어. 그리고 가게 안쪽에서 희미한 불빛이 새 나오고 있었어. 도둑인가? 엄마가 문 잠그는 걸 잊은 게 아니라 정말 도둑이

든 건가? 순간 나는 온몸이 뻣뻣해지는 기분이었어. 얼른 주위를 둘러보았어. 어둡고 조용한 건물 복도에 무기로 쓸 만한 건 보이지 않았어. 나는 바닥에 떨어져 있는 송곳을 집어 들었어. 그러고는 소리 나지 않게 가게 안으로 숨어 들어갔지. 자세를 낮추고 발소리는 죽이고. 그런데 갑자기 뒤에서 누가 나를 잡아끄는 거야. 흡. 나는 숨을 몰아쉬었어.

깜짝 놀라 하마터면 비명을 지를 뻔했어. 나는 손으로 입을 막고 뒤돌아보았어. 속옷만 입고 있는 마네킹 손가락에 내 옷자락이 걸렸더라고. 어찌나 놀랐던지. 나는 가슴을 쓸어내리고 진정하려고 그 자리에 잠깐 서 있었어. 그러고 있자니 내가 마네킹이 된 기분이었어. 그리고 그 순간, 꼼짝도 못한 채 팬티만 걸치고는 쇼윈도 앞에 무표정하게 서서 지나가는 사람들의 시선을 받아내고 있는 내 모습이 떠올랐어. 묘한 기분이었어. 나는 얼른 몸을 굽혀 바닥을 기다시피 숙여서 좀 더 안으로 들어갔어. 가게 안쪽으로는 속옷이며 내복, 양말 등이 담긴 상자가 천장까지 잔뜩 쌓여 있고 그 뒤쪽으로 커튼이 쳐져 있었어. 커튼 안쪽에는 좁은 공간이 있었는데 내가 가끔 낮잠 자려고 간이침대를 들여놓았었어.

불빛은 그 안에서 흘러나오고 있었어. 나는 송곳을 쥔 손에 힘을 주었어. 입을 꽉 다물고 눈을 부릅뜨고 벌렁거리는 가슴을 애써 누르면서 한 발 한 발 다가갔어. 그런데 가까이 갈수록 안에서 무슨 소리가 들리는 거야. 뭔가를 소리 내 먹는 것 같기도 했고 아픈 사람이 끙끙거리는 것 같기도 했어. 혹은 잔뜩 목소리를 낮춘 말소리 같기도 했고.

나는 송곳을 쥔 손을 가슴께로 올리고 나머지 손으로 커튼을 잡았어. 그러고는 커튼을 열려는데 바닥에 뭔가 떨어져 있는 게 보였어. 자세히 보니 속옷이었어. 그런데, 하나가 아니었어. 여성용과 남성용이 아무렇게나 바닥에 떨어져 있는 거야. 남자 팬티랑 여자 브래지어가 한데 얽혀서 구겨져 있었어. 눈으로 따라가 보니 그 옆에 겉옷도 바닥에 내팽개쳐져 있었어. 나는, 살짝 커튼을 걷고 안을 엿보았어.

인기척을 느꼈는지 안에 있던 사람이 이쪽을 돌아보았어. 나와 눈이 딱 마주쳤지. 그래…… 엄마였어. 속옷가게 주인인 엄마는 속옷도 입지 않고 있었어. 엄마의 가냘프고 하얀 어깨가 흐린 불빛에 떨리고 있더군. 엄마의 배 위에는 웬 남자가 겹쳐져 낑낑거리고 있었어. 그 남자는, 내가 커튼을 들춘 것도 모른 채 엄마의 발을 주무르고 쓰다듬고 핥아대고 있었어. 한창 달아오르고 있는 중이었기 때문인지도 모르지. 조도 낮은 조명에 드러난 엄마의 맨발은 여전히 아름다웠어. 하얗고 작고 매끄러운 엄마의 발이 남자의 손에 잡혀서 공중에서 흔들리고 있었어.

어린 나이에 날 낳은 엄마는 여전히 젊었지. 허리도 날씬했고. 나와 눈이 마주친 엄마는 깜짝 놀라 눈이 커다래졌어. 나는 어찌할 바를 몰랐어. 커튼 자락을 잡고 있는 손끝이 바르르 떨렸어. 그런데 갑자기 머릿속에 어릴 적에 보았던 장면이 떠올랐어. 벌거벗은 친부가 엄마 위에 올라 앉아 엄마의 발을 빨고 있던 장면. 그때 나는 친부가 사준 기관총의 가늠쇠 구멍으로 그 장면을 엿보았어. 그래. 그때 그 장면이 떠오른 거야. 하필이면 그때 말이야. 나는 머리가 어지러운 기분이었어. 왠지 모르게 가슴이 조여오는 느낌이었어. 만약 그때도 손에 기관총을 들고 있었다면, 아마 나는 기관총을 갈겼을 거야.

하지만 난 더 이상 어린애가 아니니까. 정신을 차리고는 손을 들어 '미안, 하던 거 계속해'라며 눈빛으로 엄마에게 사과했어. 아무리 아들이지만 엄마는 엄마의 사생활이 있는 거니까. 내가 봤던 장면이야 연애하는 남녀에게는 충분히 있을 수 있는 일이잖아. 내가 보지 않았더라면 더 좋았었겠지만. 엄마 입장에서도 말이야.

정작 문제는 그다음이었어. 나는 그때 바로 돌아 나왔어야 했을지도 몰라. 어쩌면 거기서 발을 돌렸어야 할 일이었는지도 모르겠어. 그랬다면 어땠을지 지금도 궁금해. 놀란 엄마는 상황을 수습하려고 엎드려 있던 놈을 떼어내더군.

—일어나봐, 그만해.

엄마의 목소리가 무척 당황한 기색이었어. 나는 커튼을 닫으려다 말고 문득 궁금해졌어. 살짝 얼굴만 보자는 생각이었어. 투덜대면서 엄마에게서 떨어진 남자가 무심코 이쪽을 돌아보았어. 속옷도 걸치지 않은 놈의 물건이 우뚝 서 있는 게 보였어. 나는 인상을 찌푸리고는 남자의 얼굴로 시선을 돌렸지. 그제야 뭔가 이상한 낌새를 눈치챘는지 남자가 이쪽을 힐끔 돌아보았어. 그런데 그놈…… 그놈이 말이야, 기가 막히게도 나도 아는 놈이었어. 나는 입이 딱 벌어지고 눈이 튀어나올 만큼 커져서는 하마터면 커튼 안쪽으로 뛰어 들어갈 뻔했어. 평소 가게에 자주 드나들던 물류 트럭 기사였던 놈은 나보다 겨우 일곱 살이 많아 형처럼 친하게 지내던 놈이었던 거야.

엄마의 연애 상대가 그놈이었다니. 짐작도 할 수 없었던 일이었어. 나는 너무 놀라 둔기로 뒤통수를 얻어맞은 느낌이었어. 머릿속에서 뭐가 쩡, 하고 박살이 나는 소리가 들리더라고. 나는 뭔가가 와르르 무너지는 소리를 들으면서 뒷걸음질 쳤어. 그 바람에 쌓여 있던 속옷 박스에 부딪쳤어. 실제로 무너진 건 천장까지 쌓여 있던 속옷 박스들이었어. 와르르 속옷 박스들이 한꺼번에 무너져 내렸어. 그걸 수습할 새도 없이 나는 뒤돌아 가게를 뛰쳐나왔어. 심장이 뛰고 화가 났어. 눈에서 불이 나오는 기분이었어. 어디 남자가 없어서 하필 그놈일까. 나보다 겨우 일곱 살 많은 놈이라니. 까닭 모르게 토할 거 같은 기분이었어. 정신없이 뛰어 건물을 빠져나왔어. 어두운 복도에 내 발소리가 울릴 때마다 심장이 쿵쿵 터질 것만 같았어.

상가 밖으로 나오자 갑자기 찬바람이 훅 끼쳤어. 어느새 어둠에 눈이 익었는지 주변이 보이더군. 텅 빈 주차장에 놈의 트럭이 서 있었어. 들어갈 땐 보이지 않았었는데 말이야. 나는 화가 나서 놈의 트럭을 향해 붕, 하고 날았어. 트럭 바퀴를 발로 차고 주먹으로 백미러를 쳐서 부러뜨렸어. 양쪽 백미러가 망가져 덜렁거리고 있는 걸 보면서 계속 씩씩거렸어. 그런데 그때까지 내 손에 들려 있던 송곳에 눈이 갔어. 생각할 틈도 없이 나는 송곳으로 바퀴를 쑤셨어. 내가 그렇게 힘이 센지 나도 몰랐어. 관자놀이에 핏발이 설 만큼 힘을 줘 찌르니까 얼마 안 돼 바퀴는 금세 터지더군. 트럭을 타고 갈 놈에게 안녕을 빌어주었지. 정말이지 그놈을 다시는 보고 싶지 않은 기분이었어. 제깟 놈이 감히 엄마를 넘본다는 게 내겐 말도 안 되는 일이었으니까.

집에 돌아와 소파에 털썩 주저앉았는데 소파 옆 협탁에 엄마가 매일 밤 쓰는 풋크림과 랩이 놓여 있는 게 보였어. 나 하나 키우면서 세월을 보내면서도 언제나 발을 정성 들여 가꾸던 엄마였어. 밤마다 발에 랩을 감고 가꾸는 습관도 여전했고. 엄마의 모든 것 중에서 발이 가장 젊었어. 예쁜 발이었지. 문득 커튼 안에서 보았던 엄마의 발이 떠올랐어. 밤마다 발에 크림을 바르고 랩을 감으면서 엄마는 어떤 심정이었을까. 그런 엄마에게 또 다른 사랑은 언젠가는 벌어질 일이었던 건지도 몰라. 하지만 하필 놈이라니.

나는 엄마가 놈과 이불 속에서 무슨 짓을 했을지 상상했어. 놈이 이불 속에서 말이야, 엄마의 발을 물고 빨고 주무르는 생각을 하니까 또다시 화가 치밀었어. 겨우 저런 놈에게 주려고 그렇게 정성 들여 가꾸고 관리했나 싶기도 하고. 나는 단 한 번도 엄마의 발을 만져보지 못했는데 말이야. 나는 협탁 위에 놓인 풋크림과 랩을 집어다 쓰레기통에 처박았어.

새벽에 가까운 시간이었는데 엄마는 돌아오지 않았어. 사실 엄마와 마주치는 게 두려운 건 나도 마찬가지였어. 이불을 뒤집어쓰고 누웠지만 잠이 오지 않았어. 당장 내일부터 속옷가게에서 계속 일해야 할지 말지 알 수 없었고……. 사실 나는 학교를 졸업하고 나서 쭉 엄마 가게 일을 돕고 있었거든.

엄마의 속옷가게는 그럭저럭 됐어. 딱 동네 속옷가게만큼 유지됐어. 나도 그럭저럭 중학교와 고등학교를 다니고 그 도시에 있는 대학에도 다녔고. 국문과였는데 아빠 없는 결핍이 내 안에 내재되어 있어서 그 트라우마가 동력이 되지 않을까 하는 생각에 한때는 작가가 되고 싶기도 했었어. 그러나 사실 나는 아빠 없다고 왕따당한 일도 없었고, 가난해서 점심을 굶는 일도 없었어. 물론 백화점 브랜드 옷을 입는다거나 막 붐이 일기 시작한 해외여행을 간다거나 하는 일은 없었지만, 수준이 비슷한 사람들이 끼리끼리 모여 사는 동네에선 그게 큰 결핍은 아니었어. 그러니까 불운한 유년시절을 팔아서 작가가 되긴 어려웠지. 내게 타고난 천재성이 없다는 건 일찌감치 눈치챘고. 그래서 엄마의 속옷가게 일을 도왔던 거야.

뒤척거리면서 나는 다시 글이나 써볼까, 아니면 이참에 독

립해서 다른 일을 찾아볼까, 고민했어. 그러다 그놈과 엄마가 엉겨 있던 장면이 또 떠오르더군. 나는 누워서 멍하니 천장을 보고 있었어. 생각해보면 엄마는 동년배와는 잘 안 통했던 게 분명해. 그동안 엄마에게 집적거렸던 많은 남자들을 다 놔두고 어린놈을 고른 걸 보면 말이야. 내 아빠는 엄마보다 훨씬 나이가 많은 사람이었고, 엄마는 아래든 위든 자기와 나이 차가 현격한 남자에게 끌리는 취향이었나 봐. 그놈이 이해하기 어려워? 왜? 엄마가 나이 많은 여자였으니까? 돈이 많은 것도 아니고 나 같은 애까지 딸려 있고? 그러나 나는 그놈, 이해해. 본인보다 나이가 훨씬 많은 게 억울하지 않을 만큼 엄마는 예뻤거든. 내가 봐도 말이야. 거기에다 평생을 아껴두었던 사랑이니까 얼마나 엄마의 사랑이 깊었을까.

그런 쓸데없는 생각을 하다가 잠깐 잠이 들었어. 악몽을 꿨지. 꿈속에서 엄마는 알몸으로 그놈과 나를 동시에 발밑에 부렸어. 그놈과 나는 서로 엄마에게 선택받지 못할까 봐 조바심이 나서 땀을 뻘뻘 흘렸어. 흐른 땀방울이 바닥에 떨어질 때마다 지진이라도 난 것처럼 쿵쿵 울렸어. 그러다 전화벨 울리는 소리에 깜짝 놀라 눈을 떠보니 새벽빛이 스며들고 있었어. 식은땀으로 온몸이 싸늘했어. 간밤의 일들이 꿈과 뒤섞여 뭐가 뭔지 정신이 어리둥절했어. 엄마는 그때까지 들어오지 않았더라고. 전날 엉망으로 술을 마신 것처럼 머리가 아팠어. 나는 지끈거리는 머리를 손으로 누르면서 간신히 기어가 전화를 받았지.

경찰서였어. 사고가 났다더군. 엄마와 놈, 둘 다 다쳤다는 거였어. 맹세코 엄마가 그 트럭에 탈 거라는 생각은 하지 못했어. 엄마가 많이 다쳤냐는 내 질문에 경찰관은 자기는 잘 모르겠으니 병원으로 가보라고 하더군. 나는 허둥거리는 걸음으로 병원으로 달려갔어. 가면서 엄마가 많이 다친 건 아닐 거라고 내내 스스로를 다독였어. 그리고 엄마에게 뭐라 말해야 할지 고민했어. 엄마가 뭐라고 화를 내든 다 받아줄 생각이었어. 내가 잘못했다고 엄마에게 용서를 빌자고 마음먹었지.

―미, 안하다.

나를 본 엄마가 힘겹게 꺼낸 첫마디였어. 다리에 깁스를 하고 누운 엄마는 나와 눈을 맞추지 않았어. 엄마는 하룻밤 새 늙고 지친 얼굴로 변해 있었어. 생기 넘치던 얼굴은 어디에도 찾아볼 수 없었어. 엄마는 미안하다, 한마디를 간신히 뱉어내고는 고개를 돌렸어. 깁스 끝에 매달린 엄마의 발이 까맣게 변하고 주름져 있었어. 이게 아닌데……. 나는 불안한 마음으로 엄마를 불렀어.

―엄마…….

엄마는 돌아보지 않았어. 엄마가 울고 있었는지 어쨌는지는 모르겠어. 다만 늙어버린 엄마의 얼굴을 보는 게 나는 너무 힘들었어.

―내가, 잘못했어. 엄마. 다신 안 그럴게.

엄마는 끝내 나를 돌아보지 않았어. 나는 엄마를 만져보고 싶었어. 하지만 엄마는 머리까지 이불을 끌어다 덮어버렸어. 깁스한 엄마의 다리만 허공에 매달려 있었지. 나는 엄마의 발을 향해 손을 뻗었지만 닿을 수는 없었어. 늙고 푸석푸석해진 엄마의 발은 너무 차가워 보였어.

―그럼…… 쉬어. 엄마 속옷 챙겨서 다시 올게.

병실을 나와 물으니 간호사 말로는 놈은 팔이 부러지고 갈빗대가 일곱 대 나가고 뭐가 또 어떻고 해서 중환자실에 있다고 하더군. 나는 놈이 있는 중환자실 앞을 지나 병원을 나왔어. 밖은 어느새 햇살이 따가워 눈을 똑바로 뜰 수가 없었어.

진짜 문제는 그때부터였는지도 몰라. 퇴원하고 얼마 지나지 않아 엄마가 사라져버렸으니까. 엄마는 나와 화해하는 대신 다른 선택을 했던 거야. 문제는 바로 그거였어. 엄마의 사랑이 아니라 엄마의 선택. 엄마의 삶뿐만 아니라 내 인생마저 통째로 바꿔놓았으니까.

장맛비가 줄기차게 쏟아 붓는 날이었어. 일어나 보니 엄마는 없고 밥상이 차려져 있었어. 반찬은 내가 가장 좋아하는 아귀찜. 나는 그동안 서먹하게 지낸 걸 서로 잊고 화해하자는 뜻이려니 생각했어. 엄마가 먼저 손 내밀어준 게 고마웠어. 나는 어떻게든 엄마와 다시 예전으로 돌아가고 싶었으니까.

놈만 아니라면 우리는 아무 문제 없이 잘 지냈었으니까. 밥은 아직 따뜻했어. 나는 기쁜 마음으로 밥을 먹고 아귀찜을 한입 가득 넣고 씹었어. 그러다 물을 꺼내려고 일어나 냉장고로 향했지. 그때 발견했어. 냉장고 문에 붙어 있는 한 장의 쪽지. 그런데…… 내용이 터무니없이 간단했어.

'미안하다. 엄마를 용서하지 마라. 그리고, 찾지 마라.'

씹어 삼키지 못한 아귀찜이 입 밖으로 튀어나왔어. 콩나물과 고추장과 생선살이 짓이겨져 바닥에 떨어졌어. 나는 그걸 발로 밟고 엄마 방으로 뛰어 들어갔어. 비어 있었어. 썰렁하고 차가웠어. 나는 엄마 침대 위에 주저앉았어. 무엇부터 해야 하는 건지 생각을 정리해야 했어. 먼저 전화를 했지. 엄마 휴대폰은 꺼져 있고 놈의 휴대폰은 정지. 놈은 속해 있던 물류회사에 이미 사표를 낸 상태였고. 그제야 모든 것이 명확해졌어. 엄마는 놈과 나를 두고 저울질하다 결국 놈을 택했던 거야.

나는 날듯이 뛰어 가게로 나가보았어. 그날 밤 이후 나가지 않았으니까 거의 넉 달 만이었어. 웬 초로의 남자가 카운터 뒤쪽에 앉아서 장부를 뒤적이고 있었어.

—어서 오세요.

글쎄 그 남자가 나더러 어서 오시라잖아. 마치 손님을 대하듯 말이야.

—누구세요?

묻는 내 목소리가 조금 떨렸어.

—누구냐니? 난 여기 주인인데 그러는 댁은 누구쇼?

남자는 되레 나보고 누구냐고 하더군. 알고 보니 남자는 그 가게의 새 주인이었어. 그 장면이 내겐 가장 큰 충격이었지. 엄마가 떠나면서 가게까지 팔아넘기는 용의주도한 성품이었을 거라곤 생각 못했거든. 엄마는 가게를 고스란히 넘겼더군. 짐작 못했던 일이었지만 어쩔 도리가 없었어. 새 주인에게 따져봐야 뭐하겠어.

그냥 집으로 왔지. 아무것도 할 수 없을 것 같은 기분이었어. 나는 멍하니 엄마 침대에 앉아 있었어. 그러다 잠깐 졸았던 모양이야. 전화벨 소리에 깼어. 부동산이라더군. 집은 언제 비울 거냐고. 무슨 소리냐고 물을 힘도 남아 있지 않았어. 무슨 소린지 알 만하기도 했고. 그리고 집까지 팔았다는 사실에 엄마가 떠났다는 게 조금씩 실감이 나기 시작했어. 엄마는 나를 비롯해 자신의 삶 전체를 버렸던 거야. 오로지 새로운 사랑을 위해서 말이야.

그게 가능한 일인지 따져보느라 그 밤을 꼴딱 새웠어. 온몸이 굳어 버석거리도록 오로지 그 생각에만 집중했지만 나는 알 수 없었어. 어디서부터 일이 꼬여버린 건지 짐작조차 할 수 없었어. 하지만 부동산에서 다시 전화가 왔을 때 내게 닥친 현실이 실감나기 시작하더군. 나는 일터와 집을 동시에 잃은 셈이니까. 가게와 집은 엄연히 엄마 소유였지만 나의 근거지이기도 했으니까. 그건 엄마의 부재에 대한 감정적인 찌꺼기보다 더 급하고 현실적인 문제였어.

나는 벌떡 일어나 장롱 깊숙한 곳까지 다 헤집었어. 그러리라 짐작했으면서도 막상 통장과 도장까지 사라진 걸 확인하고 나자 어쩔 줄 모르겠더라고. 어지럼증이 일어서 비틀거렸어. 여러 가지 감정이 한꺼번에 솟구쳐 뭐가 뭔지 헷갈렸어. 미움과, 현실적이고 애절한 그리움과, 막막함과, 불확실성에 대한 두려움, 그리고 배신당한 믿음 따위가 오랫동안 지속되었어. 나는 몇 날 며칠을 꼬박 지새우면서 그 모든 것들이 사라져주기만을 기다렸어. 세졌다가 약해졌다가 하면서 밤새 나를 떠나지 않는 온갖 감정들이 나를 괴롭혔어. 무엇보다 내가 엄마에게 버림받았다는 사실을 어떻게 감내해야 하는 건지 모르겠는 거야.

조바심 때문에 몸이 떨리고 열이 났어. 누군가에게 도움을 청하고 약도 챙겨 먹어야 한다는 생각조차 할 수가 없었어. 나는 끙끙 앓았어. 밖에는 내내 장맛비가 쏟아붓고 있었지. 그러다 잠이 들었어. 거기까지 장마 빗소리가 따라왔어. 아무 꿈도 없는 잠 속에서 나는 내내 비를 맞고 서 있었어. 하룻밤이었는지 이틀 밤이었는지 잘 기억이 안 나. 그리고 잠이 깼지. 배가 고팠어. 며칠을 굶은 건지 알 수 없었어. 식탁 위에는 내가 마지막으로 먹다 만 밥상이 그대로였어. 나는 천천히 상하기 시작하는 아귀찜을 데우고 물기 없이 뻣뻣해진 식은 밥에 물을 말아 꼭꼭 씹어 먹었어. 바싹 마른 밥알은 물에도 불지 않아 입안을 찌르고 내려가면서 식도를 괴롭히더군. 그래도 나는 끝까지 다 씹어 먹었어. 밥을 먹고 나서 연락해볼 수 있는 곳은 다 해봤어. 그리고 여기저기 전화를 하면서 알게 된 유일한 사실은 어디에서도 엄마 소식을 들을 수 없을 거란 거였어.

며칠이 지났는지 몰랐어. 뭘 어째야 할지 모르니까 시간 개념도 없어지더라고. 그저 엄마의 침대에 누워 엄마의 발이 닿았을 자리를 발로 문질러보기도 하다가 배고프면 라면을 끓여 먹기도 하고 모두들 잠든 새벽에 티브이를 보기도 하고. 잘 때는 엄마 침대에서 잤어. 엄마가 있을 땐 누워보지 못한 침대였지. 침대에서는 엄마 냄새가 났어. 아련한 장미향. 엄마가 쓰는 풋크림 냄새였지.

걸려오는 전화는 받지 않았어. 엄마가 전화할 리 없었고 오지 않을 엄마의 전화를 기다리기도 싫었어. 베란다에 흔들의자가 하나 있었어. 발톱에 페디큐어를 바른 엄마가 마르기를 기다리면서 앉아 있던 곳이었어. 낮에는 그곳에 앉아서 지냈어. 혼자가 되었다는 게 무슨 뜻일까 생각하면서. 나는 도무지 그 답을 알 수 없었어. 모르겠더라고. 혼자라는 게 정확히 어떤 의미인지. 그러나 오래지 않아 곧 알게 됐지. 뼈저리게 말이야. 내 공황상태가 채 끝나기도 전에.

금융업에 종사하는 사람들이 집으로 찾아오기 시작했어.

제일금융권. 제이금융권. 제삼금융권. 엄마를 찾더군. 내용을 알고 보니 엄마는 집과 가게만 정리한 게 아니었어. 자신의 이름으로 빌릴 수 있는 돈은 다 빌렸더라고. 그중엔 사채업자도 있었어. 사채업자는 내가 엄마의 유일한 가족이므로 엄마의 빚은 내가 갚아야 한다고 말했어. 원금에다 이자까지 해서 사채 빚만 팔천에 가까웠어. 누구에게 나의 억울함을 말해야 할까. 없었어. 아무도. 혼자라는 건 그런 뜻이더군.

집을 비워줘야 했어. 금융업계 종사자들이 드나드는 것도 피해야 했고. 다행히 그동안 가게에서 일하면서 엄마에게 월급 명목으로 받아 모아둔 돈이 조금 있었어. 그걸로 월세방을 구해 나왔지. 필요 없는 것들은 다 처분하고 나니까 오히려 홀가분한 기분이 들기도 했어. 엄마 물건들을 실어 내갈 때는 코끝이 매워지기도 했지만 월세방에 둘 데도 없고 한 푼이 아쉬운 상황이었으니까. 혹시 몰라서 가게의 새 주인 남자에게 내 주소를 남겨놓았어. 돌발 상황이 벌어져서 엄마가 다시 돌아올 때를 위해서 말이야.

그런데 그게 전혀 다른 용도로 사용되었어. 이사하고 오래지 않아 사채업자가 내 월세방을 찾아온 거야. 일부러 동사무소에 주소 이전도 하지 않았거든. 사채업자는 엄마의 빚을 내가 갚아야 한다는 거야. 엄마는 사라졌고 내가 엄마의 유일한 가족이니까. 말도 안 되는 일이었지. 나 또한 그 유일한 가족을 부지불식간에 잃은 피해자였으니까. 갚을 돈도 없었고. 그랬더니 슬슬 험악한 표정으로 욕을 하기 시작하더군.

그중 가장 순한 게 이런 거였어. "야이~ 씨팔 좆나 개새끼야, 씨부랄 쌍노무 씹탱구리야, 심장을 꺼내 손가락 쪽쪽 빨고 씹어 먹으면 좆나 쫄깃하겠네 씨팔놈아~." 어떻게 알았는지 내 휴대폰으로도 밤낮없이 그 짓을 하더라고. 그 사람들은 24시간 근무인 모양이야. 그러고 보면 그 직업도 꽤나 피곤하겠어. 아무튼 그사이에도 빚은 빅뱅이라도 겪는 듯 엄청나게 커져만 갔지. 평생 처음 불면증에 잠도 못 자는 날들이었어.

하는 수 없이 밤을 틈타 또 이사를 했어. 이번엔 아예 다른 도시로 옮겼지. 남들 단풍놀이 여행 짐 쌀 때 나는 이삿짐을 두 번이나 연달아 싼 거야. 이번에는 바뀐 주소를 누구에게도 알리지 않았어. 휴대폰 번호도 바꾸고. 대신 가끔 옛날 집에 들러 내 앞으로 온 우편물이 없나 확인했었어. 뭘 기대한 건지는 나도 모르겠어. 거의 모든 우편물은 엄마 이름으로 온 거였어. 무슨 은행, 어떤 금고, 뭐, 뭐……. 이런 게 오다가 좀 더 시간이 지나니까 법원 소인이 찍힌 우편물이 오기 시작하더군. 찬바람이 불고 눈송이가 떨어지기 시작하면서 그마저도 끊어졌어.

신기한 노릇은 사채업자들이 거기까지 따라왔다는 거야. 그들의 정보력은 정말이지 놀라울 뿐이었어. 세상이 온통 추웠지. 내 이름으로 은행대출을 받을 수 있는 만큼 모조리 다

받아 갚았지만 새 발의 피. 덕분에 나는 신용불량자가 됐고. 상관없어. 어차피 그들 때문에 내 이름 내놓고 뭘 할 수 있는 처지도 아니니까. 몰아닥치는 협박의 수위가 높아갈수록 내 게 남는 건 엄마에 대한 경멸과 불면증이었어.

돈을 있는 대로 긁어모아 떠나면서 엄마는 아들에게 닥칠 이 모든 상황을 예견했을까? 아닐까? 엄마가 새로 벌여놓은 미래에 내 자리가 있었을까? 없었을까? 단 두 번의 사랑. 한 번은 유부남과의 불륜. 두 번째는 연하남과의 위험한 도피. 대체 왜, 엄마는 세상의 테두리 안에서 사랑하지 못한 걸까. 나는 엄마의 사랑을 탓할 생각은 없어. 하지만 그럴 거면 애 초에 나를 낳지 말았어야 했다는 생각이 들더군. 두 번에 걸 친 엄마의 사랑은 모두 내게 치명적이었으니까. 엄마의 첫 번 째 사랑으로 나는 평생 아빠 없이 살아야 했고, 두 번째 사랑 때문에 내 남은 삶이 모조리 깨어지게 되었으니까. 나는 엄마 의 두 번째 사랑이 자신의 남은 삶과 아들까지 걸 만큼 완전 한 것이길 진심으로 바랐어. 그리고 엄마가 다시 불행해지지 않길 빌었어. 엄마에 대한 원망의 마음으로 말이야.

아까 봤지? 대머리 벗겨진 놈. 과천에서 따라오던 하얀색 싼타페. 5846. 이름이 이철세라는 놈인데 나를 전담하는 사 채업자 꼬붕이야. 그 겨울부터 지금까지 나는 이철세를 피해 서 전국을 떠돌았어. 처음부터 그랬지만 지금은 나를 팔아서 도 갚을 수 없을 만큼 빚이 커져버렸어. 만약 지금 이철세에게 잡힌다면? 나를 팔겠지. 알지? 장기 매매. 안구와 신장과 간과 심장 등등 꺼낼 수 있는 건 모두 꺼내려 들겠지.

한번은 야산에 끌려가 묻힐 뻔한 적이 있었어. 미리 파놓은 구덩이에 나를 던져 넣고 목까지 파묻더라고. 나를 묻어봐야 한 푼도 건질 수 없다는 걸 잘 알고 있으니까 생매장당하지는 않을 거라 생각했지만……. 다시는 겪고 싶지 않아. 차가운 흙 속에 묻혀 덜덜 떨고 있으려니 차라리 죽는 게 낫다는 말이 무슨 뜻인지 알겠더라고. 다시 자신의 시야에서 벗어나면 머리까지 파묻을 거라는 공갈에도 나는 또다시 도망칠 수밖에 없었어. 어딜 가든 뒤통수에는 이철세가 있었어. 그걸 느낄 수 있었어. 그나마 그곳에서 대리주차 일을 하면서 꽤 오래 버텼지. 한 다섯 달? 이번에 잡히면 난 마지막이야. 컨테이너 박스 앞에서 놈을 다시 만났을 때, 단박에 알 수 있더군. 그러니, 나는…… 가야 해.

교진은 지끈거리는 두통 때문에 눈을 떴다. 달빛이 물러간 자리에 어느새 옅은 햇살이 들어와 있었다. 끝날 것 같지 않은 어둠이 가득한 동안 교진은 언제인지 모를 기억 속을 헤맸다. 하지만 그동안에도 시간은 어김없이 흘러 있었다. 교진은 자리에서 일어나 돌아보았다. 오로라는 모로 누워 새근거리고 있었다. 이불을 목까지 끌어 올려 덮고 있는 바람에 발이 드러나 있었다. 오로라는 여태 교진의 양말을 신고 있었다. 교진은 순간적으로 눈을 감았다 떴다.

오로라의 맨발이 떠올랐다. 저도 모르게 교진의 손이 오로라의 발을 향해 뻗어갔다. 그러다 스스로 놀라 멈칫하고는 오로라의 이불을 끌어 내려 발을 덮어 가렸다. 오로라는 깊이 잠들어 있었다. 교진은 지친 얼굴로 잠에 빠져 있는 오로라를 물끄러미 내려다보았다. 어쩐지 오로라가 안쓰러워 보였다. 교진은 아무래도 지난밤의 숙취가 채 가시지 않은 모양이라고 생각했다.

교진은 소리 나지 않게 파카를 챙겨 입고 아래층으로 내려왔다. 노인 방 앞에서 인기척을 냈다. 대꾸가 없었다. 문을 열어보니 노인은 간데없고 이불만 구석에 뭉쳐져 있었다. 방 안 가운데 밥상이 놓여 있었다. 들어가보니 차려진 밥상 위에 메모가 있었다. '아랫마을에서 돼지를 잡는다고 해서 거기 다녀올 거야. 밥통에 밥 있어. 산모 챙겨 먹여.'

교진은 밥상에는 손대지 않은 채 밖으로 나왔다. 오로라를 남겨두고 이곳을 떠나는 게 좋을까 생각하면서 걷다가 책방 앞에서 한번 둘러보라는 노인의 당부가 기억났다. 하룻밤 신세에 대한 대가치고는 그리 어려운 건 아니라는 생각이 들었다. 교진은 뒤돌아 책방으로 걸음을 옮겼다.

문을 열자 오래 묵은 책 곰팡내가 대단했다. 견고한 거미줄이 입구부터 겹겹이 이어져 있었다. 얕은 경사면에 대충 서가를 세우고 지붕 위엔 천막을 덮어놓았다. 양쪽에 서가를 두고 통로 가운데 서서 보자 얕은 경사의 아래쪽으로 끝도 없이 서가가 이어져 있는 모습이 페이드아웃되는 화면 같았다. 화면 끝은 어둠에 먹혀들어가 있었다. 형광등을 켜도 어둡기는 마찬가지였다. 차가운 입김만 허옇게 뿜어져 나왔다. 교진은 천천히 서가를 둘러보았다. 오래되고 낡은 책들이 바닥부터 천장까지 가득 들어차 있었다. 언뜻 봐도 수십만 권은 될 듯 보였다. 그야말로 잊힌 책들의 무덤 같은 모습이었다. 시간의 지독한 압축이었다.

노인은 책 관리를 포기한 듯싶었다. 간밤에 다녀간 빗줄기가 벽을 타고 누런 자국을 남겨놓았다. 윗부분에는 주로 법학과 경제학 전공 서적이 대부분이었고, 좀 더 아래쪽으로 내려가자 시리즈물 소설들과 처음 보는 시집들이 분별없이 꽂혀 있었다. 하나같이 꺼내보기도 민망한 상태였다. 교진은 지하 무덤에라도 들어온 기분으로 긴 책의 터널을 훑어 내려갔다.

서가 깊숙이 들어갈수록 교진은 묘한 기분이 들었다. 마치 책들의 묘지가 아니라 스스로의 무덤에라도 들어와 있는 느낌이었다. 호흡이 가라앉고 눈과 귀가 크게 열렸다. 교진은 숨을 깊이 들이마셨다. 흙바닥에서 일어난 먼지와 나무 서가의 썩은 내와 책 먼지가 뒤섞인 기름진 냄새가 나는 게, 죽어 관 속에 누우면 이런 냄새가 나지 않을까 싶었다.

몇 발짝이나 걸었을까. 정강이에 뭔가가 탁 부딪쳐왔다. 멍이 들도록 단단한 것이었다. 양장본의 책들이 바닥에 쌓여 있었고 그 모서리에 부딪친 것이었다. 교진이 아픈 정강이를 문지르느라 무릎을 구부리고 앉았는데 눈높이의 서가에서 삐죽 튀어나와 있는 책 한 권이 눈에 들어왔다. 문고판처럼 작은 판형인 데다 보랏빛 책등엔 아무 제목도 쓰여 있지 않았다. 교진은 책을 뽑아 책등을 손가락으로 한번 쓸어낸 뒤 앞표지로 돌려보았다.

검은 바다의 노래.

교진은 입속으로 제목을 읽었다. 책장의 묘지에서 탈출한 그 책은 지독한 먼지를 내뿜었다. 표지에는 어두운 빛깔의 바닷물이 파도치고 있었다. 여명인지 황혼인지 모를 불그스름한 빛이 파도의 끝에 간신히 걸려 있고 지쳐 보이는 누군가의 뒷모습이 바다 한가운데 있었다. 인쇄 상태가 좋지 않아서인지 그 뒷모습은 불안해 보이기까지 했다. 겉표지뿐만 아니었다. 이음새도 꼼꼼하지 않은 데다 뒤표지엔 가격표조차 붙어 있지 않았다. 다른 책들의 뒷면을 보니 모두 견출지에 삼천 원, 이천 원, 사천 원 정도의 헌책 가격이 붙어 있었다. 앞표지를 열어보았지만 저자의 이름이나 사진도 없었다. 뜯겨나간 건지 출판사나 출판일자 따위의 정보도 없었다. 그저 표지의 제목뿐이었다.

교진은 묘한 느낌을 주는 그 책이 왠지 신경 쓰였다. 낯설고 비현실적인 공간의 분위기가 기묘한 느낌을 부추긴 건지도 모를 일이었다. 막 첫 장을 넘기려 하는데 형광등이 파르르 떨더니 깜박이기 시작했다. 형광등이 커지는 순간 창도 없는 서가는 온전한 어둠에 빠져들어 죽은 듯하다가, 불이 들어

오는 순간 다시 힘겹게 살아났다. 그에 따라 교진의 모습도
드러났다 사라지기를 반복했다. 벽을 더듬어가며 형광등 스
위치를 찾아 껐다 켜보았지만 마찬가지였다. 올려다본 형광
등은 양쪽이 까맣게 먹이 들어가고 있었다.

교진은 천천히 책을 펼쳐보았다. 오랫동안 손을 타지 않았
던 듯 앞표지와 첫 장이 달라붙어서 떼어내려다가 첫 장의 모
서리가 찢어졌다. 그 때문에 앞장부터 보려던 생각을 바꿔 아
무 곳이나 펼쳐보았다.


고백하자면, 이상한 기분이었다. 하필이면 발이라니. 그녀의
맨발을 보는 순간 그는 아득해지는 흥분에 몸을 떨었다. 누군
가와 묘하게 닮은 느낌을 주는 그녀의 발이 그에게는 일종의
이유가 될지도 모른다는, 근거 없는 예감이 그의 신경줄을 잡
아 쥐고 흔들었다. 그는 고개를 가로저었다.

그녀의 발톱 위에는 페디큐어가 얹혀 있었던가, 아닌가. 잘
기억나지 않았다. 그날, 날씨가 맑았던가, 흐렸던가. 알 수 없었
다. 그리고 그녀는 그를 처음 보았을 때 미소를 지었던가, 아니
던가. 사람들은 그녀의 얼굴을 보고 어떤 반응을 보였었던가.
그는 여러 가지 생각에 머리가 복잡해졌다. 심지어 그때 문밖
에 지나가는 개가 있었던가, 없었던가, 도 궁금했다. 그는 그렇
게 한참이나 얼토당토않은 온갖 생각에 빠져들었다.

그러다 드디어, 그가 저도 모르게 그녀를 향해 입을 열었을

때 그것이 스스로의 망설임이라는 걸 깨달았다.

"바다…… 보러 갈래?"

말해놓고도 그는 자신이 뱉은 말의 뜻을 잘 모르겠는 기분이었다. 처음 본 여자에게 바다를 보러 가자고 말하다니. 온몸이 화끈거리는 기분이었다. 그러고는 그녀가 거절할까 봐 조바심이 나 양손을 마주 잡아 비볐다. 망설이는 그녀를 보며 대체 그녀가 뭣 때문에 처음 보는 남자를 선뜻 따라나서겠는가, 하는데까지 생각이 미쳐 그는 어깨가 축 처지는 기분이었다.

"좋아, 가자."

처음엔 그녀의 대답이 잘 들리지 않았다. 고개를 떨구고 그녀의 발을 내려다보고 있던 그는 귓바퀴를 긁어대는 듯한 그녀의 목소리를 듣고 마치 그녀의 발이 말을 하고 있는 듯, 더욱 고개를 숙여 하마터면 그녀의 발에 입술을 갖다 댈 뻔했다.


뭐…… 지. 교진은 뭔가 묵직한 것이 뒷목에 얹힌 기분이었다. 침이 넘어가다 말고 목구멍에 탁, 걸렸다. 형광등이 쉼 없이 점멸했다. 교진은 점과 멸 사이에서 길을 잃은 듯 고개를 들어 천장을 올려다보았다. 썩어가는 나무 서까래에서 물방울이 똑, 얼굴 위로 떨어졌다. "고백하자면, 이상한 기분이었다……." 교진은 소리 내어 읽어보았다. 뭐가 뭔지 잘 모르겠는 기분이었다. 교진은 다시 책을 앞뒤로 살펴보았다. 처음 본 책이 분명했다. 그런데 그 내용이…… 대체 이건 뭘까. 교진은 눈을 들어 책방 전체를 훑어보았다. 이상하고 낯선 공간에 들어와 이런 책을 보게 되다니…… 정말이지 이해하기 어려웠다. 책 속의 문장들은 시간의 독성에 쓸려 모서리가 해어지고 천천히 썩어가는 종이 위에 잠들어 있었다.

마치 그때로 돌아간 듯, 교진은 어지러운 기분을 느꼈다. 그리고 눈앞에 처음 보았던 오로라의 맨발이 놓여 있기라도 한 것처럼 교진은 눈을 돌려 책에서 시선을 피했다. 하지만 눈을 감자 오히려 그날의 일이 또렷하게 되살아나는 느낌이었다. 하얗고 작고 가냘픈 오로라의 아름다운 맨발이 교진의 가슴속으로 쑥 들어오는 기분이었다.

교진은 깜짝 놀라 눈을 떴다. 그러고는 고개를 세차게 가로저었다. 뭐가 뭔지 헷갈려 두통이 일었다. 숨이 차오르는 것 같아서 급하게 숨을 몰아쉬었다. 대체 이 책은 뭐란 말이지? 더 읽어보아야 했다. 교진은 조바심이 일었다. 가늘게 떨리는 손가락을 책장 위에 얹었다. 왠지 모르게 숨겨야 할 뭔가를 들킨 기분이었다.

— *뭐어해?*

막 책을 다시 열어보려는 순간이었다. 하필이면 그때 오로라의 목소리가 교진의 뒷덜미를 잡아챘다. 교진은 못된 장난을 하다 들킨 아이처럼 깜짝 놀랐다. 돌아보니 오로라의 얼굴이 점멸하는 형광등 아래에 있었다. 오로라는 무심한 눈동자로 교진을 바라보았다. 교진은 문득 화가 났다.

—너는 다른 사람 방해하지 않는 법 같은 건 안 배운 거야?

— *바앙해 해었서?*

—보면 몰라? 책 읽고 있었잖아.

— *뭐언데?*

오로라가 책을 들여다보았다. 교진은 얼른 책을 파카 안쪽 주머니에 깊숙이 넣었다. 책 말고도 두툼하게 접힌 종이봉투가 손에 만져졌다. 볼록해진 파카의 지퍼를 목까지 끌어올려 채웠다.

— *보여어줘어.*

오로라는 무심코 손을 뻗었다. 그 손을 교진이 탁 쳐냈다. 튕겨나간 오로라의 손끝이 서가에 가 부딪쳤다. 손가락 마디에서 딱 소리가 날 정도의 세기였다.

— *앗.*

오로라가 교진을 쏘아보았다. 외마디 비명이 날카로웠다.

—그러니까 방해하지 말라고 했잖아.

오로라의 비명보다 더 컸고 짜증이 묻어 있는 목소리였다. 다른 손으로 아픈 손을 감싸 쥔 오로라가 교진을 노려보았다. 오로라는 화를 내는 대신 입을 다물었다. 그리고 뭔가를 가늠하고 있는 듯한 표정을 지었다. 오로라는 아무 대꾸 없이 계속해서 교진을 쏘아보고 있었다. 차갑고 물기 없는 눈이었다. 교진은 먼저 눈을 돌려 피했다. 뜨끔한 무엇이 가슴속을 훑고 지나는 느낌이었다. 차가운 오로라의 시선이 따라왔다. 교진은 서가 구석에 뭉쳐서 굴러다니는 먼지 덩어리를 쳐다보았다. 그 위를 작은 거미가 기어가고 있었다. 막 등을 돌리려는데 오로라가 소맷부리를 붙들었다.

— *이거어.*

오로라가 내민 손 위에는 속옷이 담겨 있는 작은 상자가 얹혀 있었다. 감정이 날아간 듯 건조한 오로라의 목소리에 교진은 울컥 뭔가가 치밀어 올라왔다. 생전 처음 보는 물건인 듯 속옷 상자가 이물스러웠다. 교진은 한참이나 오로라가 들고 있는 상자를 내려다보았다. 난데없이 엄마의 속옷가게에 잔뜩 쌓여 있던 속옷 상자들이 떠올랐다. 그리고 커튼으로 가려져 있던 그 안의 공간도 같이 생각났다.

— 넌 왜 사람을 따라다니면서 귀찮게 하는 거야?

교진은 오로라에게 화를 냈다. 저도 모르는 오래 묵은 화가 한꺼번에 밀려 올라오는 기분이었다. 아래를 내려다보니 오로라는 여태 교진의 양말을 신고 있었다.

— 제 양말도 못 챙겨온 주제에 내 속옷을 챙겨왔다고?

— *그냐앙…… 내 거 채앵기며언서…….*

오로라는 교진의 양말 위로 노인의 슬리퍼를 대충 끌고 나온 차림새였다. 무거운 무엇이 교진의 가슴을 툭, 치고 지나는 것 같았다.

— 네가 뭔데 내 속옷을 챙겨? 정말 내 마누라라도 된 걸로 착각하지 마. 이따위 거 챙겨다 주면 내가 얌전하게 갈아입고

다시 너랑 바다에 갈 줄 알아? 너랑 나랑 뭔데? 아무것도 아니잖아. 턱 비틀어지고 어버버한 하자 주제에 내가 진짜 널 끝까지 챙겨 갈 거라고 착각하고 있는 건 아니겠지.

듣는 동안 오로라의 표정은 더욱 차가워졌다. 그러고는 끝내 표정이 없어졌다. 교진은 오로라의 침묵과 무표정이 마음에 들지 않았다. 마치 뭔가를 견디는 데 능숙한 사람의 태도 같았다.

—이쯤에서 찢어지자. 성형 따위에 목매는 계집애는 정말 신물 나. 바다는 너 혼자 보러 가. 바다면 어떻고 아니면 어때? 어차피 상관없잖아. 어디든 너 가고 싶은 데로 가. 이 집 노인 차 얻어 타고 가면 되겠네. 잘 가.

교진의 데시벨 높은 목소리가 서가에 잔뜩 쌓인 먼지를 뒤흔들었다. 조용하게 가라앉아 있던 먼지들이 일어나 방향 없이 흔들렸다. 오로라는 눈동자도 깜박이지 않았다. 해독하기 어려운 표정이었다. 낯설었다. 낯선 오로라의 반응을 교진은 이해할 수 없었다. 낯설어서 불편했다. 오로라는 죽어라 입을 다물고 있었다. 표정은 단단했고 눈빛은 냉정했다. 뭔가 더 입 밖으로 터져 나오려는 말들을 교진은 힘겹게 도로 삼켰다.

정말 여기다 버리고 갈까. 오로라를 버리고 가면 오로라로선 정말이지 낭패일 것이다. 성치 않은 몸에 임신 중인 데다가 남편에게 버림받은 여자 노릇을 해야 할 테니까 말이다. 교진은 속으로 중얼거렸다.

— *마으음대로 해애.*

　오로라는 들고 있던 속옷 상자를 책 더미 위에 던지고는 서가에서 나갔다. 그 바람에 속옷 상자는 바닥으로 굴러떨어졌다. 뒤돌아나가는 오로라의 발걸음이 단호했다. 교진은 상자를 내려다보았다. 문득 예전에 아직 엄마가 있었던 시절, 속옷가게에서 팔다 남은 팬티를 상자째 가져다주던 엄마가 생각났다. 속옷 상자를 손에 든 교진은 한참을 망설였다. 누군가 자신의 속옷을 챙겨주었다는 사실이 낯설었다. 경험치가 없어 어떻게 반응해야 하는지 잘 모르겠는 일이었다.

　결국 형광등이 나가버렸다. 출렁이던 희미한 빛의 그림자가 완전하게 사라져버렸다. 바깥은 햇살이 환한 아침이겠으나 안은 어둠의 품으로 숨어들었다. 교진은 자신의 안에 고여 있던 무언가를 떨쳐내듯, 속옷 상자를 바닥에 던져버렸다. 그러면서 입속으로 중얼거렸다. 저따위가 뭐라고……. 교진은 가슴 위에 손을 얹었다. 책의 부피감이 고스란히 손바닥에 느껴졌다. 그리고 좀 전에 상상했던 장면이 어두운 눈앞에 다시 떠오르는 것만 같았다. 맨발…… 달빛에 드러난 오로라의 맨발……. 교진의 감은 눈앞에 오로라의 맨발이 점점 더 커져서는 이내 꽉 들어차더니 어느 순간…… 엄마의 발로 바뀌는 게 아닌가. 교진은 저도 모르게 눈을 감고 고개를 흔들었다. 그리고 깊은 호흡을 들이마셨다. 들숨 끝에 옅은 비누 냄새가 풍겼다. 오로라가 남긴 냄새인가.

교진은 일단 밖으로 나가기로 했다. 환한 아침 햇살에 눈이 부셨다. 교진은 밝은 빛을 견디느라 눈을 찡그렸다. 그러다 오로라에게 화를 낼 일이 아니었다는 생각이 들었다. 교진은 햇살을 받으며 우두커니 서서 오로라에게 화낸 일을 금세 후회했다.

— 다시 오로라에게 가서 미안하다고 말할까.

교진은 혼자 중얼거렸다. 그러고는 느린 걸음으로 집 안으로 들어갔다. 밖에 나갔는지 오로라는 집 안에 없었다. 오로라가 메고 왔던 배낭만 바닥에 놓여 있었다. 교진은 뭔가로 꽉 차 무거워 보이는 배낭을 쳐다보았다. 확실히 오로라에게는 수상한 구석이 많았다. 재수술 비용을 마련하기 위해 밤낮으로 편의점에서 일했다고 하지 않았나. 그런데 저 배낭은 마치 오랫동안 준비한 것인 듯 보이지 않는가 말이다. 게다가 오로라는 교진을 따라나선 게 아니라 스스로의 길을 온 것뿐이라고 했었다. 오로라는 대체 왜 그 이유를 말하지 않는 것인가. 오로라에게 까닭을 물어봐야겠다고 생각하는데 전화벨이 울렸다.

몸이 빳빳해졌다. 순전히 본능이었다. 전화가 있었는지 몰랐다. 아래층 노인 방에서 울리는 것 같았다. 어차피 노인을 찾는 것일 테니 받을 이유는 없었다. 그런데 벨이 멈추지 않았다. 노인 방으로 내려가 보니 구식 유선전화기가 모니터 뒤쪽에서 울고 있었다. 한참을 노려보고 있는데도 벨은 그치지 않았다. 누군가, 예를 들면 경찰서 같은 곳에서 책방 노인에게 낯선 이의 행방을 묻는 전화라면.

—…….

교진은 조심스럽게 수화기를 들고 아무 말도 하지 않았다. 머릿속으로 유사시에 행동해야 할 순서를 작성하고 있었다.

—밥은 먹었어?

—예? 아, 예.

노인이었다. 벽시계를 올려다보니 벌써 정오가 지나고 있었다. 밥상 위에 놓인 밥그릇 하나가 비어 있었다.

—내려와.

—예?

—집 아래쪽으로 난 길이 있지? 그 길 따라 내려오라고. 마을이 나올 거야.

—마을이요? 그런데…… 왜?

—아, 말했잖아. 돼지 잡는다고. 못 봤어?

—봤습니다.

—고기랑 전이랑 술이랑 뭐 그런 거 잔뜩 들고 가야 되는데 늙은이보고 들고 올라가라고?

—그렇습니까? 아닙니다. 내려갈게요.

—마을로 들어와서 두 번째 집이야. 대문에 소코뚜레 있지? 그거 걸려 있는 집.

—저, 그런데 마을에 무슨 일 있습니까?

―젊은 사람이 거참 말 많네. 잔치 있다고 했잖아. 안 내려
올 거야?

―내려갑니다. 갈게요.

낮술을 마셨는지 노인의 목소리가 그네를 탔다. 가까운 곳
에 마을이 있는 줄 몰랐다. 아침 일찍 떠나는 게 좋지 않았을
까. 오로라는 어딜 간 거지. 지금 떠나는 게 낫지 않을까. 마을
이 있다면 오로라가 차를 얻어 타고 읍내로 나가기는 어렵지
않을 것이다. 교진은 노인의 심부름을 해준 뒤, 오로라를 설
득해 서울로 돌아가도록 해야겠다고 마음먹었다.

길을 따라 내려갔다. 십 분쯤 내려가니 노인의 말대로 갑자
기 시야가 트였다. 이십여 채가 드문드문 넓게 퍼져 있는 마
을에서는 입구부터 웅성거리고 시끌벅적하고 깔깔거리고 지
글지글하는 소리로 가득 차 있었다. 교진은 소코뚜레가 걸린
집을 찾았다. 진하다 못해 코가 아린 들기름 냄새가 문밖까지
흘러나왔다.

마을 잔치라더니 굿이 있었던 모양이었다. 천막이 쳐진 마
당에 쪽 진 머리의 할머니 무당이 무복 차림인 채로 사람들과
어울려 놀고 있었다. 그 옆에 삼지창, 신칼, 방울, 부채 따위가
흩어져 있었다.

―어, 왔어? 이리 들어와.

노인이 커다란 목소리로 교진을 불렀다.

―자네 마누라도 벌써 와 있어. 아, 안 들어오고 뭐해?

뜬금없는 노인의 역정에 모인 사람들 모두가 교진을 쳐다보았다. 오로라가 노인의 옆에 앉아 전을 먹고 있었다. 교진은 머쓱하게 고개를 숙이고 노인의 곁으로 다가갔다. 할머니 무당이 힐끗 교진을 곁눈질했다.

―앉아.

―예?

―앉으라고.

노인은 교진의 손을 잡아끌어 바닥에 주저앉히고는 종이 컵에 막걸리를 채웠다. 얼결에 막걸리를 원샷하고 집어주는 대로 머릿고기를 입에 넣고 씹었다. 돼지기름 덩어리가 씹히지 않고 입안에서 뭉글뭉글 돌아다녔다. 대충 씹다가 그냥 삼키고 다시 따라준 막걸리로 입을 가셨다. 노인은 당장 일어날 기세가 아니었다. 눈 밑이 붉어진 노인이 자꾸만 교진의 종이컵에 막걸리를 따랐다. 막걸리는 간밤에 마셨던 것보다 더 탁하고 달았다. 누군지 모르는 사람이 또 막걸리를 권했다. 교진이 머뭇거리자 노인이 대신 잔을 받았다.

―이런 데 와선 그냥 먹고 마시고 떠드는 거야.

겨우내 묵은 김장 김치의 신맛이 입안에 가득 찼다. 독에서 막 꺼내온 건지 김치는 살얼음이 끼어 있었다. 술이 돌고, 돌고, 돌았다. 구멍 난 천막 사이로 드는 햇살이 노인의 머리 위에 내려앉았다. 모두 웃고 있었다. 술에 취해 아무렇게나 웃는 웃음이었다. 무당이 교진을 쳐다보았다. 눈빛이 음침한 게 무당다웠다. 노인은 점점 더 취해갔다.

교진은 노인을 부축하고 일어섰다. 오로라가 따라 일어섰다. 밖으로 나오는데 한 늙은 여자가 비닐봉지에 고기며 전이며 팥시루떡을 가득 담아 건넸다. 사람들은 계속 노래하고 술을 마셨다. 등 뒤로 〈목포의 눈물〉과 〈단장의 미아리 고개〉가 함께 애간장을 끓으며 녹아들고 있었다. 오로라는 먼저 나가 저만치 앞서 가고 있었다. 대문을 나서는데 화장실에 갔다가 돌아오던 할머니 무당과 마주쳤다. 책과 종이봉투가 든 파카 앞섶에 무당의 어깨가 부딪쳤다. 무당이 힐끔 교진을 쳐다보았다. 겨울날 아침부터 땀을 흘렸는지 깊은 얼굴 주름 사이사이 짙은 화장이 번져 있었다.

—여기 사람이 아니구먼.

—아, 예.

교진이 어정쩡하게 고개를 숙였다. 무당이 쓴 모자의 깃털이 찌를 듯 가까이 있어 뒷걸음했다. 깃털 대신 무당의 눈빛이 교진을 찔렀다.

—멀리 있는 거 아냐. 찾는 거, 가까이 있어.

나한테 하는 말인가? 문밖으로 나서다 말고 교진은 주위를 두리번거렸다. 무당이 막 대문을 넘어서서 천막 아래로 가 앉았다. 폭이 넓은 무복이 다리에 감겨 휘청하는가 싶더니 이내 자리를 잡고 막걸리를 빠르게 마셔댔다. 뭘 다시 물을 새도 없었다. 교진은 고개를 갸웃하고는 이내 오르막길로 들어

섰다.

　노인을 부축해 걷는 걸음이 흔들려 교진은 그림자를 질질 끌면서 걸었다. 어느새 햇살이 이울기 시작했다. 오르막을 오르다 말고 교진은 햇살을 따라 뒤돌아보았다. 갑자기 뭔가가 눈에 들어왔다. 교진은 눈을 가늘게 뜨고 집중해서 내려다보았다. 저 아래, 마을 진입로에 차 한 대가 느린 속도로 들어오고 있었다. 교진은 온몸의 신경을 집중해 차를 째려보았다. 5846. 멀었지만 분명했다. 흰색 싼타페.

　교진은 노인을 들쳐 업고 뛰었다. 음식 봉지가 바닥에 떨어져 아래로 굴렀다. 시루떡과 편육이 한데 엉겨 붙었다. 막걸리통이 쏟아져 흙바닥에 뽀얀 젖줄이 흘렀다. 어디 있었는지 흰점이가 튀어나와 잽싸게 고기를 물고 뛰어갔다. 흰점이가 사라지자 까마귀 한 마리가 내려앉아 팥알을 쪼아댔다. 까마귀는 단언컨대, 여태 본 것들 중 가장 컸다. 교진은 뛰면서 누구라도 저런 놈을 보았다면 곧 닥쳐올 자신의 불운을 예감하게 될 거라고 생각했다.

　교진은 까마귀의 그림자라도 들러붙은 것처럼 몸을 떨었다. 오로라에게는 아무 말도 건네지 않았다. 노인을 버리고 갈까 생각했으나 그러지 않기로 했다. 현관문을 발로 차고 신발도 벗지 않고 노인의 방으로 들어갔다. 숨이 뒤통수를 타고 올라와 머릿속이 어질어질했다. 바닥에 누운 노인은 뭔지 알 수 없는 노래를 불렀다. 술 취한 노인의 노래는 오로라처럼 발음이 샜다. 노인은 눈을 감고 웃고 있었다. 교진은 노인을 내려다보다가 그대로 나왔다.

돌아보니 흰색 싼타페가 마을의 어느 집 앞에 멈춰 있었다. 교진은 위를 향해 뛰었다. 넘어졌다. 넘어지면서 운동화가 벗겨져 발에 진흙이 달라붙었다. 교진은 일어나면서 책방 쪽을 뒤돌아보았다. 오로라는 노인의 차를 얻어 타고 터미널로 가서 서울행 버스를 타면 될 것이다. 결국 사과를 하지 못한 게 마음에 걸렸다. 소나타는 굴다리 안에서 자고 있었다. 언제 올라왔는지 뒷바퀴 옆에서 흰점이가 고기를 뜯고 있었다. 교진이 다가가자 이빨을 내보이며 가르릉 울다가 고기를 물고 사라졌다. 교진은 마른 나뭇가지며 제설용 모래주머니를 쓸어내고 차에 올라 시동을 걸었다.

— 깜짝이야.

막 출발하려는 차의 조수석 문을 열고 오로라가 올라탔다.

10pm on Mar. 23

배가 고팠다. 사방을 둘러봐도 어딘지 모르겠는 산속이었다. 오로라는 잠이 들었는지 낮게 코 고는 소리가 났다. 배가 고프니까 졸음이 쏟아졌다. 길가에 버려졌던 시루떡이며 전이며 홍어회랑 막걸리가 생각났다. 교진은 저도 모르게 침을 삼켰다. 노인의 책방을 떠나 얼마나 산길을 헤맸던가. 여전히 뒤통수가 불안했지만 해는 이미 넘어갔고 사위엔 차가운 밤공기가 깔렸다. 라이트를 켜지 않은 자동차는 산속의 짙은 어둠 속으로 완전하게 숨어들었다. 안전하다 여겨지면 아무래도 산을 내려가 먹을 것과 잘 곳을 구해야 할 것이다.

오로라는 자꾸만 몸을 뒤척였다. 왜 나를 따라왔을까⋯⋯. 교진은 오로라를 돌아다보며 혼잣말을 중얼거렸다. 길을 떠나고 오래지 않아 정말 바다가 보고 싶다는 이유로 낯선 남자를 따라나설 만한 바보가 아니란 걸 알았다. 그게 아니라면 오로라에게도 그곳을 떠났어야 할 다른 이유가 있다는 거겠지. 잠이 들어 새근거리는 오로라를 쳐다보고 있자니 교진은 새삼 그 진짜 이유가 궁금해졌다. 오로라가 빈 입을 쩝쩝거렸다. 유난히 배고픔을 참지 못하는 오로라에게는 힘겨운 시간일 것이다. 교진과 오로라, 둘 다 잔칫집에서 전 몇 조각과 떡을 조금 집어 먹은 후로 아무것도 먹지 못했다. 꼬르륵. 소리는 누구의 배 속에서 시작된 건지 헷갈렸다.

오로라가 잠결에 몸을 떨며 파카 앞섶을 여몄다. 엔진 소리 때문에 시동을 끄고 있었으므로 차 안 공기는 점점 차가워지고 있는 중이었다. 망설이던 교진은 시동을 켜고 히터 스위치를 눌렀다. 졸리면 나가서 스트레칭하면 돼. 교진은 입속으로 중얼거렸다. 교진은 아무리 첩첩산중이라도 마음을 놓을 수 없다고 생각했다. 그 산골 책방까지 따라올 줄 짐작이나 했겠는가. 언제 이철세가 여기까지 따라붙을지 알 수 없는 노릇이다.

교진은 품에서 책을 꺼내 들었다. 실내등을 켜자 오로라가 잠시 눈을 찡그렸다. 피곤한지 잠을 깨진 않았다. 아침나절에 책을 펼쳐본 이후, 교진은 내내 책에 대해 생각하고 있었다. 그러다 내린 결론은 우연이겠지, 였다. 처음 가보는 장소임에도 기시감이 들 때가 있지 않은가. 그런 것일 것이다. 데자뷰

현상이야 딱히 이상한 일도 아니지 않은가. 무엇보다 산골 헌 책방에서 발견한 책에 자신의 이야기가 있을 이유가 없다. 교진은 책을 내려다보았다.『검은 바다의 노래』책 표지에 실린 남자의 뒷모습에서 뻔한 슬픔이나 회한 같은 일차원적 감정이 느껴졌다. 막 책을 펼치려다 말고 교진은 잠깐 긴장했다. 조바심인지 알 수 없는 기대감인지 헷갈렸다. 교진은 호흡을 가다듬고 책 중간쯤 되는 곳을 아무 데나 펼쳐들고 반 페이지쯤 읽었다.

유서의 내용은 간단했다.

'죄 많은 엄마가 세상을 버립니다. 죽을 만큼 고민하고 또 고민했지만 이럴 수밖에 없었습니다. 부디 발견하시는 분은 우리 모녀를 잘 거둬주시기 부탁드립니다.'

그녀가 갑자기 울기 시작했다. 그는 그녀의 눈물을 보고 당황한 나머지 뭘 어째야 할 줄 몰랐다. 그는 그녀가 왜 우는 건지 알 수 없었다. 알 수 없었기 때문에 어떻게 위로해야 하는지도 몰랐다. 물론 이상한 일이 벌어진 건 사실이었다. 이런 깊은 산속에서 어린아이의 사체를 발견한 것도 모자라 바로 그 옆에서 친모라고 밝힌 사람이 쓴 유서를 찾았으니 그녀로서는 당황했을 것이다. 여자들은 당황하면 울게 되는 걸까.

그도 놀라긴 마찬가지였다. 그녀와 함께 온 숲 속에서 어린 아이의 사체를 발견했기 때문에 어쩔 줄 몰랐다. 하지만 가장 먼저 그는 그녀를 달래고 싶었다. 그녀의 눈물이 그를 우울하게 만들었다. 어떻게 해야 하는 거지. 그는 속으로 발을 동동 굴렀다. 그녀의 손을 잡아줄까 생각하면서 그녀를 향해 손을 뻗었지만 용기가 나지 않았다. 괜히 쑥스럽고 민망한 기분이 들기도 했다.

그녀는 그칠 줄 몰랐다. 마치 울다 보니 과거에 겪었던 힘겨운 일들이 한꺼번에 떠오르기라도 한 것처럼 그녀의 눈물은 계속해서 새로운 울음을 불렀다. 어깨를 감싸줄까. 그는 떨리고 있는 그녀의 어깨를 쳐다보았다. 가녀린 그녀의 어깨를 보고 있자니 문득 안쓰러운 마음이 들었다. 그리고 그는 마음이 아팠다. 그녀의 울음 속에 그녀의 아픔이 스며 있는 것만 같아 그녀의 눈물을 닦아주고 싶었다. 그리고 할 수만 있다면 그녀가 또다시 울지 않도록 해주고 싶었다.

멀리서 새벽빛이 숲을 향해 천천히 걸어오고 있었다. 그 옅은 빛에 그녀의 눈물이 반짝였다. 이슬과 같은 색깔 없는 색깔의 맑은 눈물은 그녀의 뺨을 타고 흘러내렸다. 그는 하염없는 그녀의 눈물에 시선을 맞췄다. 그리고 약간 벌어져 있는 그녀의 입술을 바라보았다. 뭐라 말을 하고 싶은 듯, 그녀는 입술을 달싹였다. 눈물로 젖은 그녀의 입술은 그 어느 때보다 붉은 빛이 돌았다. 그는 문득, 그녀의 입술에 묻은 눈물을 닦아주고 싶은 마음이 들어 가슴이 떨렸다. 닦아주는 것이 그의 손일 수도 있고, 혹은 그의 입술이 될 수도 있다는 생각이 들어 스스로

놀랐다. 그는 아침 햇살처럼 수줍게…… 그녀를 향해 손을 뻗
었다.

역시 그랬던 거다. 이 책은 어떤 아마추어 작가의 소설이고
모르긴 해도 출판사에서 정식 출판된 것이 아니라 본인이 몇
부 인쇄한 뒤 제본한 것에 불과할 것이다. 그랬던 게 헌책으
로 팔리면서 다른 책들에 딸려 들어와 결국 산골 책방에 처박
히게 된 것일 테지. 앞부분은 다만 싸구려 감상에 젖은 주인
공의 심정을 묘사한 것이다 보니 교진 자신의 이야기라고 착
각한 게 틀림없다. 무엇보다 아무리 상상력을 동원해 생각한
다고 해도 교진은 소설은커녕 하다못해 일기나 쪽지조차 써
본 게 너무나 오래전 일이다. 두 번째 월세방을 떠나면서 엄
마에게 남기는 길고도 긴 글을 쓰긴 했었지만 어디로 보내야
할지 알 수 없어서 망설이다 찢어버렸다. 뭐라고 썼는지도 지
금은 잊었다. 이미 그래도 좋을 만큼 충분한 시간이 흘렀다.

교진이 책을 가슴 속에 넣고 긴 한숨을 내쉬는데 잠에서 깬
오로라가 작게 신음을 흘리고는 휴지를 들고 밖으로 나갔다.
그러고는 바로 차 문 옆에 쭈그리고 앉아 바지를 내렸다. 어
둠이 단단한 벽이 되어 오로라를 가려주었지만 소리는 밀도
높은 어둠 따위 개의치 않았다. 오줌은 세차게 뿜어 나오지
못하고 졸졸졸 흘렀다. 많이 피곤한가. 교진은 오로라가 안됐
다는 생각이 들었다. 날이 밝으면 읍내 어디라도 데려가 목욕

탕에 들여보내면서 작별 인사를 해야겠다고 마음먹었다.

다시 들어온 오로라가 몸을 떨었다. 히터를 켰다고는 하나 정차해 있는 차 안의 온기는 충분치 않았다. 교진은 실내등을 끌까 하다가 내버려두었다. 오로라가 양반다리를 하고 신발을 벗은 발과 종아리를 주물렀다.

— *부우었어.*

교진이 보기에도 그래 보였다. 탱탱해진 종아리가 안쓰러워 보였다. 그리고 오로라는 여전히 교진의 커다란 겨울용 양말을 신고 있는 채였다.

— 여태 그 양말 신고 있는 거야? 냄새나게⋯⋯.

교진은 손으로 코를 잡아 쥐는 시늉을 했다. 하지만 교진의 말투는 핀잔이라기보다 좀 다른 감정에 가깝게 들렸다.

— *따뜨웃해.*

오로라는 히히 웃기까지 했다. 커다란 양말 안에서 오로라의 발은 더 작아 보였다. 꼬르륵. 누구랄 것도 없이 빈 배 속에서 요동치는 소리가 차 안을 울렸다. 교진도 훗 웃었다. 그러다 함께 웃었다. 한참.

웃다 보니 서로 더 할 말이 없었다. 오로라가 실내등을 끄고 차창 쪽으로 몸을 돌려 반쯤 누운 자세를 취했다. 둘 다 입을 다문 채 창밖을 바라보았다. 차창 밖은 바늘 틈 하나 보이지 않는 어둠이었다. 차 안까지 스며든 어둠 속에 두 사람은 완전하게 숨어들었다. 차 안 공기가 차가웠다. 교진은 찜질방에 가서 몸을 뜨끈하게 지지고 미역국도 한 그릇 먹으면 좋겠다고 생각했다.

　—좀 더 있다가 산 아래로 내려가보자. 밥도 먹고 잠자리도 찾아보게.

　오로라는 고개를 반대로 꺾고 대꾸가 없었다. 꼬르륵. 의자를 뒤로 젖히고 양팔로 배를 움켜쥐고는 다리를 끌어올려 잔뜩 구부렸다. 세상이 지나치게 조용했다. 히터 때문에 켜둔 엔진 소음만 낮게 울렸다. 오로라는 금세 다시 잠들었다. 교진도 헤드레스트에 머리를 기댔다. 책 속의 장면을 기억해보려고 노력했지만 떠오르지 않았다. 대체 누가 그런 책을 써서 깊은 산속의 책방까지 흘러들어오게 된 걸까, 궁금했지만 곧 알 바 아니라는 생각이 들었다. 배가 고팠고, 머릿속엔 온통 어둠뿐이었다. 그리고 천천히 눈이 감겼다.


똑. 똑. 똑.


　사위가 지독하게 어두운데 뿌연 색으로 소리가 들어왔다. 잠 속이라 그런지 소리는 들리는 대신 눈으로 보였다. 똑. 똑. 소리는 점점 더 가까운 곳으로 다가왔고 오면서 더욱 커졌다. 무슨 소릴까. 교진은 눈을 부릅뜨고 소리를 보았다. 소리는 무겁고 딱딱하게 걸어왔다. 바닥에 깊은 자국을 남기는 발소리처럼, 혹은 위풍도 당당한 점령군처럼 소리는 점차 어둠을 밀어내고 잠 속을 채워가고 있었다. 뿌연 소리가 가득 차자 눈이 떠졌다. 오로라가 어깨를 흔들고 있었다.

—무슨 일이야?

—*저어기.*

오로라가 운전석 창밖을 향해 손가락을 뻗었다. 표정이 방금 깨어난 교진의 잠 속처럼 어두웠다. 잠이 채 달아나지 않은 교진의 눈에 뿌옇게 형상이 어렸다. 교진은 눈을 감았다 떴다. 창밖에는 희끄무레한 하늘을 배경으로 동그랗고 까만 머리통이 바싹 다가와 있었다. 그제야 저도 모르게 깊이 잠들었음을, 그것도 부주의하게 시동을 켜놓은 채였음을 깨달았다. 동시에 교진은 끝이구나 생각했다. 놈이었다. 이철세는 웃고 있지 않았다. 가만히 창에 눈을 붙이고 교진과 오로라를 번갈아 보았다.

—내려.

이철세는 차 문을 열고 낮게 말했다. 차 문의 잠금장치를 걸었다 해도 소용없는 일이었을 거란 생각도 위로가 되지 못했다. 이철세 뒤쪽으로 못 보던 놈 하나가 붙어 있었다. 이철세와 달리 덥수룩한 머리에 얼굴에도 털이 많은 놈이었다. 며칠 교진을 쫓느라 신경을 못 쓴 탓인지 수염만 봐선 산사람 같았다. 놈의 얼굴엔 적의와 멸시, 조롱과 쾌재가 가득했다. 뗼까? 내리는 척하면서 차 문으로 이철세의 골반 뼈를 강타한 다음, 털 많은 놈의 턱밑을 주먹으로 가격하고 내빼면? 교진은 눈을 좌우로 굴려보았다. 이철세의 대머리와 털 많은 놈의 험악한 인상과 그리고 오로라가 눈에 들어왔다. 교진은 순순히 내렸다.

이철세가 노끈으로 교진의 손목을 등 뒤로 묶었다. 차 안으로 눈을 돌려 오로라를 보더니 너도 내려, 간결하게 말했다. 오로라는 파카 지퍼를 올리고 발에 신겨 있는 커다란 양말을 다시 잘 추슬러 신고 양말 때문에 꽉 끼는 운동화를 간신히 신은 다음 배낭을 메고 차에서 내렸다. 이철세는 오로라의 손목을 묶지 않았다. 대신 눈짓으로 털 많은 놈이 오로라의 팔짱을 끼도록 했다.

교진은 머리를 굴렸다. 지나간 경험을 떠올려보면 이철세는 변명이나 술수가 통하는 놈이 아니다. 오히려 적은 말도 수다스럽게 느끼는 게 이철세다. 그러므로 차라리 입을 다물고 있는 편이 놈의 신경을 건드리지 않고 방심하게 만드는 유일한 방법이다. 다만 한순간을 노려야 한다. 가장 적절하고 유일한 순간, 그 순간을 참을성 있게 기다려 튀어야 한다.

— *어디로오 가느은 거야아?*

대신 오로라가 입을 열었다. 이철세가 어눌한 오로라의 말에 오로라를 돌아보았다. 일그러진 턱을 보며 잠시 인상을 찡그릴 뿐이었다. 대신 털 많은 놈이 중얼거렸다. 끼리끼리 논다는 둥, 차 안에서 해보니까 좋더냐는 둥, 쫓기는 와중이라 더 스릴 있었겠다는 둥, 멀쩡한 여자도 많은데 죽기 전에 하필 고른 게 저년이냐는 둥. 오로라는 떨고 있었다. 교진은 오로라는 아무 상관도 없는 여자니까 그냥 보내라고 할까 하다가 털 많은 놈의 수다를 보태주는 꼴밖에 되지 않을 거라고 생각했다. 꼴에 어디서 본 건 있어가지고 잘난 척한다는 둥, 누굴 아주까리 십장생으로 아느냐는 둥 말이다.

　온통 안개였다. 새벽이라지만 지독한 해무처럼 **빽빽한** 안개였다. 가까운 곳에 바다가 있는 게 분명했다. 남쪽으로 길을 잡아왔으니까 남해에 가까이 온 건 아닐까. 교진은 여기가 어디쯤일지 가늠해보았다. 안개에 젖은 나뭇잎들은 발밑에서 조용하게 늘어졌다. 나무들이 듬성듬성한 숲이었다. 하얀 피부에 박힌 검은 옹이들이 뿌연 안개 속에서 수백, 수천 개의 눈인 것처럼 모두를 노려보았다. 자작나무인가. 눈길이 매서웠다. 길도 제대로 나 있지 않은 곳을 따라 내려갔다. 경사가 심해 무릎을 굽히고 한 발짝씩 걸어야 했다. 이철세가 함부로 끌어당기는 바람에 신발에 젖은 흙이 제멋대로 달라붙었다. 마른 길을 골라 걷고 싶었지만 교진은 입을 열지 못했다.

　이철세는 여전히 이렇다 저렇다 말이 없었다. 털 많은 놈이 여기까지 오느라 얼마나 개고생했는 줄 아느냐고 쉼 없이 욕을 해댔다. 오로라가 엉덩방아를 찧었다. 교진은 넘어진 오로라를 일으켜주고 싶었지만 그럴 수 없었다. 털 많은 놈이 한쪽 팔을 끌어당겨 일으키면서 씨팔 어쩌고 욕을 했다. 오십여 미터쯤 내려오자 하얀색 싼타페가 외딴 산길에 멈춰 있었다. 교진과 오로라는 나란히 두 손을 뒤로 묶였다.

—꺼내와.

—내가 말입니까?

이철세의 말에 털 많은 놈이 대꾸하자 이철세가 지체 없이 놈의 조인트를 깠다.

—어이쿠.

정강이를 두 팔로 안고 깡충거리면서 놈이 차에서 곡괭이와 삽을 꺼내왔다. 들리지 않을 만큼 입으로만 구시렁거리고 있었다. 삽은 새로 장만한 건지 사용한 흔적 없이 깨끗했다. 곡괭이와 삽을 본 오로라가 비명을 지르면서 바르르 떨었다.

—자꾸 소리 지르면 너부터 묻는다?

삽과 곡괭이를 바닥에 부려놓으며 털 많은 놈이 오로라를 째려보았다. 그러자 오로라는 입을 다문 채 떨었다. 그 말을 들은 이철세가 교진을 돌아보고 다시 오로라를 쳐다보았다.

—그래. 그게 좋겠다.

—예? 형님?

—저년을 묻으라고. 저놈은 묻어봤자야. 내가 알아.

이철세는 억양 없이 말하고 주저앉아 담배에 불을 붙여 물었다. 털 많은 놈이 히죽거리면서 오로라를 돌아보았다. 오로라의 얼굴이 하얀 종이 같았다. 털 많은 놈이 땅을 파기 시작했다. 땅이 얼어 곡괭이가 튄다며 자꾸 투덜댔다.

―미안해. 나 때문에.

교진은 말하고 나서 진작 했어야 할 말이라고 생각했다. 오로라는 교진의 말을 듣고 있지 않았다. 그러므로 미안하다는 교진의 말은 하지 않은 것이나 마찬가지인 셈이었다. 오로라는 털 많은 놈과 그놈이 들고 있는 곡괭이와 파헤쳐지고 있는 땅을 번갈아 노려보았다. 교진은 어차피 이철세가 자기를 파묻지는 못할 거라고 생각했다. 살려놔야 돈을 받을 수 있을 테니까. 하지만 오로라는 어쩐다……. 교진은 오로라를 보며 저렇게 떨다가는 구덩이를 다 파기도 전에 먼저 죽을지도 모르겠다고 생각했다.

얼마 지나지 않아 젖은 흙의 진한 악취가 풍겼다. 채 녹지 않은 땅을 파는 건 쉬운 일이 아니었다. 털 많은 놈이 씩씩거리면서 교진을 노려봤다. 아직 물러가지 않은 안개와 뒤섞인 퀴퀴한 흙냄새는 마치 무덤이라도 파는 것처럼 묘하게 주변 공기를 바꿔놓고 있었다. 교진이 할 수 있는 거라곤 덜덜 떨고 있는 오로라의 손을 꽉 잡아주는 것뿐이었다. 아프도록 세게 쥐었지만 오로라의 떨림은 멈추지 않았다. 안개에 젖은 털 많은 놈의 등판이 땀범벅이 된 것처럼 눅신해졌다.

―으아. 이게 뭐야.

털 많은 놈이 곡괭이를 버리고 뒷걸음질 치다 그 자리에 주저앉았다. 무덤을 파다가 시체라도 맞닥뜨린 표정이었다.

—왜? 뭔데?

이철세가 담배를 비벼 끄고 일어났다. 교진도 묶인 채로 일어나 들여다보았다.

뱀이었다. 사오십 마리는 돼 보이는 거대한 뱀들의 무리가 새벽빛에 드러났다. 큰 놈은 어른 양팔 길이만 했다. 뱀들은 서로의 몸을 친친 감고 동그랗게 함께 모여 있었다. 털 많은 놈이 하얗게 질린 얼굴을 손으로 비벼 마른세수를 했다.

뱀들은 움직이지 않았다. 이철세가 삽으로 그중 한 마리를 찔렀다. 그제야 움찔한 뱀들은 칙칙한 관 같은 몸을 굼뜨게 움직이기 시작했다. 날빛에 드러난 큰 짐승의 내장 같았다. 뱀들은 사방으로 흩어지기 시작했다. 오랫동안 먹지 못한 뱀들은 피부에 윤기가 없어 보였다. 털 많은 놈이 교진의 뒤로 와 숨었다. 눈을 꾹 감고 이빨을 떨어대던 오로라가 털 많은 놈을 돌아보았다. 이철세가 싼타페를 향해 뛰었다. 돌아온 이철세의 손에 기름통이 들려 있었다. 이철세는 주저 없이 기름을 붓고 라이터를 켰다.

—아, 하지 마십쇼.

—뭐야? 김학기. 그럼 니가 할래?

이철세가 불붙은 라이터를 바닥에 던졌다. 교진은 얼굴을 찡그렸다. 털 많은 놈 이름이 김학기인 모양이었다. 다시 눈을 감은 오로라와 김학기는 고개를 돌렸다. 불붙은 뱀 한 마리가 교진의 발등을 훑고 지나갔다. 겨울잠에서 막 깨어난 뱀들은 힘이 없었다. 하지만 불타는 뱀들은 무시무시하게 꿈틀거렸다. 몇 마리는 불이 붙은 채 바닥을 가로질러 어디론가 가려고 애썼다. 껍질도 벗기지 않은 뱀의 살 타는 냄새가 공기를 가득 메웠다. 숨을 들이쉴수록 고기 타는 냄새가 짙어졌다. 불길에 껍질이 타닥타닥 튀었다. 벙어리였으므로 고통스러운 비명은 들리지 않았다. 불붙은 뱀 덩어리 때문에 어스름이 물러가고 주위가 환해졌다. 불의 온기가 사방으로 퍼져나갔다. 이철세는 불에 타 몸부림치면서 시커멓게 죽어가는 뱀들을 지켜보고 있었다. 뱀들과 마찬가지로 아무 소리도 없었다.

김학기는 다리가 풀렸는지 쭈그려 앉아 있었다. 오로라는 고개를 비튼 채 입술을 물고 있었다. 환한 불빛에 오로라가 흘리고 있는 눈물이 반짝였다. 교진은 한순간도 이철세와 김학기에게서 눈을 떼지 않았다. 단 한 순간을 잡아야 한다. 그러나 묶인 손은? 또 오로라는?

─뭐해? 파.

이철세가 삽을 던졌다. 주위에는 온통 시커메진 뱀의 시체가 널브러져 있었다. 뱀들이 모조리 죽은 걸 눈으로 확인한 뒤에도 김학기는 교진의 뒤에서 나오지 않았다. 고개만 빼꼼 내놓았다.

─형님이 좀 파면 안 되겠습니까. 팔다리에 힘이 빠져서……

말이 끝나기도 전에 이철세의 눈에서 레이저가 쏟아졌다. 세게 쥔 주먹을 들어 올리고 김학기를 향해 다가갔다. 김학기가 큰 원을 그리며 도망 다니면서 주절주절 변명을 늘어놓았다.

—제가 말입니다, 형님. 어릴 때 열병을 앓았잖습니까. 그때 약초 캐온다고 우리 아버지가 산에 들어갔습니다. 우리 아버지, 밤새 기다려도 안 오는 겁니다. 어쨌는지 아십니까, 형님. 뱀한테 물려 죽었습니다. 우리 아버지가, 뱀한테요.

이철세가 멈춰 섰다. 김학기도 따라 멀찌감치 멈췄다. 교진과 오로라는 둘이 하는 꼴을 보고 있었다. 누가 땅을 파든 상관없는 일이었다. 뭐라 더 말을 뱉으려다 말고 이철세가 입을 다물었다. 김학기를 한참이나 노려보았다. 그러고는 망이나 잘 봐, 한마디 던지고 삽을 집어 들었다. 그리고 말없이 땅을 파기 시작했다. 불의 온기로 부드러워진 땅에 쉽게 삽이 들어갔다. 교진은 대머리에 험악한 인상을 하고 야산에서 땅을 파고 있는 놈의 모습이 잘 어울린다고 생각했다.

—아, 아악.

얼마나 파 들어갔을까. 이철세가 나자빠졌다. 또 뱀인가. 교진은 고개를 갸웃했다. 아니다. 이철세는 눈도 깜짝 않고 뱀 무리에 기름을 붓고 불을 붙인 놈이다. 다른 거다. 이철세는 자리에서 일어나지 못했고 김학기는 또 뱀인가 싶어 앞으로 나서지 않았다. 교진은 파다 만 구덩이를 들여다보았다.

뭔가 있었다. 뱀보다 크고 저건…… 비닐 포대였다.

—이 손 풀어봐.

—뭐?

—풀어보라고.

—네, 당장 풀어드립지요, 내가 이러면 좋겠지.

김학기는 인상을 쓰면서 뇌까렸다. 그래봐야 놈이 할 줄 아
는 거라곤 소리 지르거나 욕을 하거나 혹은 욕하면서 인상 쓰
는 것밖에 없었다. 돌발 상황에 대한 대처가 기민하지 못한
놈이었다. 교진은 김학기의 귀에 입을 바싹 붙였다.

—그럼, 니가 가볼 거야?

김학기의 목덜미에 소름이 돋았다. 이철세는 멍한 눈으로
어딘지 모를 곳을 보고 있었다. 김학기가 망설이다 교진의 손
목을 풀어주었다. 묶였던 자리가 벌겠다. 교진은 고갯짓으로
오로라를 가리켰다.

—얘도.

—얘는 왜?

—오줌 마렵다잖아. 그럼, 여기다 쌀까?

씨발 끌려온 주제에 별짓 다 하네, 어쩌고저쩌고하면서 김
학기는 오로라의 손목도 풀었다. 오로라는 나무 뒤쪽으로 가
오줌을 누는 시늉을 하고 교진 옆에 바싹 붙어 섰다. 교진은
구덩이로 다가갔다. 이철세는 잠시 정신이 나간 듯 보였다.
김학기는 멀리 떨어져 있었다. 비닐 포대. 교진은 삽으로 포

대 위에 남은 흙을 긁어냈다. 자꾸만 뱀의 시체가 구덩이로 떨어져 그것까지 걷어내야 했다. 포대 밑으로 붉은 꽃무늬가 보였다. 교진은 뭔가 잘못되었다는 걸 직감했다.

옷이었다. 삽으로 조금 더 긁어내자 비닐이 벗겨졌다. 어린 여자아이였다. 김학기를 뺀 모두가 시체에 눈을 두었다. 알 수 없는 죽음을 당해 차가운 흙 속에 묻힌 아이. 입술도 눈도 없이 해골이 되어가고 있는 아이는 나머지 살조차 뱀들에게 내어주고 천천히 하얀 뼈만 남겨지고 있었다. 여기 묻힌 지 몇 달은 지난 것 같았다. 교진은 순간 어두운 무덤에서 꺼내달라고 울부짖는 어린아이의 비명을 들은 것 같았지만, 할 수 있는 거라곤 떨리는 손으로 오로라의 눈을 가리는 것뿐이었다. 썩어가는 살과 흙이 뒤섞인 고린내가 주위의 모든 것을 삼켜버렸다.

오로라는 눈을 감은 채 떨고 있었다. 그제야 정신을 차린 이철세가 비닐 포대 옆에 떨어져 있던 종이를 주워 들었다. 한동안 노려보고 있던 낡은 종이를 교진에게 건넸다. 유서인 듯 보이는 글이었다. 어느 틈에 김학기가 다가와 유서를 함께 들여다보았다. 낡아 너덜거리는 유서의 내용은 간단했다.


죄 많은 엄마가 세상을 버립니다. 나 때문에 고통스러운 세상에 태어난 내 아이, 엄마 없이 어찌 살아갈 수 있을까요. 아이가 겪을 고통을 없애주는 것 또한 엄마가 마땅히 할 일이라 생각합니다. 죽을 만큼 고민하고 또 고민했지만 이럴 수밖에 없었습니다. 부디 발견하시는 분은 우리 모녀를 잘 거둬주시기 부탁드립니다.

그러나 내용과 달리 사체는 아이뿐이었다. 엄마의 글씨는 흔들리고 있었다. 평생 글씨를 써보지 않은 사람의 것처럼 필체는 거칠고 서툴렀다. 대체 엄마의 사체는 어디 있는 것일까. 교진과 이철세가 근처를 뒤졌지만 엄마의 사체는 찾을 수 없었다. 교진은 엄마의 사체를 찾을 수 있기를 진심으로 바랐다. 하얀 피부에 수백, 수천 개의 눈을 달고 있는 이 숲의 나무들은 알고 있겠지. 교진은 원망의 시선으로 나무들만 노려보았다. 교진과 이철세는 아이의 빈 얼굴 위로 다시 포대를 덮었다. 포대를 끌어당겨 덮는 바람에 아이의 팔 하나가 어깨에서 빠져나왔다. 썩은 살점이 흩어졌다.

유서를 읽고 있던 오로라가 갑자기 울기 시작했다. 마치 자기 아이의 죽음이라도 목격한 엄마처럼 서러운 울음이었다. 간간이 신음도 새 나왔다. 김학기가 좀 조용히 하라며 윽박지르고는 연신 주위를 살폈다. 그러나 누군가의 시선이 닿기에는 너무나 깊은 산속이었다. 교진은 대체 오로라가 왜 우는 건지 알 수 없었다. 텅 빈 숲이 오로라의 울음에 흔들렸다. 오로라의 울음은 크고 깊었다. 어둡고 추운 산속에 묻힌 아이의 울음이 그 곁에 들리는 것 같았다. 환청은 점점 커지며 교진의 눈앞으로 다가들었다. 울음소리는 환청이라기엔 너무나 또렷했지만 들리는가 싶으면 이내 숲 속으로 사라져버렸다.

오로라는 지나치다 싶을 만큼 울음을 그치지 못했다. 온 숲을 뒤흔드는 울음이었다. 새끼 잃은 짐승의 서러움과도 같은 것이었다. 불가해한 어린아이의 죽음, 그리고 불가해한 오로라의 눈물이 안개 짙은 숲 속을 무덤으로 바꿔놓았다. 교진은 대체 오로라가 왜 울음을 그치지 못하는 건지 궁금했다. 오로라에게 물어보고 싶었지만 계속 눈물을 흘리고 있는 바람에 그럴 수도 없었다. 오로라는 어깨를 떨며 울었다. 눈물은 쉼 없이 오로라의 뺨을 타고 흘러내려 오로라의 입술을 적셨다. 그 때문인지 오로라의 입술은 그 어느 때보다 붉어 보였다. 그런데, 가만. 이 장면.

교진은 순간 몸을 떨었다. 기억났다. 『검은 바다의 노래』 그 책이다. 분명하다. 교진은 시체의 목격과 오로라의 울음보다 훨씬 더 낯선 기분이 들었다. 어찌된 일일까. 교진은 머릿속으로 책에서 읽었던 문장들을 떠올려보려고 애썼다. 그러자 맥락 없고 낯설게 느껴졌던 책 속의 문장이 그대로 하나의 장면처럼 스륵 눈앞으로 다가들었다.

교진은 오로라를 건너다보았다. 막 비쳐들기 시작한 새벽빛에 오로라가 흘리고 있는 눈물이 반짝였다. 교진은 깜짝 놀라 얼른 눈을 돌렸다. 이상한 일이었다. 책 속의 인물이 정말 자신과 오로라일 리는 없지 않은가. 그렇게 생각하면서도 교진은 자꾸 책 속의 문장에 자신을 넣어보았다. 그러자 오로라의 가녀린 어깨와 맑은 눈물이 눈에 들어왔다. 교진은 고개를 저었지만 그럴수록 헷갈렸다. 뭐가 뭔지 알 수 없는 기분에 갑자기 머리가 아팠다.

—포대 들어내.

—예?

이철세의 말을 김학기가 알아듣지 못했다.

—저 비닐 포대를 구덩이 밖으로 들어내라고.

이철세의 볼살이 떨렸다. 김학기가 아니, 저걸, 왜, 내가……하면서 투덜거렸다. 이철세가 또다시 김학기의 조인트를 깠다. 김학기가 이철세의 일그러진 얼굴을 보고 깡충거리면서 걸어가 간신히 비닐 포대를 구덩이 밖으로 끌어냈다. 교진은 고개를 돌렸다. 오로라의 울음은 데시벨이 좀 더 높아졌다.

—묻어.

—예?

—저년, 묻으라고.

이철세의 명령과 오로라의 울음과 밖으로 드러난 시체의 엄청난 존재감과 깊은 산속의 안개가 하나의 장면을 만들고 있었다. 송장 썩는 냄새와 어딘가에서 밀려온 물비린내가 뒤섞여 그 장면을 더욱 차갑게 채우고 있었다. 보고 있거나 혹은 읽고 있는 사람의 시선을 압도할 만한 장면이었다. 그 안에서 오로라의 울음과 이철세의 고함이 서툰 알레고리처럼 툭툭 튀었다. 『검은 바다의 노래』 이백십오 페이지쯤에 또 이 장면이 나오는 게 아닐까. 교진은 계속 책에 대한 생각에 매달려 있었다. 매끄럽지 못한 문장과 치밀하지 않은 묘사였지만 계속해서 교진의 마음을 끄는 구석이 있는 책이다. 그녀는 다만 그와 동행했다는 이유로 죽었다, 라고 적혀 있는 건 아니겠지. 교진은 속으로 문득 든 생각에 어이가 없는 기분이었지만 동시에 가늘게 몸이 떨렸다.

김학기가 얼결에 오로라를 구덩이로 밀어 넣었다. 산 사람을 묻기에는 적당하지 않은 깊이였으나 차가운 무덤의 공포를 충분히 느낄 만한 상황이었다. 교진이 놀라 오로라를 끌어내려 했지만 이철세가 들고 있던 삽으로 교진의 등판을 후려쳤다. 교진은 바닥으로 고꾸라지면서 하마터면 시체를 덮칠 뻔했다. 구덩이로 떨어진 오로라는 막 시체가 된 것 같은 표정이었다. 한층 더 어눌해진 말소리는 알아듣기 어려웠다. 교진은 공연히 귀를 쫑긋 세웠다. 엄마라는 것 같기도 하고 아가라는 것 같기도 했다. 새벽안개 속에 숨어 아직 쉬고 있던 숲이 오로라의 신음과 비명으로 불안하게 흔들렸다. 죽음 이후의 소리가 저럴까 싶은 오로라의 목소리는 뼈아픈 울음과 고통스러운 한탄 사이를 교차해 오갔다.

— 악.

외마디 비명의 끝에 오로라가 배를 감싸 쥐고 구덩이 바닥에서 굴렀다. 김학기가 놀라 벌어진 입을 더 크게 벌렸다. 이

철세도 오로라의 일갈에 삽을 쳐든 채 멈춰 섰다. 교진이 구
덩이 안으로 뛰어들어가 쓰러진 오로라를 부축했다. 희미하
고 가쁜 숨을 쉬고 있었다. 오로라는 쉽게 몸을 일으키지 못
했다. 바스러진 흙덩이가 두 사람 위에 쏟아졌다. 세포 하나
하나마다 기억될 것 같은 진한 악취 속에서 숨을 깊이 들이
마셨다.

— 왜 그래?

— *배, 배가아……*.

오로라의 신음은 목이 졸려 숨구멍이 막힌 이후의 소리처
럼 날카롭고 아득했다.

— 어디? 배가 아파?

— *내 아아기이……*.

고통으로 잦아들어가는 목소리였다. 교진이 오로라의 입
가까이 귀를 갖다 댔다.

— 아기? 아기라니?

— *내 배 소옥에 아기이……*.

교진은 책방 노인에게 임신 중이라고 거짓말을 했던 것이
생각났다. 혹시 오로라가 그걸 기억한 걸까. 그렇다면 때가
오고 있는 것이다. 오로라의 발광에 가까운 울음과 고통스러
운 표정 때문에 이철세와 김학기는 그저 두 사람을 쳐다보고
만 있었다. 교진은 신중하게 머릿속으로 행동의 순서를 정했
다. 오로라를 당장 병원에 데려가야 한다며 구덩이를 빠져나

와 놈들과 함께 차를 타고 마을로 내려간다. 병원을 찾아 들어간 다음 놈들은 밖에서 기다리게 하고 오로라와 함께 진료실로 들어가 거짓 진료를 받는다. 사정을 얘기하고 병원 뒷문으로 빠져나간다. 뒷문이 없으면……. 교진은 걱정스러운 표정을 짓고 오로라의 배에 손을 갖다 댔다. 병원에 뒷문이 없으면 어쩐다, 생각하는데 뭔가가 교진의 손을 툭 찼다. 깜짝놀라 손을 뗐다. 오로라는 일그러진 표정으로 식은땀을 흘리고 있었다. 연기라기엔 지나치게 현실적이었고 계산된 절박함이 아니었다.

혹시…… 거짓말이 아닌 건가. 교진은 오로라의 스웨터 안으로 손을 넣어 배를 만져보았다. 가운데가 볼록 솟아 있고 단단하게 뭉쳐 있었다. 거짓말이 아니었다. 오로라는 배 속에 아기를 품고 있었다. 왜 몰랐을까. 그렇다면 오로라의 고통도 거짓이 아닐 것이다. 오로라가 교진의 손을 아프도록 꽉 잡았다. 손톱이 교진의 손등 깊숙이 박혔다. 서둘러야 했다.

—애를 밴 거야?

김학기가 말을 더듬었다. 교진이 눈짓으로 이철세를 불러들였다. 이철세가 오로라의 배를 뚫어져라 내려다보고는 구덩이로 들어왔다. 이어 망설임 없이 오로라의 배 위에 손을 얹었다. 그리고 둘이서 오로라를 부축하고 간신히 일어났다.

—서둘러.

교진의 목소리는 단호하고 빨랐다. 그 결에 오로라가 들고 있던 유서가 힘없이 바닥으로 떨어져 사체의 텅 빈 얼굴 위에 얹혔다. 유서가 증거하듯, 엄마에게 죽임을 당한 불행한 죽음이었으나, 유서의 내용처럼 살면서 겪어야 할 수많은 고통을 더 이상 겪지 않아도 될 것이었다. 교진은 죽은 아이의 사체를 이대로 두고 가면 안 된다고 생각했지만, 아직 배 속에 살아 있는 아기가 더 급했다.

—차 문 열어.

이철세가 김학기를 재촉해 앞세웠다.

—예?

—빨리 안 뛰어?

—그냥 가는 겁니까, 형님?

—일단 살려놔야, 그래야 죽일 거 아냐?

이철세의 빠른 판단 덕분에 장면은 급박하게 이어졌다. 김학기가 부려져 있던 삽을 들고 불퉁한 표정으로 앞서 뛰었다. 교진은 오로라의 배낭을 등에 멨다. 짐작했던 것보다 훨씬 더 무거워 깜짝 놀랐다. 그리고 오로라의 옆구리에 팔을 끼워 넣었다. 몸에서 바스스 흙가루가 떨어졌다. 녹기 시작한 질척한 흙덩이가 신발에 들러붙었다. 흙을 털기 위해 발을 휘휘 저으며 걸었으나 별 소용이 없었다. 오로라는 제대로 걷지 못했다. 가장 두려운 일을 목전에 둔 사람처럼 입술이 파래지고 눈에 핏발이 섰다. 이십여 미터의 거리가 어딘지 알 수 없는 삶과 죽음의 경계만큼이나 멀었다. 걷는 내내 살 썩는 고린내가 축축한 숲의 냄새를 뚫고 뒤를 따랐다.

— *아아기*…… *내 아아기이*…….

교진과 이철세에게 안긴 오로라가 신음했다. 간신히 싼타페의 뒷좌석에 올라타자마자 교진의 무릎 위로 쓰러졌다. 오로라가 흘린 식은땀으로 오래지 않아 허벅지가 축축해졌다. 이철세가 핸들을 잡았다. 싼타페는 비포장 길을 최대한 조심스럽게 그러나 빠른 속도로 타 내려가기 시작했다. 곧 이차선 포장도로가 드러났다. 이철세가 가속 페달을 밟자 엔진 소리가 차 안을 가득 메웠다. 그 외에는 안타까운 오로라의 신음뿐이었다. 누구도 입을 열지 않았다. 교진은 저절로 오로라의 손을 꽉 잡아 쥐었다.

또 다른 길의 시작이었다.


한 시간이 넘도록 헤매고서야 산부인과를 찾을 수 있었다. 그느라 작은 읍과 면을 세 개나 지나쳤다. 새벽안개는 걷혔고 삼월의 햇살은 막 따뜻해지기 시작했다. 병원 응급실에는 전문의가 출근 전이었다. 옆 침대에 누운 남자가 그 새끼 죽여버리겠다며 소리를 지르고 있었다. 의사가 짜증 섞인 목소리로 보호자에게 주의를 주었다. 어쩔 줄 모르는 보호자와 달리 남자는 계속 구역질을 해대면서 욕을 멈추지 않았다. 알코올로 인한 급성 위경련인 모양이었다. 술 냄새가 심했다.

교진은 오로라의 땀을 닦아주고 손을 만져주었다. 그러다 그러는 게 어떤 건지도 모르는 채 단단해진 오로라의 배를 둥글게, 둥글게 쓰다듬었다. 오지 않는 의사에게 화가 났다. 이철세와 김학기는 응급실 문 앞에서 안쪽을 힐끔거리며 서성거렸다. 간호사는 혈압과 맥박을 체크하고 왜 왔는지를 묻고 산모의 배를 마사지해주라고 말하고는 산부인과 담당의가 아직 출근 전이니 기다리라며 가버렸다.

삼십 분이 지나서야 갓 서른을 넘겼을 법한 애송이가 의사 가운을 대충 걸치고 나타났다. 곧바로 오로라의 배를 만져보더니 산부인과 진찰실로 옮기라고 지시했다. 교진이 간호사와 함께 오로라의 침대를 밀었다. 응급실 입구 반대쪽의 방으로 향했다. 이철세가 따라왔지만 간호사는 복도 끝 대기의자를 손가락으로 가리켰다.

—보호자 외엔 들어가실 수 없습니다.

이철세가 눈을 돌려 병원 건물의 지형을 한눈에 파악했다. 교진이 보기에도 병원 출입구는 한 군데뿐이었다. 이철세가 병원 문 바로 앞에 서서 담배를 꺼내 물었다. 교진은 진찰실로 들어서 소리 나게 문을 닫았다.

—자궁 수축이 있는지 봐야 하니까 바지부터 벗어주세요.

애송이 의사는 손에 얇은 고무장갑을 꺼내 꼈다. 간호사가 간이 가림막을 가져와 오로라의 배 부분에 고정시키고 바지를 벗겼다. 가림막은 긴 막대 위에 쳐진 커튼이었다. 커튼의 잔 꽃무늬가 낡고 가난해 보였다. 교진은 옆에 놓인 티슈를 뽑아 오로라의 젖은 이마를 닦아주었다. 달리 할 일이 없었다.

—숨을 최대한 깊이 들이마시고. 자 좋아요, 다시 내쉬고.

애송이 의사가 초음파 기계의 모니터를 보면서 가림막 아래에서 손을 움직였다. 교진은 애송이의 시선을 따라 모니터를 보았다. 모니터에는 어린애가 아무렇게나 그어놓은 줄처럼 삐뚤빼뚤한 가로선들이 가득했고 그 가운데 뭔가 비스듬하게 놓여 있었다.

—애기 아빠, 이리 와보세요.

이렇다 저렇다 설명할 상황이 아니었으므로 교진은 그냥 모니터를 보는 시늉을 했다.

—보이죠? 애기는 잘 있어요. 칠 개월이 넘었네요. 여기, 심장 뛰는 것도 잘 보이죠?

새끼손톱보다 작은 무엇이 정말 콩닥, 콩닥, 뛰고 있었다. 애송이가 오로라의 배 둘레에 긴 끈을 돌려 묶어놓더니 그 끈 끝에 달려 있는 동그랗고 납작하게 생기고 청진기보다 좀더 큰 것을 오로라의 배에 갖다 댔다. 그리고 모니터 옆에 달린 레버를 오른쪽으로 돌렸다.

—태아 심박 측정기예요.

아기의 심장이 콩닥콩닥 소리로 살아났다. 태아의 심장 소리란 저런 거구나. 교진은 작게 중얼거렸다. 별다른 감흥은 없었다.

—배가 많이 아파요? 많이 뭉쳤네.

애송이가 장갑 낀 손을 오로라의 다리 사이로 가져갔다. 이어 애송이의 머리통이 가림막 아래로 쑥 내려갔다, 한참 만에 올라왔다.

─자궁이 열리지는 않았어요. 가진통이에요. 스트레스 많이 받았어요?

고개를 다시 쳐든 애송이가 교진에게 물었다. 얼결에 예? 아, 예. 조금요, 라고 대답했다. 교진이 보기에도 태아는 몸을 잔뜩 구부리고 있었다. 애송이가 탁탁 소리 나게 장갑을 벗으며 말했다. 장갑의 끝에 뿌옇고 끈끈한 액체 같은 것이 묻어 나왔다.

─스트레스 받아서 그래요. 링거를 맞으면서 몇 시간 안정을 취해야 합니다. 가진통이 또 계속되면 바로 병원으로 와야 합니다. 아시죠?

오로라가 한숨을 쉬고 눈을 감았다. 속눈썹 끝이 축축하게 젖어 있었다. 애송이는 일어나 장갑을 쓰레기통에 던지고 그대로 나가버렸다. 간호사의 지시에 따라 다시 침대를 진료실 옆에 붙은 주사실로 옮겼다. 바닥에 닿는 바퀴의 마찰음이 신경을 긁었다. 교진의 걸음을 따라 더러운 흙 자국이 바닥에 새겨졌다. 교진은 얼굴을 찌푸리고 눈을 딴 데로 돌렸다. 오로라가 눈물을 흘리고 있었다. 간호사가 오로라의 손등에 주사를 꽂고 링거 줄에 또 다른 뭔가를 주사했다. 그리고 옆에 놓인 쓰레기통에 주사기를 던지고 나가버렸다. 침대 옆 등받이 없는 의자에 앉은 교진은 뭔가 생각을 해보려고 애썼다.

톡. 톡. 톡. 투명한 주사액이 규칙적으로 떨어지고 있었다. 금세 잠이 든 오로라가 갑자기 흠, 숨을 몰아쉬었다. 오로라는 어느새 낮게 코까지 골며 잠들어 있었다. 교진은 주사액 때문인 모양이라고 생각했다. 그러다 갑자기 궁금해졌다. 오로라는 왜 저 몸으로 교진을 따라왔을까. 애 아빠를 피해 도망 온 것일까. 대체 애 아빠와 무슨 일이 있었길래…… 낯선 이를 따라나설 만큼 절박했을까. 산에서 유서를 보고 울부짖던 오로라의 모습이 생각났다. 혹시, 애 아빠가 애를 지우자고 했었나? 그래서 제 아이라도 잃은 것처럼 오로라는 비명을 지른 것일까.

애를 지우라는 지속적인 협박을 견디며 배 속에서 칠 개월 넘게 키웠다면 그동안 겪었을 고통과 외로움은 중대한 결심에 대한 충분한 근거가 되었을 것이다. 교진은 그렇게 짐작했다. 그래서 오로라는 아이와 자신, 둘 다를 살리려고 도망친 것일까. 미혼모로 낯설고 아는 이 하나 없는 곳에서 아이를 낳아 기르겠다고? 문득 엄마가 떠올랐다. 그래서 교진은 깜짝 놀랐다. 그리고 오로라에게 공연히 화가 났다. 아이가 세상에 나와 겪어야 할 모든 일들을 오로라는 아직 모르고 있을 것이다. 제 배 속에 있으니 제 것이라 생각할 테지. 엄마들이 당연하게 여기는 저 과대 포장된 오만을 교진은 평생에 걸쳐 증명해오지 않았던가.

교진은 간신히 자리에서 일어나 정수기에서 물을 따라 마셨다. 오로라는 잠들었고, 그건 오로라의 배 속에 있는 생명도 그렇다는 뜻일 것이다. 움직일 때마다 관절과 근육이 뒤틀리는 기분이었다. 배고프고 아프니까 몸이 더 절실하게 느껴졌다. 교진은 자리에서 일어나 주사실을 나오려다 말고 문 옆에 놓인 쓰레기통에 눈을 멈췄다. 그리고 간호사가 버리고 간 주사기를 집어 주머니에 넣었다. 오로라는 깨지 않았다.

복도 끝 쪽에 이철세와 김학기가 보였다. 교진은 저쪽에서 보이지 않도록 몸을 벽에 붙이고 반대쪽으로 더 들어가보았다. 기역 자로 꺾인 반대쪽 모서리에 어린아이 키 높이의 철문이 매달려 있었다. 복도 끝 쪽에서는 보이지 않는 각도였다. 걸려 있는 걸쇠를 풀고 나가보니 쓰레기 소각장이었다. 텅 비어 식어 있는 소각장을 둘러보았다. 교진은 한참이나 여기저기 살펴보았다. 빙고. 소각장 뒤로 사람 하나가 모로 서서 겨우 지날 수 있는 공간을 따라 이어진 샛길이 나 있었다. 눈으로 샛길을 따라갔다. 길고 끝이 보이지 않는 길이었다. 분명 반대쪽으로 나가는 길이 있을 것이다.

저대로 두고 이제 혼자 갈까. 교진은 오로라를 떠올리며 속으로 생각했다. 이대로 혼자 사라진다면 오로라에게 과연 어떤 일이 벌어질 것인가. 그 점에 관해서라면 교진이 지나온 시간들을 통해 충분히 알 수 있는 일이었다. 다 그만두더라도 오로라가 다시 한 번 구덩이에 들어가게 된다면 그건 협박이 아니라 살인이 될지도 모르는 일이 아닌가.

교진은 고개를 저었다. 강남 술집에서 대리주차 일을 시작하기 직전이었다. 결국 이철세에게 잡혀 끌려간 서울 인근 야산에는 깊게 판 구덩이가 네 개 있었다. 일정한 간격으로 나 있던 구덩이는 그러니까, 이철세가 필요할 때마다 저마다 다른 사람들을 끌고 와서 맘에 드는 구덩이에 던져 넣는 것이었다. 최대 네 명까지 동시에 묻을 수 있도록 미리 준비된 것이었으며 또한 그 깊이도 충분했다. 눈 내리는 크리스마스였다.

—너도 혼자, 나도 혼자니 크리스마스를 같이 보내는 것도 나쁘지 않겠지?

이철세는 구덩이에 묻혀 목만 나온 교진에게 불붙인 담배를 물려주었었다. 얼음 박힌 흙이 온몸으로 파고들었다. 담배 연기로 간신히 구역질 나는 흙의 악취를 견뎠다. 떨리는 이빨이 필터를 끊어 목이 꺾인 담배가 바닥에 툭 떨어졌었다.

교진은 한숨을 내쉬었다. 오로라가 견딜 수 있는 경험이 아니었다. 교진은 도로 문을 닫고 이철세와 김학기에게로 갔다.

—좀 기다려. 링거 맞아야 하니까.

담배를 발로 비벼 끈 김학기가 험상궂은 표정을 하고 교진을 꼬나보았다.

—그래야 걸을 수 있다잖아. 어차피 저 몸으로 도망도 못 가.

빚쟁이 주제에 애를 만들고 말이야, 제 앞가림도 못하는 놈이 말이야, 어쩌고저쩌고 김학기가 연신 들이댔다.

—먹을 거나 좀 사와.

이철세가 김학기에게 턱짓을 했다.

　—샌드위치랑 커피 좀 사와. 이놈의 병원 냄새 때문에 죽을 지경이다.

　—내가 말입니까, 형님?

　—그럼 누가 가냐? 넌 배 안 고프냐?

김학기는 교진에게 주먹 감자를 내밀며 병원을 빠져나갔다.

　—너 이따 내 손에 죽을 줄 알어.

걸어가던 김학기가 뒤돌아 교진에게 협박을 했다. 이철세는 한참이나 말없이 담배를 피웠다. 이철세는 말수가 적다. 적은 말도 수다스럽게 느끼는 성격인지도 모른다. 둘만 남자 딱히 할 말이 없었다. 교진은 지저분해진 신발로 마른 바닥을 팠다. 이철세는 필요한 짧은 문장 외에 감정을 드러내는 사족의 말들을 덧붙인 적이 없다. 자신의 역할과 목적에 따라 그저 묵묵히 할 일을 할 뿐이다. 그건 그냥 일종의 객관이다. 그래서 이철세는 무서운 놈이다. 교진은 갑자기 그런 생각이 들었다.

　—깼는지 가보고 올게.

이철세가 돌아서는 교진의 팔을 거칠게 붙들었다. 허튼수작 부리면 알지? 라는 협박을 담은 눈빛이 형형했다.

　—저런 여자를 데리고 어딜 도망가겠냐? 여기 입구도 하나잖아.

교진은 이철세의 손을 뿌리치고 뒤돌아섰다. 이철세가 새 담배를 꺼내 물었다. 교진의 걸음을 따라서 진흙이 복도 바닥에 점점이 뿌려졌다. 교진은 마치 뱀이 발목을 감기라도 한 것처럼 발을 공중에 대고 털었다. 흙은 잘 떨어지지 않았다. 문득 죽어 썩어가는 아이의 사체를 파고들던 뱀이 떠올랐다. 뱀들은 이제 아이 대신 진흙 묻은 아이의 꽃무늬 옷을 입게 되겠지. 죽어 썩어버린 입술 새로 나오는 아이의 비명이 귓가에 떠도는 것만 같아 교진은 발소리를 내며 걸었다. 부스스 말라붙은 흙이 바닥에 너저분했다.

교진은 복도를 따라 걸었다. 적절하고 결정적인 한순간이 언제일지 가늠하는 중이었다. 일단 오로라가 잠에서 깨어야 할 일이었다. 갑자기 주사실 문이 열렸다. 드르륵 소리와 함께 오로라가 링거가 걸린 삼각대를 끌고 나왔다. 이철세가 이쪽을 돌아다보았다.

지금이다. 교진은 직감했다. 이철세와의 거리는 십여 미터 정도. 만약을 위해 소각장 걸쇠는 아까 풀어두었다. 교진은 오로라의 팔을 잡아끌었다. 무엇을 예감한 것인지 오로라는 등에 배낭을 메고 있었다. 교진은 소각장으로 나가는 문을 열고 오로라를 문밖으로 내밀었다. 한쪽 다리를 문밖으로 내밀다 말고 오로라가 뒤를 돌아보았다. 교진이 오로라 손등에 꽂힌 주사바늘을 홱 잡아 뺐다. 오로라의 손등에서 핏줄기가 거꾸로 치솟았다.

뛰어오는 이철세의 발소리가 복도를 쿵쿵 울렸다. 다른 손으로 피가 솟는 손등을 꾹 누른 오로라가 문을 빠져나가고 교진이 막 고개 숙여 문밖으로 나가려던 참이었다. 이철세의 거친 손이 교진의 뒷덜미를 잡아챘다. 숙였던 고개를 다시 들고 이철세를 향해 뒤돌았다. 뒤돌아선 교진의 손에 주사기가 들려 있었다. 아까 주머니에 챙겨 넣었던 것이었다. 교진은 망설임 없이 주사기로 이철세의 왼쪽 눈을 찔렀다. 순식간이었다. 악. 교진의 뒷덜미를 놓친 이철세의 손이 자신의 왼쪽 눈을 가렸다. 이철세의 손가락 사이로 피가 흘렀다. 눈에 꽂힌 주사바늘이 떨리고 있었다.

소각장 쪽의 문에도 걸쇠가 붙어 있었다. 아까는 미처 확인하지 못했던 것이었다. 교진은 걸쇠를 걸고, 발로 문을 차는 이철세의 발소리를 들으면서 소각장 뒤쪽으로 몸을 숨겨 샛길을 따라 나갔다. 둘 다 말 한 마디 없었다. 오로라의 몸이 자꾸만 앞으로 꺾여 속도가 나지 않았다. 오로라의 눈은 크게 벌어져 있고 입은 굳게 닫혀 있었다. 걸음을 따라 오로라의 손등에서 핏방울이 떨어졌다. 아무렇게나 주삿바늘을 잡아 뺀 오로라의 손등에 검푸른 멍이 들어가고 있었다.

## 나의 제자리

너무 차가운 느낌이었어. 마스크를 쓴 의사와 간호사는 내 다리 밑에서 자기들끼리 뭐라 말을 주고받느라 내가 떨고 있는 건 신경 쓰지 않았어. 스테인리스 거치대에 걸쳐 있는 내 맨다리에 오소소 소름이 돋았어.

— *저어기요오.*

그들은 내 목소리를 듣지 못했어. 나는 남은 힘을 쥐어짜 목소리를 높였어.

— *너무우 추우워요오.*

그제야 그들은 깜짝 놀란 눈으로 나를 쳐다보았어. 생각보다 내 목소리가 컸나 봐. 간호사가 떨고 있는 나를 보더니 담요를 가져다 다리 위에 덮어주었어. 훨씬 낫더군. 따뜻했다기보다는…… 뭔가 안심이 되는 것 같았어. 내 벌거벗은 아랫도리가 반 이상 가려졌으니까.

—이제 시작합니다.

마스크 때문인지 의사의 말소리는 웅얼웅얼하는 것 같았어. 의사는 옆에 놓인 의료용 스테인리스 바구니에서 샬레랑 스포이트랑, 또 뭔지 잘 알 수 없는 집게랑 뭐 그런 걸 확인하고 있었어. 나는 천장을 올려다보고 또 주위를 둘러보았어. 아무 장식이 없는 시술실은 텅 빈 것처럼 을씨년스러웠어. 의사는 말이 끝나기 무섭게 손을 내 가랑이 사이로 집어넣었어. 의사가 자, 질경 집어넣습니다. 힘 빼세요, 하자마자 내 거기로 차가운 쇳덩이가 쑥 들어왔어. 아마도 둥근 것이었던 것 같아. 아무리 거기에 힘을 주어도 힘이 주어지지 않았어. 허벅지를 오므렸다가 의사한테 짜증 섞인 말만 들었어.

—조금 아파요. 자궁 경부를 여는 해면체를 넣을 거예요.

하더니 내 안 깊숙이 작고 단단한 무얼 밀어 넣었어. 너무 아팠어. 성형외과 수술실에 누웠을 때보다 더 떨었던 것 같아. 허벅지가 사정없이 떨렸어. 그렇잖아. 내 거기에 남의 손이 닿기는 처음이니까. 나는 자꾸만 사타구니에 힘을 주어 오므렸어. 무서웠거든. 낯모르는 남자 앞에서 가랑이를 벌리고 무기력하게 누워 있다는 사실 때문에 나도 모르게 눈을 감았어. 강간을 당할 때도 이런 기분일까 생각했어.

—힘 빼세요.

내 가랑이 사이를 들여다보던 의사가 고개를 들더니 나를 쳐다보았어. 나는 주눅 든 얼굴로 간신히 고개를 끄덕였어.

─ 계속 힘주면 질 입구가 좁아져서 관이 잘 안 들어가요.

간호사가 킥 웃는 것 같았어. 웃을 것까지는 없는 일이었는데 말이야. 귀까지 벌겋게 달아오르는 게 느껴져서 나는 눈을 더 꽉 감았어. 안 그러면 당장 일어나 시술실을 뛰쳐나가거나 아니면 그 자리에서 죽고 싶은 기분이 들 것 같았거든. 흡.

갑자기 숨이 탁 막혔어. 나는 숨을 제대로 쉴 수가 없었어. 뭔가 낯설고 차갑고 긴 것이 내 안으로 쑥 들어와서는 한참이나 머물렀기 때문이었어. 그것은 너무나 깊숙한 곳까지 파고들어왔어. 저절로 온몸이 덜덜 떨렸어. 살면서 그토록 추웠던 건 처음인 것만 같았어.

그걸 어떻게 설명해야 할까. 캄캄한 밤길을 가다가 갑자기 발이 허방을 디뎌 끝도 모르게 바닥으로 추락하는 것처럼 심장이 쿵 떨어지는 것 같기도 하고, 혹은 짐작하거나 상상해보지 않은 흉기가 내 안으로 들어와 거기를 갈가리 찢어놓는 것처럼 아프기도 했어. 뭔가가 내 몸을 관통할 것처럼 뚫고 들어오는 느낌이기도 했고, 반대로 내 몸 안에서 뭔가 흘러서 그곳을 통해 빠져나가는 기분이기도 했어. 간호사가 내 아랫도리 언저리를 닦아내 휴지통에 버린 티슈가 붉었어. 내 처녀 자궁이 처음 열렸으니 붉고 신선한 피가 흐른 걸지도 모르겠어.

내가 신음을 흘렸던가. 잘 모르겠어. 그랬던 것 같기도 하고 끝까지 참아냈던 것 같기도 하고. 차가운 침대 모서리를 있는 힘껏 붙잡고 있는데 손에 식은땀이 배 나와 손바닥이 번들거렸어. 그래서 자꾸만 내가 잡고 있던 뭔가를 놓칠 것만 같았어. 환하디환하게 켜진 형광등이 나를 똑바로 내리쏘아 보고 있었어.

—다 됐습니다.

의사가 비닐장갑을 착착 소리 나게 벗고는 간호사에게 뭔가 지시하고 나를 쳐다보았어.

—끝났어요. 일주일 후에 오시면 됩니다. 임신 확인해야 하니까요.

그리고 의사는 나가버렸어. 나는 놀란 눈으로 고개를 치켜들었어.

—생각보다 간단하죠?

간호사가 나를 보고 웃었어. 나는 간신히 고개를 주억거리고는 거치대에서 다리를 들어서 내렸어. 맨발로 디디는 타일 바닥이 어찌나 차갑던지. 하마터면 비명을 지를 뻔했어. 그러고는 벌거벗은 아랫도리를 담요로 둘러싼 채 탈의실로 걸어갔어. 별거 아닐 거라고 생각했는데…… 걷는 내내 다리가 후들거렸어. 생각보다 간단하기도 했지만 동시에 짐작보다 훨씬 더 힘이 들기도 했었나 봐. 막 나오려는데 간호사가 내게 주의를 주더군.

—당분간 운동, 사우나 금하시고. 또…… 아시죠? 성관계 금물인 거.

처음부터 그럴 생각은 아니었어. 난 다만…… 모든 걸 제자리로 되돌려놓고 싶었을 뿐이야. 제자리? 전에 보여줬잖아, 내 사진……. 자, 여기 있어. 다시 보고 싶으면 그러도록 해. 그래, 예쁘지? 나도 알아. 아무 생각 없이 활짝 웃는 눈이랑, 수줍은 소녀처럼 부드럽게 미소 짓는 입이랑, 꿈꾸는 듯 해사한 표정이랑. 지금의 나와는 전혀 다른 모습을 하고 있지. 그래. 내 삶에서 가장 강한 힘을 갖고 있던 때야. 난 그때 뭐든 할 수 있었고 무엇이든 될 수 있었어. 마치 딴 세계에 사는 사람처럼. 내가 그 세계에 속했었다는 건 분명한 사실이야. 지금은 나도 자꾸 헷갈리지만 말이야.

내가 원하는 건 다시 한 번 차가운 수술대 위에 누워 수술을 받은 다음, 완벽한 수술의 결과를 눈으로 확인하는 거였지. 나는 죽을 만큼 열심히 일했어. 하지만 알다시피 내가 할 수 있는 일은 그리 많지 않아. 그래서 밤낮으로 일했지. 쉬운 일이 아니었지만 나에겐 돌아가야 할 자리가 있었으니까. 너무 힘들어 눈물이 흐를 때면 사진을 꺼내보곤 했어. 그럼 다시 이를 물게 되었지.

하지만 돈은 쉽게 모이지 않았고, 재수술을 받기 위해 필요한 돈은 엄청나게 많았어. 편의점에서 숨만 쉬고 바코드를 찍어대면서 죽어라 일했지만 필요한 돈에는 턱없이 못 미쳤어. 하다못해 카운터의 포스 기계를 열고 돈을 훔칠까도 생각해 봤어. 그러나 부지런한 점주는 매일 편의점에 왔고, 내가 본 포스 기계의 가장 많은 액수는 오십만 원이 채 되지 않았어.

알겠지만 세상에 요행이란 건 없어. 그걸 알면서도 기적을 바라게 되더군. 내게 그것 말고는 방법이 없었으니까. 따지고 보면 방송에 출연하고 수술을 받을 수 있었던 게 기적이 아니고 뭐겠어. 삶에 두 번의 기적을 바란다는 건 좀 염치없는 일이긴 하지만 난 다시 용기를 냈어. 여기저기 방송 프로그램을 찾아다녔어. 전화를 걸고 게시판에 사연을 올리고 담당자를 찾아갔지. 난 재수술이 필요했고 그들은 그 기적 같은 일을 내게 해줄 수 있는 사람들이니까. 다시 한 번 말이야.

누구도 내 얘기를 다시 들으려 하지 않았어. 내가 출연했던 프로그램의 담당 피디는 내 얼굴을 보고 한숨을 뱉었어. 그리고 바쁘다며 가버렸어. 그래서…… 여배우 H를 찾아갔어. 지푸라기라도 잡는 심정이란 게 딱 그런 거였겠지. H는 방송 중 내 과거 사연이 나가는 동안 내내 울고 있던 사람이니까. 어렵게 H의 전화번호를 얻어 전화를 걸었어. 뭐라고 해야 나를 만나줄까 고민하면서 말이야. 물론 나 대신 다른 사람에게 통화를 부탁했지. 내 발음 때문에 거짓말이 들통 나면 안 되니까. 나는 H의 프로그램에 출연한 뒤, 지금은 방송 일을 하고 있다고 거짓말을 부탁했어.

—박 피디 아시죠? 요즘 대표 예능 프로를 맡고 있잖아요? 저랑 친하게 지내는데 H씨를 섭외하고 싶다더라고요.

　역시, 덥석 집으로 오라더군. 나는 편의점에서 음료수 한 박스를 챙겨 갔어.

　거실에 들어서자마자 맞은편 벽면에 커다랗게 걸려 있는 사진이 보였어. 반쯤 찢겨진 옷차림으로 H가 핏물 섞인 눈물을 흘리고 있는 사진이었어. 기억나더군. 나도 본 적 있는 영화 속 장면이었어. 영화 속에서 H는 모델 지망생으로 나왔었어. 한 모델 에이전시 대표가 H에게 세계적인 톱 모델이 될 가능성이 있다고 우선은 작은 속옷 광고부터 찍자고 치켜세웠지. 그 말에 들뜬 H는 시키는 대로 며칠 후 촬영장으로 찾아갔어. 그런데 촬영장이 인적 드문 야산 속에 있는 커다란 창고인 거야. 이상하다고 생각하면서도 모델의 꿈에 사로잡혀서 H는 그곳으로 갔지. 알고 보니 그 대표라는 사람이 연쇄 살인범이었던 거야. 그래. 그렇고 그런 스릴러 영화였어. 그런데 공포에 질린 H의 표정이 정말 예뻤어.『푸른 수염』에 나오는 비밀의 방처럼 많은 여자들의 시체가 주렁주렁 걸려 있는 그 창고에서 H는 반나체로 울부짖었어. 커다란 가슴을 반쯤 드러내놓고 붉은 눈물을 흘리면서 살려달라고 애원하는 장면이 압권이었지. 그 영화로 H는 섹시스타 일 순위에 이름을 올리게 되었던 거야.

　아슬아슬해 보이는 시스루 원피스 차림에 공들인 화장을

한 H는 내 시선을 따라 사진을 힐끗 보고는 한숨을 지었어.
그리고 자꾸만 내 뒤쪽을 살폈어.

—박 피디님은요?

—*오시일 거예에요오.*

H는 내 얼굴을 보더니 얼굴을 찡그리더군. 내 발음을 알아
듣느라 미간이 심하게 구겨졌어. 나는 뻘쭘하게 음료수 박스를
건네며 거실로 들어갔어. 방송에서 보고 꽤 시간이 흘렀는데도
H는 여전히 예쁘더군.

—내 방송에 출연했던 분이시라고요? 그런데 정말 박 피디
와 일하고 있는 게 맞나요?

H는 연신 핸드폰을 들여다보며 건성으로 물었어.

—*도와아주세요오. 하안버언마안 더 바앙소옹에……*.

—휴…… 그거였어요?

H는 긴 한숨을 뱉었어. 내 뭉개진 발음 때문이었는지 어쩐
지 나는 잘 몰랐어.

—요즘 세상과 담쌓고 살아요?

나는 무슨 말인지 몰라 갸우뚱했어.

—*벼엉워언 서업외도 지익저업 해앴다고오……. 그러어니
까아……*.

마침 그때 핸드폰이 울리더군. H는 서둘러 전화를 받았어.

—네, 피디님. 오랜만이에요. 그럼요, 당장 갈게요. 네, 저도
많이 뵙고 싶어요.

전화를 끊은 H는 서둘러 자리에서 일어났어.

— *저어기……, 그러엄 다르은 바앙소옹이라도…… 아안 되엘까아요오?*

이미 붉은 입술에 립스틱을 다시 칠하고 있던 H가 뜬금없다는 표정으로 나를 봤어.

— 나도 이 바닥에서 잊힌 지 꽤 됐다고요. 알겠어요?

그러더니 중요한 약속이 있다면서 나더러 가달라고 말했어. 앞장서 나가는 H의 뒷모습이 어쩐지 나만큼이나 절망스러워 보였어. H의 집을 나와 걷는 내내 피눈물을 흘리는 H의 모습이 눈에 어른거리더군.

결국 내겐 뭔가…… 다른 방법이 필요했어. 찾았지. 몇 날 며칠 인터넷을 다 뒤졌어. 내가 목돈을 벌 수 있는 방법을.


해서는 안 되는 일이란 걸 모르진 않았어. 그러나, 그러나 말이야. 생각해봐. 지금 이 얼굴로 세상을 살아가야 한다는 게 어떤 의미인지. 그건 살아본 사람만 알 수 있는 일에 속해. 짐작이나 가정이나 상상만으로는 누구도 정확히 알 수 없지. 나는 밤마다 악몽을 꿨어. 꿈속에서 나는 괴물이 되어 사람들에게 멸시받고 조롱당하다가 끝내 죽음을 당하고 말았어. 어떤 날은 얼굴에 철가면을 쓰고는 〈배트맨〉에 나오는 고담 시같은 죽음의 도시를 혼자 걸어 다녔어. 마치 달에서 걷는 것처럼 발은 바닥을 딛지 못하고 허둥거렸어. 단 한 번만이라도 발을 잘못 디디면 성층권으로 튕겨져 사라질 것처럼 불안한 걸음이었지. 나는 밤에도 낮에도 숨도 제대로 쉬지 못하고 살아야 했어. 그래서 마음먹었어. 무슨 일이 있어도 제자리로 돌아가야 한다고.

마음먹고 나니까 과정은 생각만큼 어렵지 않더군. 생각도 해보지 않은 일이었지만 생각해보면 남들도 다 겪는 일이니까. 브로커가 떠들어댄 것처럼 인도를 비롯한 몇몇 나라에선 합법이라거나 사실 따지고 보면 좋은 일 하는 거라는 말 따위는 상관없었어. 브로커를 따라 병원에 가서 건강 검진을 받고 구청에 가서 인적사항이 적힌 서류를 떼고 양식화된 서류에 평생 비밀 누설을 하지 않겠으며 이후 아이에 대한 어떠한 권리도 주장하지 않겠다는 각서를 쓰고 사인을 하면서도 나는 아무 생각도 하지 않았어. 오로지 재수술을 받을 날만을 손꼽아 기다리는 심정이었어.

브로커가 연결해준 부부랑 만났어. 카페에서 내가 커피를 주문하니까 브로커가 귓속말로 말렸어. 나는 대신 유자차를 시켰어. 막상 그 부부를 만나고 나니까 덜컥 겁이 나는 것 같았어. 나는 유자차를 벌컥벌컥 마셨어. 목이 아릴 만큼 달았고 갈증은 더 심해지는 기분이었어. 여자는 내 건강 검진 서류를 꼼꼼하게 체크하고 성격을 꼬치꼬치 캐물었어. 내가 좋은 성적을 받아야 갈 수 있는 학교를 다녔다는 사실은 아주 맘에 들어 했지. 그러나 역시 내 얼굴을 보고는 미간을 찡그리더군.

—어디 살아요?

유난히 얼굴이 하얗고 머리칼은 까만 데다 뺨이 붉은 여자
는 못마땅한 표정으로 내게 물었어.

—*사암야앙도옹이요오.*

—거기 범죄율 높은 동네 아니에요?

나는 무슨 말인지 몰라 눈만 커다랗게 뜨고 아무 대답도 하
지 못했어.

—환경도 지저분하고 예전에 어디선가 보니까 산동네에
대표적인 우범지대라고 하던데?

여자는 찡그린 채로 남편에게 뭐라 귓속말을 했어. 그러자
브로커가 나섰어.

—걱정하시는 일 절대 없습니다. 제가 이 바닥 일만 십수
년째예요. 저를 믿으세요, 사모님.

—그래도 애가 배 속에서 다 보고 듣는데 그런 데서 열 달이
나 살면 애 정서나 지능 발달에 문제가 있는 거 아니겠어요?

여자는 차가운 눈길로 나를 훑어보았어.

—무엇보다 사모님. 이 가격에 하시는 건 행운이라니까요.

브로커가 데시벨을 낮춰 말하자 여자가 돈이 문제가 아니
라 어쩌고저쩌고하면서 슬쩍 꼬리를 내리더군.

그뿐만이 아니었어. 둘 다 변호사라던데 꼿꼿한 표정으로
내게 대답하기 곤란한 질문을 하잖아. 성경험은 얼마나 되느

냐는 둥, 브로커의 말과 달리 혹시 이전에 이 일을 해본 경험
이 있는 건 아니냐는 둥, 다른 식구들도 나랑 똑같이 생겼냐
는 둥, 외모 때문에 비뚤어진 사회관이나 가치관을 가진 건
아니냐는 둥.

얘기를 듣고 있는데 갑자기 구역질이 치미는 기분이었어.
그들의 가장 은밀하고 냄새나는 곳에서 나온 난자와 정자가
내 자궁으로 들어가는 상상을 해버렸거든. 질 나쁜 병원균이
내 자궁으로 들어와 온몸을 전염시키고 나를 숙주 삼아 나의
모든 것을 쪽쪽 빨아먹는 상상. 그것이 다 자라 내 몸을 찢고
나가면 나는 빈껍데기가 되고 순결했던 내 처녀 자궁은 너덜
거리겠지.

결국 나는 삼양동을 떠나 그들 부부가 얻어준 오피스텔에
서 열 달을 지내기로 한 뒤에야 시술을 받을 수 있었어. 초기
엔 생리가 멎고 젖꼭지가 아프면서 검게 변하더라고. 입안에
침이 자주 고이고 삼키려고 하면 토할 거 같고. 메슥거리고
감기 증세가 생겼어. 계속 졸리고 피곤했지. 나는 또 다른 악
몽에 시달렸어. 겪어보지 못했던 몸의 변화들이 두려웠지.

나는 규칙적으로 검진을 받으러 병원에 가야 했어. 간호사
가 나중에 알려준 사실인데 그 병원이 원래 불법 낙태나 불법
대리 임신 전문 병원이라더군. 간호사는 변호사 여자를 알고
있었어. 그 여자는 한 번 임신을 했었다고 말했어.

　—그런데 왜에?

여자가 불임일 거라는 내 짐작과 다른 얘기여서 나는 좀 놀라 간호사에게 물었어. 그랬더니 간호사가 초음파 검사를 끝내고 막 나오려는 나를 붙잡고 낮은 목소리로 말했어.

—임신 칠 개월에 태아가 다운증후군에 손가락이 붙은 기형아인 걸 알고 뗐어요. 사실 말이 인공 유산이지 칠 개월이면 제왕절개죠.

그때 나는 칠 개월이 된 태아가 모든 장기를 갖추고 거의 자란 거란 사실을 알지 못했어. 그래서 칠 개월 된 태아가 밖으로 나오면 어찌 되는지도 몰랐지.

—태아는 죽지 않고 하루를 살았어요. 온몸에 피 칠갑을 하고 내내 울더라고요. 다음 날 병원 사무장이 하는 수 없이 숨이 붙어 있는 아이를 냉동실에 넣었어요. 그러고 나서 여자는 임신이 안 된 거죠.

나는 화가 났어. 왜 화가 난 건지는 나도 몰랐어. 화가 나서 온몸이 떨릴 지경이었어. 진찰실에서 나와 부부와 맞닥뜨렸는데 나도 모르게 눈을 돌렸어. 내 배 속에 막 들어선 아이가 생각났어. 저런 부모 밑에서 자라면, 자라면서 성적이 안 좋거나 좋은 학교에 가지 못한다면 아이는 사람 취급도 못 받는 건 아닐까. 부모는 왜 저런 놈을 기르자고 대리모까지 고용했을까 후회하는 건 아닐까. 아니면 혹시 내 배 속에 들어선 생명이 자라면서 또 기형아인 게 밝혀진다면. 그러면 어떻게 되는 걸까.

그 생각이 머리에서 떠나지 않았어. 이유? 나도 모르겠어. 게다가 언제부턴가 배 속의 아이가 사진 속 내 모습을 닮으면 어떨까 하고 생각하기 시작했어. 언제부터였는지는 정확하지 않아. 첫 태동이 느껴졌을 때부터였는지, 가슴이 커지고 유두를 짜면 뽀얗고 비린 액체가 흐르기 시작한 때부터였는지, 내 몸에서 뻗어 나온 탯줄이 아이의 배꼽과 연결된 걸 보았을 때부터였는지, 아기가 내 배 속에서 무럭무럭 자라면서 손가락이 생기고 발가락이 꼬물거리고 손톱만 한 심장이 콩닥거리는 걸 보고 나서였는지.

점점 사진 속 내 얼굴 위로 아기의 모습이 겹쳐지기 시작했어. 그럴 때면 꼭 배 속의 아기가 발로 찼어. 그래, 나야. 나 여기 있어, 라고 말하는 것처럼. 나는 배 속의 아기가 내 사진 속 모습을 닮아가는 상상을 하기 시작했어. 상상만으로도 묘한 기분이었어. 종일 기분이 좋았어. 성형 수술 후 예뻐졌을 때와 비슷한 행복감을 느꼈던 것 같아.

그래. 나는 행복했어. 아기는 내 배 속에 있는 거였어. 나랑한 몸으로 나를 통해 생명이 완성되어가는 거였지. 그걸 어떻게 말해야 할까. 생명의 경이로움? 본능적인 모성? 아니면 유일한 가족이라는 어설픈 연대감? 모르겠어. 그걸 말로 표현할 수 있는지.

갈수록 부부의 얼굴이 보기 싫어졌어. 혹시나 아기가 저런 얼굴을 닮는 건가 싶어 무서웠고. 그들은 하루가 멀다 하고 찾아왔어. 내가 먹고 남긴 음식물을 들춰보면서 여자가 날 야단치더군. 당근을 다 빼놓으면 어쩌느냐고. 난 원래 당근 싫어하거든. 그런데 그들은 내게 억지로 당근을 먹이려고 들었어. 당근이 태아의 시신경 세포 조성에 결정적인 역할을 한다는 이유를 들먹였어.

화가 났어. 까닭과 대상이 불분명한 화였어. 나는 그들에게 화를 냈어. 내 배 속에 있는 아기는 내가 알아서 잘 챙길 거라고. 부부는 얼빠진 얼굴로 나를 쳐다보았어. 여자의 하얀 얼굴이 더 하얘지고 붉은 뺨이 더 붉어질 지경이었어. 나는 여자의 어깨에서 까맣게 찰랑거리던 머리칼을 노려보았어. 여자는 돈 몇 푼 받고 자궁을 파는 대리모 주제에 얻다 대고 신경질이냐는 표정이었어. 딱 그랬어. 멸시와 조롱과 무시와 하대가 섞인, 가장 질 낮은 인간의 표정. 나는 순간적으로 고개를 돌렸어. 거의 본능에 가까운 고갯짓이었어. 태아를 위해 나는 예쁜 것만 봐야 하는 거니까. 그리고 그때…… 깨달았지. 배 속의 아기는 내 아기라는 걸.

그 밤 내내 잠을 못 들었어. 어떡해. 어떡해. 어떡해. 어떡해. 어떡해. 설핏 든 잠 속에도 어떡해, 세 글자가 뒤따라와 꿈을 가득 메웠어. 사진을 들여다보았어. 예쁜 내 얼굴. 그리고 배를 만져보았지. 예쁜 내 아기. 어떡해. 어떡해. 어떡해. 내 아기. 내 안에서 숨 쉬고 내 안에서 잠들고 내 안에서 발가락을 꼼지락거리는 내 아기.

나는 결정하지 못했어. 둘 중 어느 쪽도 내겐 낯설고 두려운 일이었으니까. 잠 못 드는 밤이 지나고 새벽이 왔어. 창을 열자 안개가 방 안으로 스며들었어. 온통 뿌연 안개 때문에 해는 잘 보이지 않았어. 멀리 길게 뻗은 도로가 눈에 들어왔어. 아직 출근시간 전인데도 자동차들이 새벽을 깨우면서 달려가고 있었어. 조금 뒤에 안개가 천천히 걷히기 시작했어. 그러자 뽀얀 햇살이 사방에 번지더라고. 그런데 갑자기 햇살이 자동차 위에 툭툭 떨어지는 거야. 차 유리에 반사된 햇빛 때문에 눈이 부셨어. 반짝반짝, 차 유리에 부딪힌 햇살이 공중으로 튕겨 오르는데 너무 예뻤어. 나도 모르게 눈물이 흐를 만큼. 나는 울었어. 그리고…….

짐을 쌌어. 그곳에서 나와 일자리를 구하고 편의점에서 먹고 잤어. 옮기면서 휴대폰은 버렸고. 하지만 늘 불안했어. 떠났지만 생각보다 가까운 곳이었고 마음을 정했다고 믿었지만 갈등이 계속 끊이지 않았어. 무서웠어. 눈부신 내 미래를 배 속의 아기 때문에, 그것도 내 아이도 아닌 미숙한 생명 때문에 포기한다고 생각하면 내 결정이 터무니없는 것으로 생각되었어. 다시 돌아가는 게 옳은 일이라는 생각에 내내 시달렸어. 내가 뭘 잘못 생각하고 있는 건 아닌지 겁이 났고.

네가 오기 직전까지도 나는 결정하지 못했던 것 같아. 그리고 네가 내게 바다에 가자고 말했을 때, 그때 알았어. 나는 이미 선택을 했던 거야. 다만 그 대가가 두려웠을 뿐. 편의점에서 일하면서 배운 게 그거야. 원하는 것이 있다면 그에 합당한 대가를 지불해야 한다는 것. 그것이 내게 허락된 유일한 존재 방식이라는 것. 그러니까 나는 너를 따라온 게 아니야. 난 그저 나의 길을 온 거지.

화가 났다. 까닭이나 대상을 가늠하기 어려운 화였다. 교
진은 자리에서 벌떡 일어났다. 변두리 모텔방은 불을 밝혔어
도 어두웠다. 교진은 테이블 위에 놓인 충무김밥에는 손도 대
지 않았다. 오로라는 표정 없이 교진을 올려다보며 오징어와
오뎅을 벌겋게 무친 반찬과 맨 김밥을 입으로 몰아넣었다. 잘
익은 무김치의 시큼한 냄새가 온 방 안에 진동했다. 교진은
입가로 밥알과 김치 국물을 흘리면서 먹어대는 오로라가 꼴
보기 싫었다. 오로라의 저작(詛嚼)은 필사적이었다. 저것도 모
성일까. 교진은 모텔에 오로라를 혼자 버려두고 나왔다.

아름다운 외모가 유일한 미래이며 가치관이라고 믿었던
여자가 한순간에 그걸 버리게 만든 무모한 용기를 뭐라 말할

수 있을지 교진은 머리가 아프도록 생각해보았다. 오로라는 다시 예뻐지려고 대리모 노릇까지 서슴지 않은 여자다. 그런 여자가 배 속에 생긴 아이를 지키자고 이제는 자신의 온 삶을 송두리째 바꾸려 들고 있는 것이다. 두통이 일도록 생각해보 았지만 교진은 이해할 수 없었다. 게다 화가 치밀었다. 하필 이면 그때 엄마가 생각났으니까. 교진으로서도 까닭은 알 수 없었다. 왜 하필 엄마가 떠오른 걸까. 교진은 고개를 저으며, 다만 엄마가 남은 삶을 사는 동안 버리고 간 아들을 단 한 번 도 떠올리지 않기를 바랐다.

교진은 모텔 앞 화단에 걸터앉아 하늘을 올려다보았다. 입 으로 호 불자 하얀 입김이 뿜어져 나왔다. 아직 봄이 오지 않 은 삼월의 하늘은 이미 어두웠다. 가까운 데 바다가 있는지 비린내가 풍겼다. 교진은 하늘에서 눈을 거두고 고개를 숙였 다. 마른 흙이 덕지덕지 묻은 신발이 흉물스러웠다. 발을 서 로 비벼보았지만 소용없는 일이었다. 새 신발을 사러 가고 싶 었다. 어디로 가야 맘에 드는 신발을 살 수 있을까. 교진은 별 뜻도 없는 말을 혼자서 중얼거렸다.

규칙적인 가로줄이 나 있는 하수도 뚜껑 밑에서 시궁창 냄 새가 올라왔다. 거기 가로줄이 몇 개인지 세어보았다. 예외 없이 같은 간격으로 나 있는 가로줄은 모두 열세 개. 다 세고 난 뒤 처음부터 다시 세어보았다. 하나, 둘, 셋, 넷…… 열둘까 지 세다가 몸을 구부려 그 사이로 코를 들이밀었다. 젖은 흙의 악취. 지나던 사람이 이상한 눈으로 교진을 내려다보았다. 교진은 그 밑에서 뭔가를 찾는 시늉을 했다. 한참을 들여다보고 손가락을 넣어 별 생각 없이 휘저어보았다. 그러다 보니 정말 그 밑에 중요한 뭔가를 빠트린 것 같은 기분이었다. 뻔히 보이는데 빼곡하게 박힌 쇠창살에 가로막혀 가닿을 수 없다는 사실에 화가 났다. 저걸 찾아야 하는데. 저건 영원히 시궁창에 처박혀 지독한 냄새를 풍기면서 썩어가겠지. 온몸에 시궁창 냄새가 배는 것 같았다.

일어나다가 교진은 파카 안주머니에 손을 넣어보았다. 책한 권. 그리고 두툼한 종이봉투. 교진은 종이봉투를 꺼내 만지작거렸다. 봉투 안에는 오만 원권 지폐가 두툼한 뭉치로 쌓여 있었다. 이철세를 피해, 온 나라의 빚쟁이들을 피해 교진이 모으고 또 모은 것이었다. 교진은 남은 평생을 엄마가 남기고 간 빚을 갚다 끝내고 싶지 않았다. 하지만 이게 다 무슨 소용이야. 교진은 낮게 씹어뱉듯 혼잣말했다. 갑자기 이따위 것을 위해 여태껏 살았나, 하는 생각이 들었다. 교진은 한참이나 종이봉투를 노려보았다. 그러고 있자니 지나온 삶이 모조리 종이봉투만도 못하다는 생각이 들었다. 교진은 종이봉투가 화의 연원이라도 되듯, 시궁창에 처박아버리고 싶은 기분이었다.

정말 시궁창에 던져버릴까 봐 교진은 얼른 종이봉투를 주머니에 넣고 대신 책을 꺼내 들었다. 교진은 마치 자신의 일기장을 펼치듯 망설여졌다. 교진이 지나온 시간이 고스란히 남겨져 있는 건 아닌지 우울한 기분이 들었다. 어둠 속에서 책 표지에 박힌 남자의 뒷모습이 더 어두워 보였다. 그러고 보니 남자의 뒷모습이 자신과 닮은 것 같기도 하다고 생각했다. 교진은 그렇기를 기대하는 건 아닌지 스스로 갸우뚱하며 책의 삼 분의 이쯤 되는 곳을 펼쳐 읽었다.

　왜…… 였을까. 그는 스스로를 이해할 수 없어 답답한 마음이었다. 대체 나는 무슨 까닭으로 그녀에게 상처를 주려 했단 말인가. 그는 한숨을 내쉬며 다시 한 번 스스로를 찬찬히 들여다보았다. 미움이라도 좋으니 그녀에게 어떤 감정의 끈으로 연결되길 바랐던 걸까. 아니라면 그녀가 그에게 화를 내는 동안, 그 화에 기대어 지나온 시간들을 스스로 위로받기를 원했던 걸까. 그는 입을 다물고 있는 그녀를 돌아보았다. 그리고 그녀가 견디거나 노력하지 않고 그에게 큰소리로 화를 내주었으면 좋겠다고 생각했다.

　그녀는 다만 마른 눈으로 그를 가끔 쳐다볼 뿐이었다. 언제인지 모르지만, 언제부턴가 그가 그녀에게 위로받고 있다는 말을 하고 싶었다. 그래서 그는 조금 더 그녀를 향해 다가앉았다. 그리고 입을 달싹였다. 하지만 말은, 쉽게 말이 되어 입 밖으로 나와주지 않았다. 방 안에 가득 들어찬 어둠이 그의 바싹 마른 입술을 가려주었다. 그녀가 침대 맡에 놓인 스탠드를 켰다. 불그레한 불빛에 그녀의 몸피가 드러났다. 안쓰러울 만큼 작고 가냘픈 몸피였다. 바닥에 펼쳐진 이불은 간신히 그녀의 맨발을 가리고 있었다. 무릎을 쪼그려 앉은 그녀는 양손으로 이불 끝자락을 만지고 있었다. 가느다란 손가락이 불빛에 흔들렸다.

그는 문득 그녀의 손가락을 만지고 싶었다. 새끼손가락부터 천천히 엄지로 옮아가며 그녀의 손가락에 그의 떨림을 새겨주고 싶었다. 또한 동시에 그는 팔짱을 껴 양손을 겨드랑이 밑에 감추고 싶기도 했다. 그의 감정을 감추고 싶어서였다. 그는 어느 쪽으로도 결정하지 못한 채 망설였다. 다만, 이런 마음이 든 것도, 또 이런 마음 때문에 그녀에게 지독한 상처를 주게 된 것도 처음이라는 사실에 스스로 놀랐다. 그는 여전히 주저하는 마음으로 그녀를 향해 천천히 손을 내밀었다.

책을 다시 덮었다. 그리고 이번에는 결말 부분쯤의 페이지에 손가락을 끼워 넣었다. 손가락을 들어 올리면 페이지가 펼쳐지는데 교진은 쉽게 손가락을 들지 못했다. 다만 오랫동안 손안의 책을 내려다보았다. 난데없이 까마귀 울음소리가 들렸다. 고개를 들어보았다. 까마귀는 앞 건물 옥상에서 깍깍거리면서 교진을 내려다보고 있었다. 알고 있는 것과 달리 까마귀는 영리하고 지혜로운 새라던 기억이 났다. 가만.

까마귀 맞나? 그렇다기엔 너무 컸다. 어두운 하늘에 검은 새. 커다란 검은 새가 날개를 양옆으로 길게 펼치고 날아올라 공중을 한 바퀴 선회하고는 아래로 급강하하기 시작했다. 그 위용이 독수리 못지않았다. 그러더니 교진에게 달려들어 발톱으로 손에 들고 있던 책을 채가려 했다. 순간적으로 손에 힘을 준 교진은 다른 손으로 새를 쫓았다. 목표물을 놓친 검은 새가 다시 깍깍 울며 신경질 냈다. 얼른 안주머니에 책을 집어넣었다. 새 발톱이 할퀴고 간 손등에 길고 붉은 상처가 생겨났다. 남쪽이라 새도 큰 건가. 교진은 인상을 찌푸리며 중얼거렸다. 손등의 상처가 쓰렸다.

별 생각 없이 고개를 돌리자 골목길 끝에 피시방 간판이 보였다. 교진은 그곳을 향해 걸었다. 걷다 보니 공연히 우울한 기분이 들어 교진은 그냥 앞만 보고 걸었다. 피시방은 지하에 있었다. 전구가 깜박거려 내려가는 계단이 지워졌다 드러났다 했다. 피시방으로 들어가 티슈로 대충 손등을 닦은 뒤 컴퓨터 앞에 앉았다. 검색창에 이렇게 쳤다. 검은 바다의 노래.

원하던 건 없었다. "날 떠나보낸 바다는 여전히 그대로였다. 아무 말 없이 노래만 부르고 있었다. 검은 바다의 노래를 들으며 그 품속을 참 많이도 동경했었던 사람……." 하는 아마추어 시인의 시와 '문샤이너스'라는 밴드가 부른 〈검은 바다가 부른다〉라는 노래가 검색됐다. 하나 더. 검은 바다에서 돌아온 아름다운 만리포 해수욕장. 태안 기름 유출 사고가 어느 정도 회복된 건가 싶었다. 책과 관련된 정보는 없었다. 이 나라의 IT 기술력으로 보자면 '검은 바다의 노래'라는 제목을 가진 책은 어느 출판사에서도 출판된 적이 없는 게 분명했다. 또한 아마추어 작가의 소설이거나 개인 문집일 가능성도 적어 보였다. 교진은 만약 그렇다면 어디서든 실마리를 찾을 수 있었을 거라고 생각했다.

교진은 별 소득 없이 검색창을 닫았다. 닫으니 화면은 포털 사이트의 홈으로 돌아갔고 중앙의 위쪽에 긴급속보가 굵은 글씨로 흐르고 있었다.

'여배우 H 살해용의자 공개수배 결정'

교진은 거센 파도에라도 휩쓸린 것처럼 숨을 몰아쉬었다.


경찰이 여배우 H씨의 살해 용의자를 공개수배하기로 결정했다. 이번 결정은 사건이 벌어진 지 수일이 지나도록 용의자 검거에 성과가 없는 것에 대한 여론을 의식해 내린 것이다. 한편 H씨 살해용의자는 사건 발생 당일 들이닥친 경찰을 피해 H의 소나타 승용차를 타고 도주했으며 근처 편의점에서 일하던 오 모 씨를 인질로 잡고 있는 것으로 파악되었다. 용의자의 행적을 쫓던 경찰은 중앙고속도로 하행선 근처에 H씨의 소나타가 버려져 있는 것을 발견했다. 용의자는 경찰의 추적이 이어지자 차를 버리고 도주한 것으로 파악된다. 경찰은 용의자가 오 모 씨를 계속해서 인질로 붙잡고 남쪽으로 향하고 있는 것으로 파악하고 검문을 강화하는 한편, 시민들의 적극적인 제보 또한 당부하고 나섰다.

그 밑에 붙은 사진을 보자마자 교진은 본능적으로 손을 들어 화면을 가렸다. 컨테이너 앞에 서서 찍은 전신사진이었다. 언제 찍힌 건지 알 수 없었다. 사진 속에서 교진은 담배를 물고 손가락을 들어 어딘가를 가리키고 있었다. 뭘 가리키고 있었는지는 기억나지 않았다. 늦가을쯤이었는지 바닥에 마른 잎들이 굴러다녔다. 하늘도 어두워서 사막 한가운데라도 서 있는 듯 보였다. 교진은 자신의 사진을 한 장도 가지고 있지 않았다. 마지막 월세방에서 나올 때 모조리 찢어버렸었다. 엄마 사진을 한 장 남겨놓을까 생각했지만 그러지 않기로 했던 기억이 났다. 그것이 엄마에 대한 자신의 입장이라고 생각했었다. 언제 찍힌 거지. 교진은 기억해내려고 애썼다.

아, 종현이. 빼박이로 그곳에서 처음 일하기 시작했던 날. 귀에다 피어싱을 세 개나 하고 손목엔 팔찌까지 낀 날라리 같은 놈이 무턱대고 사진을 찍어대길래 손가락을 치켜세워 욕을 했던 기억이 떠올랐다. 종현은 교진이 내민 손가락을 붙잡고 아래위로 흔들며 이렇게 말했었다. 같이 일하게 돼서 반가워요, 형. 미친놈, 민증도 안 까보고 내가 형인지 어떻게 알아, 라고 교진은 속으로 중얼거렸었다. 찍은 사진 보내줄까요, 하는 물음에 필요 없다고 대답했던 기억이 떠올랐다.

난데없이 머릿속에서 깍깍하는 소리가 나서 교진은 깜짝 놀라 고개를 들었다. 둘러보았지만 다른 사람들은 모두 모니터에 눈을 고정하고 있었다. 깍깍 소리는 아까 보았던 커다란 까마귀 울음소리 같았다. 마치 그 까마귀가 교진의 머릿속으로 들어가기라도 한 듯 찌릿찌릿하면서 깍깍하는 소리가 멈추지 않았다. 교진은 자리에서 일어나 머리를 좌우로 흔들어보았다. 크고 검은 새는 밖으로 나오는 대신 머릿속에서 파도를 타는 듯 이리저리 돌아다녔다. 급기야 교진의 뇌를 부리로 쪼고 발톱으로 할퀴는 것처럼 머릿속이 옥죄면서 신경줄이 긁히는 느낌이 들기 시작했다. 교진은 문득 도피 중이던 성인 남자가 단 일주일 만에 체중 삼십 킬로그램이 빠졌다는 가십을 읽은 기억이 났다.

교진은 한숨을 내쉬었다. 쉬고 싶었다. 피시방의 유리문을 열고 나오는데 계단 위쪽에서 발소리가 들렸다. 삐비빅, 하는 무전기 소리가 같이 계단을 타고 내려왔다. 교진은 고개를 들지 않았다. 위쪽을 쳐다보지도 않았다. 교진은 가까워지는 발소리를 들으며 피시방 맞은편에 나 있는 문을 무작정 밀치고 들어갔다.

꽃마차였다.

어둠침침하고 불그레한 조명 밑에 그렇게 적혀 있었다. 출입문 모서리에 달린 방울이 또르릉 울렸다. 오래 묵은 곰팡이 냄새가 고여 있었다.

―어서 오세요.

화장기 없는 중년 여자가 안쪽에서 슬리퍼를 끌고 나왔다. 손엔 화장용 퍼프가 들려 있었다. 자세히 보니 얼굴 반쪽만 피부 화장이 되어 있었다. 끈만 달린 브라 톱에 반바지 차림이 수면용에 가까워 보였다.

—혼자?

중년 여자는 교진의 얼굴을 보더니 대뜸 말을 놓으면서 손으로 구석 자리를 가리켰다. 사투리가 섞인 억양이었다. 교진은 가리키는 대로 커튼을 들추고 들어가 앉아 기본을 주문했다. 오래지 않아 거스러미가 일어난 나무 쟁반에 맥주 세 병과 땅콩 접시를 받쳐 든 다른 여자가 커튼을 들추고 들어와 교진 옆에 앉았다. 여자가 입고 있는 치마는 간신히 엉덩이를 가리고 있었다. 서른이 채 되지 않을 듯싶었다. 여자가 뿌린 향수 냄새 때문에 교진의 머릿속 검은 새가 발광을 했다.

여자는 교진에게 이렇다 할 인사도 건네지 않고 잔에 맥주를 따랐다. 조도 낮은 조명에도 컵에 묻은 손가락 자국과 루주 자국이 선명했다. 교진은 단숨에 잔을 비운 뒤 여자가 따라주길 기다리지 않고 스스로 잔을 채워 또 비웠다. 비어 있던 위장에 들어간 술이 장기를 차갑게 일깨웠다. 여자가 빙긋 웃었다. 웃음이 나쁘지 않은 여자였다. 감지 않아 부스스한 머리칼이 여자를 좀 더 비극적으로 보이게 했다. 무엇보다 정상적인 평범한 얼굴이었다. 교진은 그게 가장 인상적이었다.

—놀러 왔어요?

—아니.

—그럼 뭐하러 여기까지?

—엄마 찾으러.

—엄마가 여기 있어요?

—모르겠어.

—여기 없으면?

—끝이지.

—재밌는 오빠네?

여자가 웃었다. 교진은 맥주를 따르는 여자의 손을 물끄러미 내려다보았다. 손톱 위에 얹힌 장미색 매니큐어가 벗겨지고 있는 중이었다.

—혼자?

—아니.

—애인하고? 아님 부인?

—아니. 실은 혼자야.

—혼자라는 거야, 아니라는 거야?

—혼자이기도 하고 아니기도 하지.

—그게 뭔데?

—그게 뭐긴. 지금 내 옆에 니가 있잖아. 그럼 난 혼자가 아니지.

—벌써 나한테 작업하는 거야? 오빠 선수야?

—아니야. 난 그냥, 거짓말을 못하지.

—오빠 맘에 드는데?

—너도 맘에 들어.

—초저녁부터 혼자 오는 남자는 다 알짠데. 그런데 손은 왜 다친 거야?

교진은 까마귀, 라고 말하고는 맥주잔을 비웠다. 세 병의 맥주가 금세 비워졌다. 여자가 까마귀? 라고 되묻고는 대답을 기다리지 않고 자리에서 일어나 맥주를 다섯 병 더 가져왔다. 머릿속 검은 새 때문에 교진은 눈앞이 흐렸고 간간이 기침이 났다. 여자가 제 잔에도 맥주를 따랐다. 건배. 두 술잔은 빠르게 비워졌다, 채워졌다, 또 비워졌다.

—여기 출신인가?

—아니. 서울.

—그럼 여긴 왜?

—밀려온 거지. 여기저기 찍고. 실패한 사람들이 이곳으로 오잖아. 항구도시.

여자의 눈 그늘이 짙어졌다. 여자는 사투리를 쓰지 않았다. 교진은 항구도시에서 듣는 표준어가 확실히 비감을 자극하는 구석이 있다고 생각했다.

—그렇군. 결국 나도 여기로 왔지.

—오빠도 뭘 실패했어?

—대부분 그렇지 않나?

둘 다 웃었다. 여자가 맥주를 다섯 병 더 가져왔다. 교진의 머릿속의 새가 새끼라도 깐 듯 깍깍 소리는 점점 더 번지고 커져갔다. 교진은 한 손으로 머리를 누르고 나머지 손으로 테이블 끝 쪽에 있는 맥주병을 끌어당겼다. 그러다 팔꿈치에 걸린 맥주잔이 떨어졌다. 교진은 놀라 시선을 바닥으로 떨어뜨렸다. 맥주를 뒤집어쓴 신발 위의 진흙이 더 진해졌다. 여자의 발등에도 맥주가 튀었다. 여자는 뒤축이 없는 힐을 신고 있었다.

못생긴 발이었다. 발가락 끝은 뭉툭했고 뒤꿈치는 각질이 두텁게 쌓여가는 데다 발톱에 발라진 페디큐어는 거의 다 벗겨져 칠한 것도 안 칠한 것도 아니었다. 교진은 갑자기 기분이 나빠졌다. 나빠져서 교진은 양손으로 여자의 발을 거칠게 잡아 쥐었다. 여자가 놀라 소스라쳤다. 교진은 손에 더 힘을 주었다. 여자의 못생긴 발은 교진의 손안에서 잔뜩 구겨지고 있었다. 여자가 커진 눈으로 교진을 노려보았다. 예, 쁜, 발. 교진은 속으로 발음해보았다. 여기저기 구르고 굴러 더, 예, 쁜, 발.

—신발 사러 갈래?

—뭐?

—신발.

—오빠가 왜?

—부츠 사줄게. 예쁜 걸로. 그리고 풋 크림도 사자.

—왜?

—발이 예쁘니까. 잘 때 풋 크림을 바르고 랩을 감고 자야 해.

여자가 피식 웃었다. 교진도 픽픽 입가로 웃음을 흘렸다.

그때 급하게 마신 술이 교진의 뒤통수를 때렸다. 강력한 펀치였다. 교진은 자리에서 일어나다가 바닥에 쓰러졌다. 테이블이 밀리고 의자가 넘어졌다. 바닥은 금세 맥주로 젖어들었다. 여자가 교진을 부축하고 꽃마차를 나섰다. 교진은 계속해서 예, 쁜, 발, 이라며 중얼거렸다.

장면들이 섬광처럼 밝아졌다, 어두워졌다. 온 사방에 수명이 다 된 전등이 가득한 것 같았다. 방문을 열자마자 교진은 여자를 안고 바닥으로 쓰러졌다. 유리방에 들어온 것처럼 사방이 빙글 돌았다. 여자와 오로라와 엄마의 얼굴이 한꺼번에 달려들었다가 멀어졌다. 여자가 놀라 뭐라 물은 것 같았는데 교진은 여자의 가슴을 양손으로 잡아 쥐고 입술을 포갰다. 그게 아니라…… 하는 소리에 교진은 여자의 혀를 입속에 넣고 빨았다. 단맛인지 쓴맛인지 구별이 되지 않았다. 여자의 말소리와 웃음소리와 신음소리가 교진의 귓바퀴를 들락거렸다.

여자가 교진에게 여기서 해도 돼? 정말? 이라고 물은 것 같았다. 교진은 여자에게 무슨 상관이냐고 되물었던 것 같기도 했다. 붉은빛의 조명 아래서 교진은 여자를 벗겼다. 허둥대고 갈피를 못 잡는 교진의 손짓을 여자가 도왔다. 여자의 손이 여자의 브래지어 끈을 풀고 여자의 손이 교진의 바지 지퍼를 끌어 내렸다. 교진은 기침이 났지만 참았다. 그래도 자꾸 기침이 났다. 여태껏 교진의 머릿속을 떠나지 않던 검은 새가 계속해서 깍깍거리며 교진의 뇌를 쪼았다. 교진은 그 새를 잡기라도 할 것처럼 머리칼을 쥐어뜯다가 양팔을 공중에 대고 휘이 휘이 젓다가 여자의 허리를 양손으로 잡아 쥐었다. 돌격 앞으로.

여자의 젖꼭지는 검고 컸다. 마치 검은 새 새끼의 머리통 같았다. 교진은 새 새끼의 머리통을 입안에 넣고 빨았다. 여자가 깍깍거리는 새 울음소리를 냈다. 여자도 교진의 젖꼭지를 찾아 빨았다. 교진도 새 울음소리를 내고 싶었지만 잘 되지 않았다. 대신 교진은 여자의 발을 거칠게 들어 올렸다.

─못생긴 발은 가져도 되는 거야.

교진은 여자가 알아듣지 못하는 말을 뱉으며 여자의 발을 혀로 핥았다. 교진의 눈앞에 여자의 얼굴이 어룽거렸다. 갑자기 여자인지 아닌지 헷갈렸다. 여자가 오로라로 보이는 것 같아서 교진은 기분이 나빠졌다. 그래서 교진은 눈을 꾹 감았다. 여자 위로 포개지려는데 발에 여자가 벗어놓은 알파카 코트가 감겼다. 발로 툭 차서 밀치자 여자가 비싼 거라며 화를 냈다. 교진은 벌거벗은 몸을 일으켜 벗어 던져놓은 파카를 찾았다. 잔뜩 독이 오른 단단한 무기가 아래위로 흔들거렸다. 안주머니 종이봉투에서 되는대로 꺼내 여자에게 주었다.

─코트값이야? 신발값이야? 아니면…….

여자가 돈으로 부채를 만들어 부쳤다. 부스스한 여자의 머리칼이 돈바람에 날렸다.

―덥지도 않은데 시원하네?

　여자가 등을 돌리고 돈을 가방에 챙겨 넣었다. 동그랗고 환하게 드러난 여자의 엉덩이가 눈에 들어왔다. 교진은 뒤에서 여자를 안았다. 여자가 까르르 웃다가 헉헉 신음했다. 하다 보니 힘들어서 교진은 그 자리에 벌렁 누웠다. 그리고 여자를 위로 끌어당겼다. 여자가 교진의 배 위에 앉았다. 여자가 허리를 움직이다 말고 귀에다 대고 또 뭐라고 물었다. 눈앞이 자꾸만 명멸했다.

　―뭐?

　―누, 구, 냐, 고?

　여자가 자꾸만 뭔가를 물어서 교진은 피곤해졌다.

　―엄마야.

　교진은 단물 빠진 껌을 뱉듯 말을 뱉었다. 교진은 집중하지 않는 여자가 불만이었다. 여자가 집중하지 않으니까 잘 안됐다. 게다가 장면들이 자꾸만 끊어져서 연속성이 없었다. 아무 생각 없이 튀어나온 말이었지만 엄마라고 말해놓고 나니까 갑자기 엄마 생각이 났다. 그리고 엄마라고 말하는 순간 몸에 힘이 쑥 빠졌다. 직각으로 서 있던 무기도 공격 의지를 잃고 축 늘어져버렸다. 교진은 여자의 엉덩이를 잡고 있던 손을 툭 떨어트렸다. 떨어진 손에 여자의 발이 잡혔다. 그대로 발을 끌어당겼다. 여자가 꺅, 소리를 내며 바닥에 거꾸로 누웠다.

　교진은 여자의 발을 가슴에 꼭 끌어안았다. 여자가 교진의 발밑에서 고개를 들어 자신의 발을 쳐다보았다. 내내 교진의 머릿속을 쪼아대던 검은 새가 어느새 빠져나와 천장을 맴돌고 있었다. 커다란 검은 새는 날개를 옆으로 쭉 펼쳤다가 뒤로 한껏 젖히고는 바닥을 향해 급강하했다. 이어 곧바로 교진의 뒤통수를 향해 날아내렸다. 거대한 검은 새의 머리통이 교진의 정수리를 들이받았다. 섬광이 번쩍, 눈앞이 흐려지면서 교진은 의식을 잃었다. 온몸의 힘이 빠진 교진이 축 늘어지자마자 어느새 여자의 발은 교진의 품을 빠져나가고 있었다.

3am on Mar. 25


— *며엉희야아.*

—뭐?

— *그 여자 이르음.*

어지러웠다. 교진은 간신히 몸을 일으켜 주위를 둘러보았다. 오로라는 이불을 덮고 벽에 기대앉아 있었다. 교진은 우선 구석에 놓인 정수기를 향해 기다시피 무릎걸음을 걸어 물을 따라 마셨다. 연거푸 두 컵을 마셨다. 차가운 물이 들어가자 머릿속에서 쨍 소리가 났다. 교진은 오로라의 반대편 벽으로 가 기대앉았다. 그 여자라니. 더 이상 머릿속에서 깍깍대는 소리는 들리지 않았다. 교진은 무거운 머리에 손을 얹고 기억을 더듬었다. 그 여자라. 그 여자…… 그 여자……. 그러다 깜짝 놀라 등허리를 곧추세웠다. 그 바람에 들고 있던 종이컵이 떨어졌다. 바닥에 물이 흥건하게 쏟아졌다. 교진은 테이블 위에 놓인 티슈 통을 가져와 잔뜩 꺼내 닦았다. 티슈 통에는 무지개 색으로 꽃마차라고 쓰여 있었다.

붉은 조명을 받고 앉아 있는 오로라는 표정이 없었다. 교진은 공연히 오로라의 눈치를 살폈다. 하지만 오로라의 표정은 아무것도 말해주지 않았다. 속이 쓰려 교진은 배를 움켜쥐었다. 애써 기억해보니 빈속에 들이부은 술의 양이 너무 많았다. 나중엔 꽃마차 여주인이 내놓는 대로 싸구려 양주를 섞은 폭탄주를 마신 기억이 났다. 여자의 신발을 사 주었던가. 싸구려 술을 마시다 보니 감정도 싸구려가 됐던 모양이었다. 신발이라니. 풋. 교진은 헛웃음이 났다. 웃음을 뱉어놓고 놀라 오로라의 얼굴을 살폈다. 오로라는 여전히 표정 없이 바닥만 내려다보고 있었다. 오로라가 입을 다물고 있어 교진은 어쩔 줄 몰랐다.

변명이라도 할까 하고 교진은 속으로 중얼거렸다. 교진은 오로라가 졸고 있는 방으로 여자를 데리고 들어와 오로라가 보는 앞에서 여자와 섹스를 했다. 했나? 교진은 그 지점에서 기억이 가물거렸지만 중요한 건 했나 안 했나가 아니었다. 포인트는 오로라였다. 내내 지켜보고 있었다는 것. 모든 것이 명백한 사실 앞에서 대체 뭐라고 변명한단 말인가. 치밀어 오르는 분노와 슬픔을 어쩌지 못하고 술을 마신 채 감정 조절에 실패한 결과라고? 그러니 부디 이해해달라고? 교진은 웃기지도 않는다고 생각했다.

그렇다면 이건 어떨까. 교진은 여전히 오로라의 눈치를 보며 궁리했다. 나는 공개수배 상태다. H를 죽이고 H의 차를 훔치고 게다가 너까지 인질로 끌고 다니는 극악무도한 놈이 되었다. 거기에다 이철세도 여전히 나를 쫓는 중이다. 내게 무엇이 남았겠는가. 벼랑뿐이다. 나를 버리고 간 엄마가 남긴 빚과 흉악범죄자라는 낙인뿐이다. 나는 여기가 마지막이다. 귀찮으니 너도 그만 가라…… 라고? 교진은 한숨을 뱉으며 고개를 저었다. 이것도 아니다. 사실과 다르다.

그렇다면, 아까 그 일…… 대체 무엇 때문이었을까. 교진은 두통이 다시 오는 것 같아 인상을 찡그렸다. 술에 취했다지만 왜 오로라가 있는 방으로 여자를 끌고 온 것일까. 교진은 스스로를 이해하지 못해 답답했다. 왜 오로라와 스스로에게 경멸과 멸시를 숨김없이 드러내고 시험에 들게 했을까. 교진은 뭐가 뭔지 헷갈렸다. 신경을 쓰니까 또 머리가 쑤시고 깍깍거리는 소리가 나는 것 같아 교진은 머리를 이리저리 흔들었다. 숙취 때문에 속도 울렁거렸다. 교진은 다시 물을 따라 그대로 원샷했다.

어찌된 일인지 스웨터와 바지도 입고 있었다. 양말 두 짝이 벗겨져 바닥에 제멋대로 뒹굴고 있었다. 교진은 나중에 신기로 하고 다시 벽에 기댔다. 만사가 귀찮은 기분이었다. 다만 옷을 입고 있어 다행이라고 생각했다. 알몸으로 뻗어 자고 있다가 눈을 떠 오로라와 눈을 마주쳤을 상상을 하니까 그럴 바엔 차라리 머릿속에 들어 있던 새들에게 뇌가 파먹히는 편이 낫다는 생각이 들었다. 그러다 갑자기…… 옷을 챙겨 입은 기억이 나지 않았다. 그렇다면 스스로 입은 게 아닌 걸까. 교진은 누가 자신의 옷을 입혔을지에 대해 감히 상상해볼 엄두가 나지 않았다.

— *예쁜은 애여었어.*

—뭐라고?

— *머엉희. 차암 예뻐었느은데에.*

명희. 여자의 이름. 그러고 보니 교진은 여자의 이름을 묻지 않았었다. 교진은 여자의 얼굴이 기억나지 않았다. 예뻤던가. 교진은 오로라의 기억 속에 남아 있는 여자가 예뻤던가 보다, 라고 생각했다. 어릴 적 언제나 주위에 친구들이 많았고 늘 오빠들과 함께 다녔다던 소녀.

—그 명희야?

—으응.

—저기…….

오로라는 여전히 교진의 눈을 피하고 있었다.

—미안해.

— …….

—그게…… 말이야.

— 그마안둬어.

차갑게 굳은 단호한 목소리였다. 눈빛은 물기 없이 건조했
다. 비어가는 오로라의 표정은 교진을 더욱 불안하게 만들었
다. 교진은 오로라의 방식이 낯설었고, 그래서 어떻게 해야
할지 몰랐다. 내내 오로라의 얼굴을 살폈지만 그럴수록 더욱
알 수 없는 느낌이었다. 교진은 손가락 하나 까딱하지 못한
채 안절부절못하는 심정이었다.

— 노려억 주웅이야아.

— 뭘?

— 너어.

참느라 노력 중인 건지 이해해보려고 노력 중인 건지 교진
으로서는 알 수 없는 노릇이었다. 교진은 오로라가 원하는 대
로 입을 닫았다. 문득 여자가 교진에게 누구냐고 물었던 기
억이 어렴풋했다. 오로라는 명희를 기억했지만, 반대로 명희
는 오로라를 알아보지 못했던 것이다. 교진은 턱이 돌아간 오
로라의 얼굴을 슬쩍 쳐다보고 속으로 고개를 끄덕였다. 테이
블 위에 놓인 먹다 남은 김밥 반찬에서 시큼한 냄새가 풍겼
다. 무김치가 따뜻한 방 안에서 쉬어가고 있었다. 교진은 저
도 모르게 침을 꿀꺽 삼켰다. 생각해보니 배 속에 곡기가 들
어간 게 언제였는지 생각나지 않았다. 한일김밥이라고 적힌
비닐봉지 안에 김밥 일 인분이 포장도 벗기지 않은 채로 남
아 있었다.

교진은 참았다. 김밥을 끌어다 입에 넣고 우적우적 씹기에 좋은 상황이 아니었다. 오로라는 계속 눈을 감고 생각에 잠겨 있었다. 아니라면 분노와 경멸과 슬픔을 다스리는 자신만의 방법인지도 모를 일이었다. 교진은 가능한 아무 소리도 내지 않으려고 노력했다. 눈도 깜박이지 않았고 소변이 마려웠지만 참았다.

꼬르륵. 교진의 의지에 반하는 소리가 침묵에 경종을 울렸다. 교진은 조금만 참자고 스스로에게 타일렀다. 꼬르륵. 소리는 교진을 나무라듯 더욱 커졌다. 그것은 정직하고 무자비했다. 난감해진 교진은 몸을 구부리고 배를 움켜쥐었다.

한참 만에 눈을 뜬 오로라가 또 한참이나 교진을 노려보았다. 그러고는 뭔가 말을 하려는 듯 입을 달싹였다. 교진은 오로라가 원하는 대로 다 해주고 이제 그만 찢어지자, 라고 마음먹은 참이었다. 입을 열려다 말고 다시 다문 오로라가 교진쪽으로 가까이 다가왔다. 그러더니 오로라는 남아 있던 김밥 포장의 껍질을 벗기고 쉬어버린 무김치와 오징어무침을 교진 쪽으로 밀어놓았다. 주저하는 교진을 향해 오로라는 쪼갠 나무젓가락을 내밀었다.

교진은 머뭇거렸다. 어떻게 반응해야 좋은지 판단할 수 없었다. 오로라가 젓가락을 들고 눈으로 재촉했다. 그 결에 교진은 오로라의 눈을 들여다보았다. 오로라의 눈빛은 여전히 얼음 같았지만 보이는 모든 것을 고스란히 비추는 맑은 얼음의 느낌이었다. 교진은 맑고 차가운 얼음 위를 걷는 심정으로 젓가락을 받아 들었다. 김밥을 먹고 오래전에 식어버린 된장국을 마셨다. 오징어무침과 무김치를 한꺼번에 집어 입에 넣고 씹었다. 맛있는지 어떤지 잘 알 수 없었다. 목이 막혀 물을 따라 마셨다. 물을 마시고 또 김밥을 입안으로 욱여넣었다. 삼키면서 교진은 살아 있는 장기의 극심한 허기는 무엇보다 우위에 있는 거라고 위안했다. 교진은 오로라를 바라보며 멋쩍게 웃어 보였다.

교진은 금세 김밥을 다 먹고 된장국 그릇을 비웠다. 남은 반찬도 한꺼번에 털어 넣고 씹어 삼켰다. 이어 물을 마시고 입을 가셨다. 트림이 나오는 대신 배가 아팠다. 빈속에 술을 들이붓고 거기에 다시 김밥을 욱여넣은 속이 급기야 탈이 난 것이었다. 교진이 화장실로 가 바지를 내리자마자 장 안에 남아 있던 것들이 한꺼번에 쏟아졌다. 알코올이 섞인 설사는 냄새가 지독했다. 화장실 문을 닫았어도 소리는 방 안을 울릴 만큼 우렁찼다. 교진이 손을 씻고 나오는데 오로라가 소리 내어 웃었다. 그것밖에 생각나는 게 없어서 교진도 따라 웃었다. 둘은 마주 보며 그렇게 한참을 웃었다.

오랫동안 웃다가 왜 웃기 시작했는지 헷갈려 둘 다 입을 다물었다. 그러고는 다시 침묵이었다. 교진은 천장을 바라보고 있었다. 어차피 잠도 오지 않았다. 오로라도 그런 모양인지 벽에 기대앉은 채로 창밖을 바라보고 있었다. 딱히 할 말

이 없었다. 그래서 그런 말이 교진의 입에서 튀어나온 건지
도 몰랐다.

—바다나 보러 갈래?

—*바다아?*

—응. 바다 보러 가자고 했잖아, 처음에.

—*그래였지.*

—그럼, 갈까? 잠도 안 오는데.

—*조오아.*

오로라가 먼저 몸을 일으켰다. 교진은 문을 나서려다 말고
멈칫했다. 교진은 공개수배 상태가 되었다. 검문에 나선 경찰
들이 사방에 깔려 있을 것이다. 벽에 달린 시계를 보니 새벽
세시가 넘어 있었다. 새벽 시간이라지만 거리를 돌아다녀도
되는 건지 교진은 확신이 서지 않았다. 어쩔까. 먼저 나간 오
로라가 동그란 눈을 하고 뒤돌아 교진을 보았다. 교진은 잠깐
이면 괜찮겠지, 밤바다에 경찰들이 있을 리도 없고, 라고 생
각하며 신발을 신었다. 더러워진 운동화가 흉물스러웠다. 교
진은 날이 새면 새 신발부터 사 신어야겠다고 마음먹었다. 언
뜻 보니 오로라는 운동화에 잔뜩 달라붙은 진흙 더미를 털어
내지도 않고 그대로 신고 있었다. 교진은 사는 김에 오로라의
신발과 새 양말도 사는 게 좋겠다고 생각했다.

—그건 왜?

모텔 문을 막 나서는데 오로라가 멘 배낭이 눈에 들어와 교

진이 오로라를 붙잡아 세웠다.

— *그냐앙······*.

— 금방 다녀올 건데 뭐하러.

교진이 가져다 두겠다며 오로라의 배낭 쪽으로 손을 뻗는데 오로라가 교진의 손을 탁 쳐냈다.

— *내 마암이야아*.

교진은 어이없는 얼굴로 오로라를 보았다. 그러다 먼저 나가버린 오로라에게서 배낭을 받아 들었다.

— 알았어. 내가 멜게.

배낭은 임신한 여자가 메기에 터무니없이 무거웠다. 대체 뭐가 들었길래, 라면서 교진은 속으로 중얼거렸다. 교진은 자꾸만 흘러내리는 배낭을 추스르며 앞서 걷는 오로라를 뒤따랐다. 오로라의 뒤통수에서 모텔에서 쓰는 싸구려 샴푸 냄새가 풍기고 있었다.

거리는 한산하고 어둡고 찬바람이 거셌다. 삼월 말인데도 한겨울 추위였다. 교진과 오로라는 천천히 걸었다. 멀지 않은 데서 바다 냄새가 밀려왔다. 냄새를 따라 걸었다. 곧 주택가가 끝나고 짧은 터널이 드러났다. 터널의 시작과 끝에 가로등이 달려 있었다. 인적 없는 거리에 바닷바람이 불어닥쳤다. 오로라가 어깨를 움츠렸다. 교진은 팔을 들어 오로라의 어깨를 감싸려다가 그만두었다.

둘의 발소리가 시멘트벽을 타고 터널 안에 또박또박 찍혔다. 어두운 터널 안쪽 벽엔 낙서가 가득했다. '미영아 사랑해, 나도 사랑해 준식아.' '우리 만난 지 삼백 일 되는 날, 영원한 사랑을 기원하며, J&P.' '밤의 무게조차 공평하지 않은 세상이다, 씨발.' '너의 허벅지에 엄니를 깊숙이 박아주마.' '여길 나가면 바다라 생각하겠지. 오산이다. 벼랑.' 등등.

터널 벽에 부딪힌 발소리가 천장을 타고 커다랗게 울렸다. 교진은 발소리가 크게 울리지 않도록 조심하면서 걸었다. 입구 쪽에 켜진 가로등 불빛은 터널 깊숙한 곳까지 따라오지 못했다. 터널 안의 어둠은 빛과 아무런 상관도 없는 원래의 어둠처럼 짙게 고여 있었다. 발밑을 조심해야 할 만큼 어두운 것은 아니었지만 교진은 벽을 짚고 한 발 한 발 걸었다. 반면 오로라는 거침없이 앞서 걸어가고 있었다. 걷다가 터널 끝 쪽에 먼저 도착한 오로라가 뒤돌아 교진을 바라보았다. 교진은 희미한 빛을 등에 받으며 어둠을 안고 서 있는 오로라의 표정을 읽을 수가 없어 얼굴을 찡그렸다.

터널은 곧 끝났다. 밖으로 나오자 바다였다. 바다는 검고 무겁고 깊었다. 교진과 오로라는 바다 앞에 섰다. 아무것도 보이지 않았다. 동트기 전 새벽이었다. 하루 중 가장 어두운 시각이었다. 짙은 바다 비린내가 낮게 깔려 있었다. 우르르 몰려왔다 빠져나가는 파도만 소리 내어 바다란 걸 증명하고 있었다. 수평선 따위도 어둠에 묻혀 보이지 않았다. 그러니까 하늘과 바다가 하나였다. 그리고 막다른 곳이었다. 차가운 공기가 몸 안까지 스며들었다. 추운지 오로라가 재채기를 했다. 망설이던 교진이 다가가 오로라의 어깨를 팔로 감싸고 아래위로 문질러주었다. 오로라는 교진이 하는 대로 내버려두었다.

— *아안 보이네에.*

오로라의 목소리는 심드렁한 쪽이었다. 그러나 교진은 실망스러운 기분이었다. 바다를 보러 왔지만 바다는 거기 없었다. 다만 어둠 속에 흔적만 남은 바다를 상상할 수 있을 뿐이었다. 교진은 몇 발자국 앞으로 나가보았다. 배낭은 바닥에 내려놓았다. 오로라는 그대로 서 있었다. 여전히 발에는 모래만 밟혔다. 조금 더. 몇 발짝만 더. 교진은 점점 바다와 가까워졌고 어둠 안에서 바다와 하나가 되었다. 거칠게 솟아오르는 파도 소리와 짠 내가 바로 교진의 눈앞으로 다가들었다. 조금만 더.

교진은 저도 모르게 발을 내밀었다. 어떤 생각도 들지 않았다. 다만 바다를 보러 왔으니 바다가 보고 싶다는 마음이었다. 차가웠다. 물이 닿기 시작하자 금세 무릎이 잠겼다. 보이지 않아 오로지 차가운 통각으로만 알 수 있는 바다였다. 교진은 한 걸음 더 뗐다. 앞으로 더 나가면 바다를 볼 수 있을 거라는 생각 때문만은 아닌 듯했다. 교진은 불현듯 자신의 발에 자신의 전부를 맡기고 있는 기분이었다. 어둠 속의 바다는 막다른 곳이지만 전혀 다른 시작일 수도 있는 거 아닐까, 하는 일종의 은유와 자기 위안에 기대고 싶은 마음인지도 몰랐다.

오로라가 뒤에서 교진의 소맷부리를 잡아챘다. 허벅지가 아프도록 차가운가 싶었는데 문득 심장이 얼어붙는 것 같던 순간이었다. 교진은 뒤돌아보았다. 어두워 오로라의 표정은 보이지 않았다. 오로라를 뿌리치려다 말고 교진은 번뜩 정신이 들었다. 어느새 둘 다 허리까지 바닷물에 잠겨 있었다. 오로라가 교진의 팔을 잡은 채로 뒷걸음질 쳤다. 파도에 쓸려 걸음은 잘 나아가지 않았다. 우르릉 소리로 남은 파도는 몸의 더욱 깊숙한 곳으로 파고들었다. 한 발만 떼면 바로 파도에 휩쓸릴 기세였다. 오로라의 뒷걸음이 필사적이었다.

바닥에 털썩 주저앉았다. 헤엄쳐 태평양을 건너오기라도 한 듯 숨은 쉽게 가라앉지 않았다. 무엇보다 추위 때문이었다. 오로라는 온몸이 진동기가 된 것 같았다. 멈출 줄 몰랐다. 교진은 벌떡 일어나 오로라를 부축했다. 문득 오로라의 배 속에 든 아기가 생각났다. 교진은 오로라를 옆구리에 끼다시피 부축해서 가능한 빨리 걸었다.

터널을 빠져나와 이리저리 헤매는데 오래지 않아 희미한 불빛이 하나 눈에 들어왔다. 그 옆으로 늘어서 있는 술집들도 모조리 문을 닫은 상태였다. 교진은 그곳이 어딘지, 뭐하는 곳인지 따져볼 겨를 없이 불빛을 따라갔다. 오로라는 계속 떨고 있었다. 교진도 추웠지만 그렇지 않은 사람처럼 몸을 움직였다. 골목을 돌아 이면에 지하로 내려가는 좁은 계단이 드러났다. 교진은 오로라를 데리고 삐걱거리는 나무 계단을 밟아 내려가 문을 밀었다. 문에 '카페 아나'라고 적혀 있었다. 다행히 문은 열려 있었다.

어서 오시라거나 하는 인사말조차 들리지 않았다. 실내는 어둠침침했고 따뜻했다. 테이블 세 개가 놓여 있는 좁은 내부는 간판과 달리 카페라기보다는 다방에 가까웠다. 벽에는 오래돼 보이는 모조 풍경화들이 되는대로 걸려 있고 용도를 알 수 없는 각종 도구들이 걸려 있었다. 뭔지 알 수 없었지만 교진은 어구의 일종일 거라고 생각했다. 한 테이블에 중년의 사내 셋이 모여 앉아 이야기 중이었는데 누구도 새로 들어온 두 사람에게 눈길을 주지 않았다. 그들 앞에는 각각 맥주잔이 놓여 있었고 안주로 마른 생선포가 올라 있었다. 구석 벽걸이 선반에 올려진 티브이가 저 혼자 떠들고 있었다.

교진은 우선 오로라를 자리에 앉게 하고 여기저기 둘러보다가 카운터 쪽 빈 의자 위에 놓인 무릎담요들을 가져다 오로라에게 주었다. 카운터는 사람 대신 메뉴판과 돈 통이 차지하고 있었고, 그 옆쪽으로 믹스커피와 뜨거운 물이 담긴 보온병이 늘어서 있었다. 교진은 대충 만 원짜리 지폐를 돈 통에 넣고 커피 한 잔과 뜨거운 물을 가져와 오로라 맞은편에 앉았다. 오로라는 말없이 뜨거운 맹물을 받아 들고 마셨다. 교진은 목이 아릴 만큼 단 커피를 한 모금 홀짝였다. 바닷물에 젖은 다리가 저절로 떨렸다.

―이 겨울에 웬일이래?

　옆 테이블의 대화가 들렸다. 사내들은 별로 조심하는 기색
도 없이 교진과 오로라를 돌아보고 자기들끼리 말을 주고받
았다.

　―싸우기라도 했나 보지. 요새 젊은 사람들은 툭하면 싸우
고 찢어진다잖아.

　―싸울 거면 따뜻한 방에서 싸우던가. 오밤중에 바다에는
왜 빠지나, 빠지길.

　―내 말이…… 싸웠으면 각자 집에 가서 이불 뒤집어쓰고
자든가. 또 같이 있는 건 뭐래?

　사내들은 이쪽을 힐끗거리며 계속 떠들어댔다. 그러다 맥
주가 떨어지자 사내 하나가 익숙하게 주방으로 가 맥주 다섯
병을 들고 나왔다. 그리고 사내가 교진과 오로라를 향해 걸어
오더니 불쑥 컵을 하나 내밀었다. 교진은 영문을 몰라 사내를
올려다보았다.

　―아. 고맙습니다.

　교진의 인사에 사내는 손을 가볍게 흔들고 제자리로 돌아
가 맥주를 마셨다. 컵에는 따뜻하게 데운 우유가 들어 있었
다. 교진은 우유를 오로라에게 건넸다. 우유를 단숨에 마신
오로라는 의자 등받이에 머리를 기대고 눈을 감았다. 어느새
교진의 젖은 바지도 꾸덕꾸덕 말라가고 있었다. 오로라는 금
세 졸기 시작했다. 교진은 깨워서 방으로 갈까 하다가 낮게

코까지 고는 오로라를 보고 잠시 그대로 두는 게 낫겠다고 생
각했다.

교진은 무료한 기분에 안주머니에서 책을 꺼내들었다. 안
주머니에는 책과 종이봉투 말고도 아기 양말 두 켤레가 들어
있었다. 각각 분홍색과 푸른색 양말 한 켤레씩이었다. 김밥을
사려고 통영 시내에 들렀을 때 오로라 몰래 산 것이었다. 이
별 선물로는 좀 약한가. 교진은 낮게 중얼거리면서 오로라에
게 뭔가를 더 해주어야 하는 거 아닐까 하는 마음이 들어 놀
랐다. 건너다보니 오로라는 여전히 졸고 있었다. 교진은 무릎
담요를 목까지 잘 덮어주고는 책의 아무 곳이나 펼쳐 들었다.


문득 갑작스런 침묵이 찾아오고 그들은 서로를 향해 미소 지
었다. 뭐라 설명하기 어려운 감정들이 서로를 넘나들며 그들
사이에 알 수 없는 연대를 심어놓았다. 그는 상상 속에서 여자
와 즐거운 대화를 나눴다. 대화 속에서 그는 많이 웃었다. 그러
면서 그는 어쩌면 이것이 사실인지도 모른다고 의심하고 있었
다. 만약 그렇다면 모든 일의 경위는 전혀 다른 것일 수도 있다
고, 그는 고개를 주억거렸다. 아주 오랜만에 기분이 좋아진 그
는 웃는 눈으로 그녀를 건너다보았다.

여자는 따뜻한 우유를 마시며 하얀 치아를 드러내고 웃었다.
마치 소녀처럼 환한 미소였다. 그는 여자의 미소를 바라보며
묘한 설렘을 느끼고는 어쩔 줄 몰라 손을 마주 비볐다. 카페 창

밖으로 뽀얀 햇살이 흘러 들어오기 시작했다. 마치 원래 그렇게 약속이라도 되어 있었던 것처럼 햇살은, 여자의 미소를 눈부시게 비추고 있었다.

어느새 깼는지 오로라가 리모컨을 가져다 티브이 볼륨을 올렸다. 교진은 뭔가를 들킨 어린아이처럼 당황해 얼른 책을 다시 주머니에 넣고는 앞에 놓인 커피잔을 집어 들어 마셨다. 잔은 비어 있었다. 공연히 얼굴이 달아오르는 기분이었다. 교진은 빈 커피잔을 들고 만지작거렸다. 오로라가 교진을 힐끗 건너다보더니 턱짓으로 카운터를 가리켰다. 교진은 입맛을 다시며 일어나 믹스커피를 새로 타 자리로 돌아왔다. 오로라는 식어버린 물을 마시며 무심한 표정으로 티브이를 보고 있었다. 24시간 뉴스 채널이었다. 앵커가 방금 들어온 소식이라며 목소리를 높였다.

경남 함안군 인근 야산에서 사체로 발견된 어린 여자아이의 신원이 밝혀졌습니다. 여자아이는 7세의 이 모 양으로 목 졸려 숨진 지 3개월 가량 지난 것으로 알려진 가운데 용의자로 지목된 이 양의 친모 박 모 씨가 조금 전 긴급 체포되어 경찰에 연행되었습니다. 그러면 잠시 박 씨의 진술 내용을 들어보시겠습니다.

오로라의 눈이 동그랗게 커졌다. 그러고는 등허리를 곧추

세우고 티브이 쪽으로 다가앉았다. 교진도 오로라의 시선을 따라가 티브이에 눈을 주었다. 둘 다 기자의 뒷배경에 나온 야산과 모자이크 처리된 아이의 붉은색 꽃무늬 옷에서 눈을 떼지 못했다. 화면이 바뀌자 모자에 마스크까지 쓴 한 여자가 의자에 앉아 고개를 숙이고 울고 있었다.

죄송합니다. 어쩔 수 없었어요. 빚은 산더미 같고 애 아빠는 도망간 데다 제가 공사장에서 다리를 다쳐 일도 할 수 없는 지경이었어요…… 흑흑.

기자가 다시 멘트를 이어나갔다.

박 씨는 아이를 데리고 소풍 가자고 유인한 뒤, 근처 모텔에 데려가서 목 졸라 살해한 것으로 드러났습니다. 더 하실 말씀 없습니까?

기자가 마이크를 들이대자 여자는 고개를 숙인 채 어깨를 떨며 울었다.

흑흑…… 아이가 죽은 뒤 저도 죽으려고 했어요. 욕조에 들어가 손목을 그었는데, 안 죽더라고요. 그래서 옥상으로 올라갔어요. 떨어져 죽으려는데 젖은 몸이 너무 떨리고 추워서……

거기서 밤새 서 있다 도로 내려왔어요. 그후로도 여러 번 죽으려고 했는데 죽지도 못하고 불쌍한 내 새끼만…… 흑흑. 아악. 내 새끼, 불쌍한 내 새끼…….

교진은 문득 불에 타 죽던 뱀들이 떠올랐다. 무시무시하게 꿈틀거리면서 무언의 비명을 지르던 뱀들은 이제 아이의 사체 대신 구덩이에 묻혀 땅을 비옥하게 만들어가겠지. 죽은 제 아이를 구덩이에 묻으면서 친모는 무슨 생각을 했을까. 아이가 처음 태어나던 순간과 엄마라고 부르며 미소 짓던 입술과 아침마다 빗겨주던 머리칼과 그리고 그 앙증맞고 작은 발을 떠올렸을까. 새끼손톱보다 작은 발가락이 꼬물거리는 것이 귀여워 밤마다 아이의 발가락을 물고 빨던 것을 기억이나 했을까.

아이는 엄마와 함께 간 소풍이 마지막이란 걸 몰랐을 것이다. 다만 추위 때문에 동물들이 모두 안으로 들어간 텅 빈 동물원 앞에서 아이는 망연자실했을 것이다. 엄마가 사 준 알루미늄 풍선은 겨울바람에 자꾸만 이리저리 뒤쳤는지도 모른다. 아이는 회전목마를 타는 동안 엄마에게 내내 손을 흔들어주었을 것이다. 놀이공원 앞 식당에서 돈까스를 먹으며 아이는 신이 나서 재잘거렸을 것이다. 다음번엔 꼭 동물들이 밖에 나와 있을 때 오면 좋겠다, 코끼리가 과자를 코로 받아먹을 수 있는지를 보고 싶다, 그걸 사진으로 찍어 친구들에게 자랑

할 거다, 엄마랑 같이 소풍을 와서 참 좋다…… 라고 말이다.

교진은 제 아이를 묻을 땅을 파면서 엄마가 눈물을 흘리지 않았기를 바랐다. 한겨울에 꽁꽁 얼어붙은 땅은 쉽게 제 품을 열어주지 않았을 것이다. 엄마는 곡괭이로 평생 그 어떤 때보다 힘껏, 한사코 제 가슴을 열어주지 않는 땅을 내리찍었을 것이다. 그러다 손바닥에 물집이 잡혀 그 아픔 때문에 잠깐 앉아서 쉬었을지도 모른다. 엄마는 앉아서 죽어 누워 있는 제 아이와 물집이 잡혀 쓰라린 손바닥을 번갈아 보았을 것이다. 그렇게 한참이나 들여다보다가 결국 다시 일어나 힘차게 땅을 파 내려갔을 테지. 차갑게 거부하던 땅도 엄마의 필사적인 의지 앞에서 결국 제 가슴을 열고 아이를 받아들였을 것이다.

교진은 길고도 깊은 숨을 내뱉었다. 그런데, 오로라가 울고 있었다. 언제부터 울고 있었던 건지 몰랐다. 몹시 지친 얼굴이었으나 눈물은 쉼 없이 맑게 흘러내렸다. 입을 열고 뭔가를 말하고 있었지만 뭐라고 하는지 잘 알아들을 수 없었다. 교진은 냅킨을 집어 오로라에게 건넸다. 오로라는 받아 든 냅킨을 손에 쥔 채 계속 울었다. 울음은 한 번 시작되면 대체로 그만 울고 싶어도 그만둘 수가 없는 것이다. 교진은 오로라의 울음이 낯설고 당황스러웠다.

교진은 어쩔 줄 몰랐다. 우는 여자를 어떻게 달래야 하는 건지 알지 못했다. 저쪽 테이블에서 맥주를 마시고 있던 사내들이 또 참견을 했다.

—왜 또 여자를 울려?

　—아무리 여자가 장애인이라도 저렇게 울리면 되나?

　그중 한 사내가 교진을 향해 손을 들며 교진을 불렀다.

　—여자가 울 때 그치게 하는 법은 안아주는 거밖에 없어.

　—아, 예.

　교진은 어정쩡하게 대답을 하고는 어쩌지 못하고 엉덩이
만 들썩이고 있었다.

　—여자가 저렇게 우는데 안아주지도 않는 놈하고는 헤어
져야지, 암.

　사내들은 생선포를 씹어대며 아무렇게나 지껄였다. 교진
은 하는 수 없이 그렇게 해야 하는 건가 싶어 자리에서 일어
섰다. 오로라의 옆으로 가 앉아 오로라를 안아줄 생각이었다.
그때 갑자기 오로라가 배를 움켜쥐었다. 곧이어 목에서 울음
대신 신음이 새 나오기 시작했다. 고통스러운지 얼굴이 심하
게 일그러졌다. 가진통이 또 시작된 건가? 교진이 놀라 중얼
거렸다. 스트레스가 태아에게 어떤 영향을 미치는지 이제는
교진도 알고 있는 일이다.

　오로라가 교진의 팔을 잡았다. 손아귀에 잔뜩 힘이 들어가
있었다. 가진통이 다시 시작되면 빨리 병원으로 와야 한다던
애송이 의사의 말이 기억났다. 교진은 오로라에게 다가가 오
로라를 일으켜 옆구리를 부축했다. 통증이 점점 더 심해지는
지 오로라는 배를 잡고 잘 걷지 못했다. 그러다 아악.

오로라가 비명을 질렀다. 그와 거의 동시에 오로라의 다리 아래로 맑은 물이 흘러내렸다. 처음엔 오줌인 줄 알았다. 교진은 어째야 하는지 아는 바도 배운 적도 없었다. 오로라를 들쳐 업으려다 임산부를 업어도 되나, 헷갈려서 그만두었다. 오로라가 제 다리 사이를 내려다보았다. 투명하고 맑은 물 같은 것이 줄줄 흘렀다. 오줌이 아니었다. 교진으로서는 뭔지 잘 알 수 없었다. 처음 보는 거였다.

— *야양수……*.

—뭐?

— *애애기. 빠알리 벼엉워언……*.

—아, 양수…….

양수가 터진 거면 아기가 나오려는 건가? 교진은 더럭 겁이 났다. 그러나 오로라는 이제 겨우 팔 개월째로 접어드는 거 아니었나. 기억을 떠올려보니 예전에 속옷가게 옆집 치킨집의 두 아들 중 하나도 팔삭둥이였단 사실이 떠올랐다. 아무튼 양수가 흐르기 시작했다면 빨리 병원으로 가야 한다. 교진은 마음이 급해졌다. 배낭을 메고 오로라를 부축하고 걷다가 오로라가 제대로 걸을 수 없다는 사실을 깨달았다.

다급했다. 병원에 도착하기도 전에 아이가 나올까 봐 겁이 났다. 교진은 뒤에서 오로라의 겨드랑이에 양팔을 끼고 걸었다. 카페 출입문까지 그렇게 먼 줄 미처 몰랐다. 테이블에 앉아 있던 사내들이 오로라의 다리 사이로 흐르는 양수를 보고

알은체를 했다.

—내 아들 나올 때도 저랬는데?

—여자가 임신한 거야? 애 나오려는 거지?

그러더니 그중 한 사내가 대뜸 교진에게 물었다.

—차 있어?

교진은 자신에게 묻는 말인지 몰라 대답하지 않았다. 사내가 교진의 팔을 끌어당겼다.

—차 있냐고?

—아니오. 없습니다.

—그럼 병원에 어떻게 가려고?

—병원이 먼 데 있습니까?

—멀지. 시내까지 나가야 하잖아. 여긴 바닷가 끝이거든.

—그럼 어떡해야 합니까?

교진은 진심이었다. 조바심으로 손바닥에 땀이 밸 지경이었다. 사내가 자리에서 일어났다. 급하게 의자에서 일어나던 사내가 팔꿈치로 테이블을 쳐서 하마터면 맥주잔이 바닥에 떨어질 뻔했다.

—따라와. 데려다 줄게.

사내가 앞장섰다. 벙거지 모자를 쓰고 가죽 잠바를 입은 사내는 앉아 있을 땐 몰랐는데 건장한 체격이었다. 교진은 오로라를 안고 사내를 따랐다. 계단을 오를 때는 다리가 꺾였다. 사내가 도로 내려와 오로라의 한쪽을 담당해주었다. 고맙다는 말을 건넬 겨를이 없었다. 계단을 다 오르고 나자 교진의 다리도 끝장난 것처럼 후들거렸다. 사내가 카페 옆 벽면에 세워진 차로 가 운전석으로 올랐다. 사내의 차는 일 톤짜리 트럭이었다. 포장이 내려진 트럭 뒤쪽 짐칸에는 뭐가 실려 있는지 알 수 없었다. 교진과 사내가 힘을 모아 간신히 오로라를 조수석에 앉혔는데 흘러나온 양수로 좌석이 금세 젖어들었다. 사내가 트럭에서 내려 뒤쪽에서 뭔가를 잔뜩 꺼내 들고 왔다.

양말 더미였다. 사내는 열 켤레씩 뭉치로 묶여 있는 양말의 고무줄을 풀어 두툼하고 편편하게 좌석에 깔아주었다. 따뜻하고 보드라운 수면용 양말이었다. 교진은 오로라의 옆에 겨우 엉덩이만 걸치고 앉았다. 조수석에 앉은 오로라는 식은땀을 흘렸다. 하는 수 없이 교진은 수면용 양말로 오로라의 땀을 닦아주었다. 오로라는 어느새 교진의 손을 붙잡고 있었다. 잡은 손에 점점 더 힘이 들어갔다. 오로라의 손에도 식은땀이 배어나 맞잡은 손이 미끈거렸다. 교진은 양말로 손바닥을 닦고 오로라의 손바닥도 닦아주었다. 고통 때문에 오로라의 비틀린 턱은 더 흉하게 일그러지고 있었다.

—안 되겠어.

—네?

사내의 한마디에 교진은 큰일이라도 난 듯 가슴이 철렁하는 기분이었다.

—시내 병원까지 갈 일이 아니야. 삼십 분 이상 나가야 병원이 있는데 말이야. 지방엔 산부인과가 아주 적어.

　—그럼 어쩝니까?

　교진의 목소리는 스스로도 놀랄 만큼 높았다. 사내가 눈을 동그랗게 뜨고 교진을 노려봤다. 교진은 미안하다며, 고개를 숙였다.

　—다급해서, 저도 모르게 그만.

　—가까운 데 보건소가 있어. 어차피 이 마을 사람들은 다 그리로 가.

　—어디로든 빨리 좀 가주십쇼. 부탁드립니다.

　시동을 걸고 출발했다. 사내 말에 따르면 보건소까지는 십여 분. 중앙시장 옆 동피랑 마을 입구에 보건소가 있다고 했다. 급기야 오로라는 비명을 지르기 시작했다. 엉덩이 밑에 깔아놓은 양말 더미들도 흐르는 양수를 감당하지 못하고 있었다. 양수는 교진의 엉덩이까지 적시기 시작했다. 교진의 이마에도 식은땀이 배 나왔다. 입안이 썼다. 오로라에게 무엇을 더 어떻게 해주어야 하는 건지 몰라 답답했다. 그러다가 이러면 어떨까 싶어 손으로 오로라의 배를 천천히 쓰다듬었다. 배가 아플 때는 배를 마사지해줘야 한다고 애송이 의사가 했던 말이 생각났다.

　트럭은 옆구리에 바다를 끼고 달렸다. 얼마쯤 지나자 완만한 만이 나오고 곧 부둣가였다. 먼 데 섬들은 박모(薄暮)에 가려 아직 가깝게 다가오지 않고 있었다. 낮게 가라앉은 파도 위로 검은 거품이 몰려왔다가 소멸했다. 길게 이어진 제방 위에 새똥이 하얗게 굳어 있었다. 아침노을이 퍼지고 햇살이 밝아지면 새들은 뭍으로 몰려와 새로운 똥을 싸놓을 것이다. 불꺼진 어판장에서 퍼져 나온 생선살 썩는 냄새가 항구를 무력하게 만들고 있었다. 곳곳에 줄에 매달린 생선들이 배를 드러내고 꾸덕꾸덕 말라가고 있었다. 빈 배들은 물결 위에서 저희들끼리 몸을 부대꼈다. 교진은 살면서 가장 긴 십 분인 것 같은 기분이었다. 사내에게 좀 더 속력을 내달라고 말하려다가 속도계 바늘이 백을 넘어가는 것을 보고 입을 다물었다.

―저기가 삼거리야. 거기서 좌회전 한 번 하면 금방이야.

교진은 사내의 눈을 따라갔다. 제방은 눈이 닿는 끝에서 오른쪽으로 구부러져 있었다. 거기에 왼쪽으로 길이 나 있는 모양이라고 생각했다. 부지런한 조업장엔 벌써부터 불이 환한 곳이 있었다. 커다란 굴뚝에서 솟아난 하얀 연기가 근거 없는 소문처럼 공중으로 퍼져나갔다. 갑자기 오로라의 배 위에 얹어놓은 교진의 손바닥이 움찔거렸다. 교진은 태아가 어미의 자궁을 찢고 나오려면 먼저 제 몸을 거꾸로 돌려야 한다는 얘기를 떠올렸다. 생명의 필사적인 움직임이 출렁거리며 교진에게 고스란히 넘쳐왔다. 교진은 자꾸 조바심이 일었다. 눈을 깜박거리고 갈증이 나듯 마른침을 삼켰다. 자신과 상관없는 생명의 탄생으로 인해 출렁이고 있다는 사실이 새삼스러웠다. 그 새삼스러움에 대해 교진은 속으로 오랫동안 질문하고 또 물었다.

제방 끝에 서 있는 경찰차를 발견했을 때 교진은 조바심의 근거가 어떤 것인지 헷갈렸다. 정차해 있는 경찰차 옆으로 바리케이드가 보였다. 교진은 손을 뻗어 트럭의 핸들을 잡았다. 사내가 이유를 몰라 브레이크 페달을 급하게 밟았다. 오로라의 머리가 앞으로 쏠렸다가 다시 헤드레스트에 뒤통수를 찧었다. 오로라의 들썩이는 어깨가 고통스러운 신음을 드러내고 있었다. 먼 수평선 밑에서부터 아침노을이 올라오기 시작했다. 이제 곧 새벽의 어부들이 항구를 찾아들고 자고 있던 새들이 고깃배의 엔진 소리에 놀라 깨어날 것이다.

제방을 따라 달리던 트럭이 유턴할 수 있는 곳은 오로지 제방 끝 삼거리뿐이었다. 그러므로 이대로라면 경찰의 검문을 피할 방법은 없을 것이다. 교진은 무력한 눈으로 구부러진 길을 노려보았다. 무엇을 짐작했는지 사내는 트럭을 세우고 교진을 쳐다보았다. 유일한 방법이라면 트럭에서 내려 오로라를 버리고 새벽 어스름 속으로 몸을 감추는 것뿐.

— *가야.*

오로라가 손을 풀고서야 그때까지 서로 손을 맞잡고 있었다는 사실을 깨달았다. 오로라의 말소리는 낮고 깊었다. 그 말에 교진은 몸을 떨었다. 스스로도 까닭을 알 수 없는 떨림이었다. 오한과도 같은 떨림은 마치 울음처럼 몸 안에서 솟아

나왔다. 가라고 해놓고 오로라는 눈으로 교진을 붙잡아 매었다. 순한 눈빛이었다. 교진은 결박을 푸는 심정으로 오로라에게서 눈을 돌렸다. 어디서 풍겨왔는지 알 수 없는 피 냄새가 코끝에 매달렸다.

교진은 먼 데서 피어오르는 아침노을을 바라보았다. 채 가시지 않은 겨울이 그 핏빛 자락 끝에 매달린 햇살에 녹아내릴 것이다. 교진은 오로라의 배를 쓰다듬었다. 보드랍고 여린 생명의 살갗을 만지듯 섬세한 손길이었다. 그리고 손을 조수석 손잡이로 가져갔다. 오로라가 인상을 찌푸렸다. 식은땀과 통증과 또 다른 어떤 것을 힘을 다해 견디는 표정이었다. 사내에게 온전히 두 생명을 맡겨야 한다는 미안함에 교진은 사내를 향해 고개를 숙였다.

쨍한 새벽 공기가 장면 전환을 알리는 북소리처럼 교진의 머릿속을 울렸다. 콧구멍에서 길고 뿌연 김이 뿜어져 나왔다. 뒤통수가 쭈뼛한 차가움이었다. 교진이 내리자마자 트럭은 다시 출발했다. 꽁무니에서 나온 배기가스가 불길한 예감처럼 거세게 뿜어져 나왔다. 교진은 트럭 뒤에 서서 트럭과 반대 방향으로 걸음을 내딛었다. 무겁고 느린 걸음이었다. 상황은 명료했고 어떤 여지도 없었다. 교진은 눈을 들어 검은 바다를 보았다. 파도가 떠밀려 왔다가 한꺼번에 몰려 나갔다. 교진은 무엇에 떠밀려 여기까지 온 건지 스스로에게 묻지 않았다. 다만 가야 할 곳을 정하지 못해 망설였다. 교진의 발은 잠시 앞으로도 뒤로도 나아가지 못했다.

　트럭은 어느새 삼거리 직전에 다다르고 있었다. 교진은 멀리서 보고 있었다. 저기서 좌회전을 하고 무사히 보건소에 도착하고 오로라는 비명을 지르며 아파하고 결국 생명이 울음을 토해낼 것이다. 그리고 오로라는 조용하고 나지막하고 소문도 비껴가는 구석 마을에 숨어 아이와 함께 늙어가겠지. 아……. 교진은 우뚝 섰다. 한 손을 들어 왼쪽 가슴을 지그시 눌렀다. 주고 싶은 게 있었는데. 처음부터 그럴 생각은 아니었지만 지금 막 떠오른 생각이었다. 뒤돌아서 전속력으로 달려 트럭을 따라잡을 만한 근사한 구실이었다. 교진은 돌아섰다. 그러나 뛰지 못했다. 구실은 말 그대로 구실이었다. 그런데 갑자기. 앗.

　쾅, 하는 소리가 첫새벽 부둣가의 공기를 뒤흔들었다. 트럭이 멈춰 섰다. 날카로운 정지음이 귓바퀴를 긁었다. 트럭이 무언가와 부딪친 거라면. 소리로 봐선 경미한 접촉사고 이상이었다. 교진은 수많은 경우의 수 중에서 최악의 상황들을 떠올렸다. 사내가 머리를 부딪쳐 의식을 잃었다면. 앞으로 튕겨나가는 반동에 오로라의 배가 대시보드에 심하게 눌렸다면. 날카로운 유리 파편이 신체 일부에 가 박혔다면. 일 톤 트럭의 안전성은 얼마나 믿을 만한 것인가. 오로라가 안전벨트를 맸던가. 기억나지 않았다. 머릿속이 복잡해졌지만 반대로 판단은 단순해졌다. 교진은 뛰기 시작했다. 그대로 앞을 보고 뛰었다. 트럭을 향해서였다.

트럭을 십여 미터 남겨두고 교진은 뛰기를 멈췄다. 이제 삼거리의 상황이 선명하게 보였다. 트럭은 아무것에도 부딪치지 않았다. 난데없는 흰색 싼타페가 경찰차의 옆구리를 박고 멈춰 서 있었다. 싼타페의 범퍼가 모체에서 떨어져 덜렁거렸고 아반테 경찰차는 옆구리가 심하게 구겨져 푹 들어가 있었다. 삼거리 왼쪽에서 튀어나온 싼타페가 급하게 좌회전을 하던 중 경찰차를 발견하지 못하고 들이받은 모양이다, 라고 생각하다가 교진은 고개를 갸웃했다. 급커브 길이었다. 보통의 운전자가 커브에 주의하면서 속도를 줄이고 진행했을 때 발생할 수 있는 정도의 사고가 아니었다.

트럭의 뒤 유리에 비친 사내는 전방을 주시하고 있었다. 갑작스러운 상황에 당황한 것 같았다. 두 명의 경찰이 검문이라고 적힌 바리케이드를 한쪽으로 치우고 싼타페에게 다가갔다. 싼타페 운전자가 창문을 내리고 경찰과 이야기를 나누었다. 경찰관 하나가 자신의 차로 가더니 음주 측정기를 꺼내 돌아와 싼타페 운전자에게 내밀었다. 싼타페 운전자가 거세게 항의했다.

ㅡ그게 말이죠. 내가 그러려고 그런 게 아니라.

ㅡ일단 면허증 주시고 측정기 불어보시죠.

ㅡ아니, 내 말 좀 들어보라고요. 내 옆에 앉은 형님이 갑자기 핸들을⋯⋯.

—내리세요.

　—예?

　—내리라고요.

　경찰이 운전자가 차에서 내리기를 요구했다. 목소리가 높았다. 불시에 일격을 당한 경찰은 화가 나 있었다. 싼타페 문을 열고 운전자의 팔을 잡아끌었다. 이제 경찰은 트럭에 관심을 주지 않고 있었다. 싼타페가 막고 있었으므로 경찰차는 후진이나 좌회전하지 못한다. 또한 좌회전 길이 비어 있었다. 교진은 발소리가 나지 않도록 주의하면서 뛰었다. 트럭 뒤편이라 교진의 모습은 경찰에 드러나지 않았다. 막 트럭의 문을 여는데 누군가 교진의 팔을 거센 힘으로 잡았다. 돌아보았다. 거기, 이철세가 서 있었다. 반질한 머리통에 표정 없는 얼굴. 속삭이듯 낮은 목소리. 왼쪽 눈에 하얀 안대가 붙어 있었다.

　—넌 내가 잡아. 경찰 따위에게 널 넘겨줄 생각 없어.

　옆구리에 날카로운 것이 느껴졌다. 이철세가 칼을 들이대고 있었다. 어쩔까. 고민의 시간은 길지 않았다. 교진이 아는 한 맹수에게 습격을 당해 물렸다면 물린 한쪽 팔을 내어주고 맹수의 급소를 공격하는 것이 최선의 방법이었다. 교진은 온몸의 근력을 팔로 모아 이철세를 뿌리쳤다. 이철세가 기우뚱하는가 싶더니 교진의 옆구리를 향해 팔을 쭉 뻗었다. 순간 차가운 통증이 교진의 온몸을 훑었다. 몸에 힘이 빠졌지만 눈을 똑바로 뜨고 다시 남은 힘을 모았다. 교진의 옆구리를 찌른 뒤, 이철세는 바닥에 엉덩방아를 찧으며 넘어졌다. 교진은 다시 일어서는 이철세의 왼쪽 눈을 팔꿈치로 내리찍었다.

악. 짧고 낮은 이철세의 비명. 하얀 안대 밑으로 금세 피가 번졌다. 이철세가 트럭에 올라타는 교진의 다리를 붙잡았다. 교진은 남은 힘을 다해 이철세를 떨쳐냈다. 조수석 문을 소리 나게 닫으며 동시에 사내에게 출발하라고 소리쳤다. 교진을 다시 본 사내는 놀란 표정으로 가속 페달을 밟았다. 식은땀을 흘리며 신음하던 오로라의 눈이 커졌다. 오로라의 입가로 침이 흘렀다. 드라이브 기어가 들어간 트럭의 엔진에서 굉음이 일었다. 좌회전. 골목은 앞으로 쭉 뻗어 있었다. 마주 오던 차 한 대를 아슬아슬하게 비켜 갔다. 교진은 백미러를 들여다보았다. 5846. 흰색 싼타페. 김학기가 운전석에서 내려 뭐라고 경찰에게 대들고 서 있었다. 그새 김학기의 얼굴에는 더 많고 긴 털이 자라나 있었다. 싼타페는 빠르게 작아졌다. 바닥에서 일어난 이철세가 트럭을 쫓아 뛰어오고 있었다. 교진의 옆구리에 구멍이 난 듯 찬바람이 불어닥쳤다. 따뜻한 피 냄새가 풍기기 시작했다.

6am on Mar. 25

동피랑 마을 입구에 도착했다. 굽이굽이 올라가는 동피랑 마을의 골목길이나 담벼락에 그려진 그림들 따위는 교진의 눈에 들어오지 않았다. 맞은편 바닷가에 서 있는 모형 거북선이 뜬금없다는 사실도 알아채지 못했다. 교진은 다만 찾고 싶어 하는 것을 찾으려고 쉼 없이 이리저리 둘러보았다. 문 득 사내가 믿을 만한 사람인지를 생각해보지 않은 것이 떠올 랐다. 좀 전의 상황으로 사내는 교진에 대해 뭔가를 짐작하고 있을 터였다. 낯선 항구도시에서 사내는 자신이 마음먹은 곳 으로 교진과 오로라를 데려갈 수 있을 것이다. 사내가 향하는 곳이 보건소가 아니라 경찰서라면……. 교진은 머릿속이 뒤 죽박죽이었다.

사내가 갑자기 브레이크를 밟고 주차 기어를 넣었다. 교진은 놀란 눈으로 사내를 돌아보았다. 사내가 턱짓으로 저 멀리 전방을 가리켰다. 거기, 명쾌한 해답인 듯 보건소 간판이 환하게 드러나 있었다. 오로라는 입술을 물었지만 그 사이로 신음이 새 나오고 있었다. 사내는 트럭을 세우자마자 차에서 뛰어내려 조수석 쪽으로 왔다. 교진이 먼저 내리고 두 사람이 오로라를 천천히 받아 안았다. 사내가 보건소로 뛰어 들어갔다. 문이, 닫혀 있었다. 쿵쿵쿵. 사내는 주먹으로 출입문을 내려쳤다. 아무도 나오지 않았다. 응답 없는 주먹질 소리만 커다랗게 울렸다.

— 대체 왜 아무도 없는 겁니까? 보건소잖아요.

— 이 사람아, 지금이 몇 시인 줄 알아? 새벽 여섯시야, 여섯시.

교진은 몇 시인 줄 몰랐다. 그러고 보니 이제 막 동이 텄다. 주위에는 아직 어스름이 남아 있었다. 채 잠들지 않은 어둠 때문에 불 켜진 보건소 간판이 더욱 환했다.

— 당직 있을 거 아닙니까?

— 왜 나한테 그래?

사내 말이 맞았다. 사내에게 따질 일이 아니었다. 사내가 보건소 간판에 적힌 번호로 전화했지만 받지 않았다. 교진은 오로라를 살폈다. 지금 시내 병원까지 가기는 무리다. 오로라는 손을 놓으면 그대로 쓰러질 것 같은 얼굴이었다. 바닥은 어느새 흘러내린 양수로 흥건했다. 보건소와 도로 하나를 사이에 둔 바다는 천천히 어둠이 걷혀가고 있었다. 오로라의 비명이 안개 짙은 바다를 향해 뻗어나갔다.

저쪽에서 빗자루를 손에 든 노인이 가게 앞길을 쓸다가 이쪽을 쳐다보았다. 그러더니 비질을 멈추고 빠른 걸음으로 다가왔다. 노인은 백발이 성한 데다 주어진 삶을 다 살아낸 사람의 허무한 표정을 하고 있었다.

—무슨 일이요?

사내가 먼저 돌아다보았다. 노인을 보자마자 노인이 온 방향을 가늠해보았다. 거기에 낡은 가축병원 간판이 매달려 있었다. 사내와 교진의 눈이 마주쳤다. 처음엔 무슨 뜻인지 몰라 교진이 다시 눈으로 사내에게 되물었다. 사내가 곁눈질로 노인과 가축병원을 번갈아 보았다. 노인은 수의사인 모양이었다. 아, 그런 뜻이구나. 교진은 가축병원 간판을 건너다보았다. 낡고 한쪽 귀퉁이가 깨진 아크릴 간판은 오랜 시간과 소금기에 색이 바래 있었다. 게다 동물병원도 아니고 가축병원이었다. 가축병원이라면 장차 도살해서 고기로 사용할 목적으로 기르는 동물들을 다루는 곳이다. 다만 그 이유 때문에 교진은 가축병원의 수의사가 생명의 탄생에 대해 충분한 지식과 연민을 가지고 있을 거라고 믿기 어려웠다.

교진은 고개를 저었다. 사내가 턱짓으로 오로라를 가리켰다. 오로라의 표정이란…… 외계인을 다룬 영화에서 배 속에 들어 있던 생명체가 막 숙주의 생살을 찢고 세상 밖으로 나오려고 할 때 줌인된 카메라에 잡힌 배우의 극한의 표정과 닮아 있었다. 시내 병원으로 가려면 시간이 많이 지체될 것이다. 교진은 오로라가 그때까지 견디지 못할 거라고 생각했다. 양수는 이미 너무 많이 흘렀다. 핏기가 가신 오로라의 얼굴은 종잇장처럼 하얬다. 입술을 깨문 오로라가 고개를 끄덕였다. 다른 수가 없었다.

—부탁 좀 합시다.

—애기가 나오려는 거요? 그런데 왜?

사내가 앞장섰다. 빗자루를 든 수의사가 영문을 몰라 어리둥절하다 오로라와 오로라의 다리 아래를 보고 아연실색한 얼굴이 되었다. 교진은 오랫동안 살아온 사람도 당황하면 미숙해지기는 마찬가지인 모양이라고 생각했다. 다급한 수의사의 목소리가 갈라져 나왔다.

—저건 가축병원이요. 보면 몰라요? 병든 소나 돼지를 치료하는 곳이라고. 애기를 낳는 데가 아니야.

—가축 새끼 많이 받아봤을 거 아닙니까? 사람이라고 다를 게 뭐 있겠어. 안 그래요?

사내가 수의사를 잡아끌었다. 인간과 짐승은 엄연히 다른 존재지만 새끼를 배고 낳는다는 건 같은 일이라는 사내의 말에도 일리는 있었다. 충분히 그럴 만한 상황이었다. 수의사는 말도 안 된다며 손사래를 쳤다.

—저 여자를 좀 봐요. 길거리에서 애를 낳게 둘 수는 없는

노릇이잖습니까.

사내에게 소맷부리를 잡혔던 수의사가 오로라를 돌아보았다. 교진도 고개 숙여 제발 부탁드립니다, 하는 얼굴로 수의사를 바라보았다. 수의사는 당혹스러운 표정이었다. 사내의 말처럼 수의사는 생명의 진행과정과 그 경위에 대해서 잘 알고 있을 터였다. 잠시 고민하던 수의사가 입을 다물고 앞장서 걸었다. 수의사의 표정은 어쩔 수 없지 않겠느냐는 체념에 가까웠다.

오로라는 발을 끌며 걸었다. 십 미터 남짓한 거리를 걷는 동안 내내 끙끙 앓고 있었다. 몸 안으로 밀어 넣으려는 신음과 비명이 자꾸만 몸 밖으로 밀려 나오고 있었다. 교진은 오로라의 아픔을 알지 못했다. 아픔의 종류와 정도 또한 짐작할 수 없었다. 오로라 스스로도 이런 고통에 대해서는 생각해보지 않았을지 모른다. 애초에 열 달이 지나 아이를 낳아 부부에게 주고 나면 자신은 재수술을 받고 과거로 돌아갈 수 있을 거라고 생각했겠지. 그리고 다시 세상의 중심이 된 거라는 착각으로 남은 삶을 화려하게 살 수 있을 거라고 생각했겠지. 교진은 오로라를 안고 걸으며 낮은 한숨을 내쉬었다.

가까이서 본 가축병원의 외관은 불안감을 더 키웠다. 낡은 새시문은 삐걱거렸고 페인트로 써 붙인 가축병원 간판은 반 이상 뜯겨지고 나무판이 들떠 있었다. 내키지 않는 마음을 추스르느라 교진은 입술을 물었다. 수의사가 먼저 안으로 들어가 불을 켰다. 그래도 충분히 밝지 않았다. 바닥은 맨 시멘트가 드러나 있었고 한쪽 벽에는 커다란 사료 포대들이 천장 가까이 쌓여 있었다. 병원이라기보다 사료 도매 창고쯤으로 보였다.

진료실이라 여겨질 만한 공간은 따로 없었고 한쪽에 커다란 스테인리스 테이블이 놓여 있었다. 테이블은 두 사람이 누워도 될 만큼 넓었다. 수의사가 켜놓은 것인지 벽에 매달린 소형 티브이에서 아침 운동을 꾸준히 해서 건강을 되찾은 사람들을 소개하는 프로그램이 방송되고 있었다. 안으로 들어선 교진은 어쩌야 할지 몰라 그 자리에 서 있었다. 이제 막 히터를 가동한 내부는 싸늘했다. 테이블 뒤쪽 가림막 뒤편으로 약간의 약품들이 진열되어 있는 게 보였다.

—뭐해요? 얼른 산모 눕게 해야지.

안으로 들어갔다 나온 수의사의 품에 두툼한 이불이 안겨 있었다. 수의사는 테이블 위에 이불을 깔고 교진과 함께 오로라를 부축해 눕혔다. 누운 오로라는 쏟아지는 비명을 더 이상 참지 않았다. 비명을 지른다기보다 토하는 것에 가까웠다. 교진은 바닥에 배낭을 내려놓고 허공을 휘젓고 있는 오로라의 손을 잡았다. 그동안 자라난 오로라의 손톱이 깊숙하게 손바닥을 파고들었다. 비명과 비명 사이, 오로라는 낮은 신음을 흘렸다. 신음 속에 단어가 섞여 있었다. 정확한 발음은 아니었지만 아, 가, 라고 말하는 것 같았다.

수의사는 계속 바빴다. 물을 끓이고 가위를 소독하고 오로라에게 이불을 덮어주었다. 그리고 이불 아래쪽을 걷어 올리고는 오로라의 팬티를 벗겼다. 이어 수의사는 오로라의 다리를 벌려 세우게 하고는 의자를 가져다 그 앞에 앉았다. 마치 자주 겪었던 일인 것처럼 차분하고 신속한 몸놀림이었다. 애가 나오는 장면을 눈앞에서 보게 될 거라는 생각은 해보지 않았으므로 교진은 무엇을 해야 하는 건지 몰랐다. 그래서 계속 오로라의 손을 잡고 있었다.

— 애 아빠가 같이 호흡을 해줘. 길고 깊게 후, 하, 하면서.

자신도 길고 깊은 숨을 내쉬고 들이쉬면서 수의사는 뭘 도와야 하는지를 묻는 교진에게 대답했다. 애 아빠라는 오해가 마음에 걸렸지만 그걸 정정해줄 만한 상황은 아니었으므로 그 점에 대해서는 대꾸하지 않았다. 대신 교진은 수의사의 입 모양을 바라보면서 최대한 깊고 길게 숨을 쉬었다. 오로라가 교진의 입을 보며 애를 쓰고 있었다. 어느새 둘 다 이마에 진땀이 솟아났다. 얼마나 그러고 있었는지 몰랐다. 두 시간이 지난 것 같기도 했고 십 분이 흐른 것 같기도 했다. 교진은 문득 엄마가 자신을 낳았을 때 어땠을지 궁금해졌다.

의식적인 깊은 호흡은 그리 쉬운 게 아니었다. 호흡 중간에 교진은 갑자기 기침이 터져 고개를 외로 꼰 채 기침을 했다. 기침은 쉽게 멎지 않았다. 교진이 기침을 할 때마다 찔린 옆구리로 찬바람이 드나들었다. 어느새 두툼한 파카의 겉면에 피가 배어 나오고 있었다. 고개 숙여 오로라의 가랑이를 들여다보고 있던 수의사가 고개를 들었다. 교진이 내뱉는 기침의 정도와 까닭에 대해 가늠해보는 표정이었다. 손수건이나 휴지가 필요하다고 생각했지만 오로라가 교진의 손을 놓아주지 않았다. 교진은 간신히 기침을 목 안으로 삼켰다.

그 순간, 오로라는 비명을 지르기 위해 존재하는 사람 같았다. 끊임없이 신음하고 아파하고 소리 질렀다. 문득 교진은 그럴 땐 보통 애 아빠 욕을 한다는 얘기가 생각났다. 하지만 오로라는 욕을 퍼부을 대상이 없었다. 오로라는 그저 천장의 한 점에 시선이 결박되어 내내 노려보았다. 교진의 등판도 금세 식은땀에 젖었다. 땀에 젖은 겨드랑이 미끈거렸다. 오로라의 비명이 칼날인 듯 교진의 뒷목에 박혔다. 뒷목부터 어깨까지가 빳빳해졌다.

교진이 보는 오로라의 고통은 무시무시했다. 새로운 생명의 탄생은 오로라의 존망을 쥐고 흔들 만큼 어마어마한 일임에 틀림없다는 생각이 들 정도였다. 수의사가 일어나 가림막 뒤쪽으로 사라졌다 나타났다. 수술용 장갑을 낀 손에 메스와 알코올 솜이 잔뜩 들려 있었다. 교진도 메스가 수술용 칼이란 걸 알고 있었다. 그러나 왜 가져온 것인지 알 수 없었다.

─질 입구를 잘라줘야 해.

교진은 무슨 말인지 이해되지 않았다. 멀쩡한 생살을 마취도 없이 자르겠다는 말이 맞는 것인가. 수의사가 고개를 끄덕였다. 이어 수의사는 망설임 없이 메스를 오로라의 다리 사이에 갖다 댔다. 교진은 오로라가 보고 있는 천장의 어느 한 점을 찾아보았다. 이철세에게 옆구리를 찔렸을 때의 느낌이 생생하게 되살아났다. 자궁 문을 잘라야 새 생명이 나올 수 있다니. 교진은 자신의 옆구리로 새 생명 대신 자신의 생명이 피가 되어 천천히 빠져나가고 있는 기분이 들었다.

—됐어.

이미 잘랐다는 말인 줄 알겠는데 오로라는 다른 고통을 느끼지 못하는 것 같았다. 오로라의 비명은 불규칙하면서 동시에 규칙적이기도 한 느낌이었다. 메스를 내려놓는 수의사의 손에 핏물이 흥건하게 묻어났다.

—머리가 보여. 나오고 있어.

힘주라는 수의사의 말 때문이 아니라도 오로라는 이미 자신의 전부를 걸고 버티고 있었다. 오로라의 몸 안에서 벌어지고 있는 일이 교진의 몸에서도 느껴지는 기분이었다. 한 생명이 숙주로 삼고 있던 제 어미의 몸을 찢고 나온다는 게 무슨 뜻인지 알 것 같기도 했다. 천장을 보고 있던 오로라의 눈동자가 풀렸다. 수의사가 산모가 정신을 잃지 않도록 하라고 소리쳤다. 어떻게? 교진은 오로라의 젖은 이마를 쓸어주고 팔을 주물렀다. 힘내라면서 귀에다 대고 윽박질렀다.

교진은 더럭 겁이 났다. 만약 여기서 무슨 문제라도 생긴다면. 그러면 어떡해야 하는 건지 몰랐다. 또한 문제가 생긴다면 어떤 종류의 문제가 생길 수 있는 건지에 대해서도 전혀 아는 바가 없었다. 그러므로, 교진은 기도했다. 기도하는 마음이었다. 오로라의 무사 귀환과 아이의 무사 탄생을 마음으로 바랐다. 만약 무엇을 걸라고 하면 무엇이라도 걸 수 있을 것 같은 기분이었다. 마치 교진의 온몸의 근육이 굳어가는 것 같았다. 한 생명이 탄생하는 시간은 짐작보다 훨씬 더 길고 참혹했다. 바닥에서 올라온 시멘트 냄새가 독하게 코를 찔렀다. 깊고 짙은 땀과 피 냄새로도 가려지지 않았다.

—됐어.

수의사가 소리 질렀다. 동시에 오로라의 손아귀에서 힘이 빠졌다. 교진의 빈 손바닥에 오로라의 손톱자국이 깊게 남았다. 교진은 재빨리 아래쪽을 보았다. 본능적이라고 해도 좋았다. 수의사의 손에, 거기에 이제까지 없었던 생명이 거꾸로 매달려 있었다. 수의사가 아이의 엉덩이를 때리자 아이가 울었다. 기습적인 울음이었다.

—이리 와.

수의사가 부르는 대로 교진은 오로라의 다리 밑으로 갔다.

—잘라.

—뭘요?

—탯줄. 아빠가 잘라야지.

교진은 자신이 애 아빠가 아니라는 말을 해야 한다고 생각했다. 그러나 동시에 그럴 만한 정황이 아니라고 판단했다.

교진은 가위를 집어 들라는 말에 그렇게 했다. 가위를 들고 생각해보니 두 사람 중 누군가 아기의 탯줄을 잘라야 하는 거라면 수의사보다는 자신 쪽이 더 합당하지 않겠는가 싶었다. 교진은 조심스럽게 아이의 탯줄을 잘랐다. 곱창을 자를 때와 비슷한 느낌이었다. 그런데 손이 떨렸다. 수의사가 울고 있는 아이를 교진에게 안겨주었다. 여자아이였다. 아이는 끈끈하고 피가 묻어 있고 쭈글쭈글하고 붉었다. 그리고 비린내가 심했다. 탄생의 순간이 짐작처럼 경이로 가득한 건 아니었다. 교진은 수의사가 가져다준 수건으로 아이를 감쌌다. 아이가 울었다. 교진의 심장 가까이 아이의 울음이 스며들었다.

교진은 우는 아이를 내려다보았다. 새로 태어난 생명이란 이렇게 생겼구나. 아이의 울음이 눈물겨웠다. 외마디로 짖어대는 새 울음처럼 필사적이었다. 아이는 울기 위해 세상에 나온 모양이었다. 아이가 가진 건 울음이 전부였다. 그 전부를 걸고 아이는 바르르 떨며 울고 있었다. 아이를 내려다보는데 무언가가 차갑게 교진의 등허리를 훑고 몸 밖으로 빠져나갔다. 그것이 무엇인지 교진은 알지 못했다. 다만 살면서 잃어버린 것들, 또 잃어버려 다시 갖지 못했던 것들이 한꺼번에 생각났다가 사라졌다.

눈을 감고 있는 아이는 계속 울었다. 슬프기보다는 상쾌한 울음이었다. 오로라는 지쳐 정신을 차리지 못하고 있었다. 새로운 울음을 토해놓고 기진한 오로라를 보고 있자니 교진의 몸속 깊은 곳에서 뜨거운 것이 올라오는 기분이었다. 그것은 성욕 같기도 하고 배고픔 같기도 했으며 달리 생각하면 연민인 것 같기도 했다. 교진은 물끄러미 오로라를 내려다보았다. 보고 있자니 가늘게 떨고 있는 오로라의 어깨가 안쓰러웠다.

— 뭐해?

커다란 대야에 따뜻한 물을 담아 온 수의사가 교진을 채근했다. 그사이 수의사는 오로라의 자궁에 남아 있던 태반을 빼고 잘라놓은 질 입구를 다시 꿰매놓은 상태였다. 교진은 열려 있는 자신의 옆구리도 꿰매달라 말하고 싶었지만 나중에 하기로 했다. 다만 수의사가 뭘 다그치는지 몰라 멀뚱히 수의사를 건너다보았다.

— 애기, 목욕시켜야지.

그토록 작은 생명을 목욕시켜본 적이 없으므로 교진은 목욕 대야에 아이를 넣지 못했다. 어쩔 줄 몰라 그저 안타까운 표정으로 수의사를 바라보았다.

— 물에 애기를 넣으라고.

교진은 진심으로 따뜻한 물에 아기를 넣는 법을 몰랐다. 뒷정리를 하다 말고 수의사가 다가왔다. 교진에게 할 줄 아는 게 뭐냐고, 애 아빠가 뭘 준비한 거냐고, 한 마디 지청구를 했다.

— 조심스럽게, 천천히.

조심스럽게, 최대한 천천히, 교진은 아이를 물속에 넣었다. 목까지 물에 잠긴 아이가 곧 울음을 그쳤다. 그 메커니즘에 대

해서는 아는 바가 없었지만 제대로 아이를 물속에 넣었다는
사실에 교진은 마음이 기뻤다. 목욕을 시키면서 아이의 팔다
리를 만지고 머리를 쓰다듬었다. 아이는 눈썹이 짙고 머리숱
은 적고 이마가 넓었다. 코는 간신히 흔적만 있었고 입술은 가
느다랬다. 작게 벌린 가느다란 입술이 교진은 또 눈물겨웠다.
아이는 오로라를 닮지 않았다. 다행이기도 했고 동시에 다행
이 아니기도 했다.

— *내 배애나앙.*

어느새 정신을 차렸는지 오로라가 지친 손을 들어 배낭을 가
리켰다. 아이를 목욕시키는 교진 대신 수의사가 입구에 부려진
배낭을 들고 오자 오로라가 손짓으로 열라는 시늉을 했다.

— 야, 여기 다 있구먼. 애 엄마가 준비 잘했네.

수의사가 배낭에서 뭘 자꾸 꺼냈다. 배냇저고리, 겨울용 내
복, 속싸개, 겉싸개, 보드라운 융 수건, 젖병, 기저귀, 기저귀
밴드, 턱받이, 가제손수건, 손싸개, 발싸개, 손톱가위, 모유 패
드, 온도계, 체온계……. 교진은 하, 입을 벌렸다. 그래서 배낭
은 커다랗고 무거웠다. 그래서 오로라는 그토록 배낭을 끌고
다녔다. 수의사가 보드라운 수건을 건넸다. 교진은 수건으로
아이를 조심스럽게 닦고 배냇저고리를 입히고 속싸개에 싸
고 다시 겉싸개에 쌌다. 그리고 오로라의 곁에 가만히 아이를
내려놓았다.

교진의 등으로 식은땀이 흘렀다. 살면서 감당하기 어려운

난제를 풀어낸 것처럼 허탈함과 피로감이 급하게 몰려들었다. 오로라는 아이를 보고 눈물을 흘렸다. 아이를 보려고 옆으로 고개를 돌리고 있어 눈물이 볼을 타고 귓바퀴로 흘러들었다. 수의사가 따뜻하게 데운 보리차를 들고 나왔다. 보리차가 닿자 아이의 입술이 오물거렸다. 그걸 보고 오로라가 웃으며 눈물을 흘렸다. 수의사가 따뜻하게 데운 보리차를 젖병에 넣어 건넸다. 배 속에서 달을 다 채우지 못하고 나온 아이는 입술에 닿은 젖꼭지를 빨지 못했다.

—빨리 병원으로 가야 해. 낳긴 했지만 아이도 산모도 안전한 건 아냐.

수의사가 재촉했다. 간신히 칠 개월을 넘기고 나온 아이와 처음으로 아이를 낳은 산모는 둘 다 기력이 없어 보였다. 아이는 어느새 잠이 들었다.

—병원으로 가자고. 내가 데려다 주지.

수의사는 교진에게 담요를 건네고 자동차 키를 가져오겠다며 안으로 들어갔다. 담요는 산모와 아이를 감싸주라는 것이었다. 오로라를 일으키는데 오로라가 교진의 손을 잡았다.

—*이 아기, 아빠아가 되어줘어.*

힘없고 차분한 목소리였다. 마치 오래 생각하고 결심한 자의 담담함이 느껴지는 목소리였다. 교진은 오로라의 말을 알아들을 수 없었다. 아이 아빠가 되어달라는 말이 무슨 뜻인지 몰랐다. 머릿속으로 오로라가 발음한 문장의 음절을 하나씩

되새겼다. 쌓여가는 음절들 위로 새벽에 마주쳤던 검은 바다가 떠올랐다. 바다는 검고 깊고 무거웠다. 그리고 검었으므로 앞이 잘 가늠되지 않았었다. 그 바다 표면으로 음절들이 뚝뚝 떨어졌다. 아, 이, 아, 빠. 음절들은 곧 검은 바다에 빠졌다. 그것들이 교진의 머릿속에서 제대로 조합되기 전이었다. 그래서 무슨 뜻인지 정확하게 말해달라고 오로라에게 말하고 싶었다. 교진은 허리를 굽혔다. 오로라에게 가까이 다가갔다. 그게, 무슨…… 이라고 말하는데 교진은 질문을 끝낼 수 없었다. 밖에서 폭탄처럼 갑작스레 굴러들어온 확성기 소리 때문이었다.

경찰이라 했고, 교진이 포위되었다 했다. 수의사가 급하게 다시 나왔다. 확성기 소리를 들은 모양이었다. 잠시 현관문 쪽으로 귀를 기울이더니 이내 벽에 걸린 티브이에 눈을 주었다. 그제야 티브이가 여태 켜져 있었다는 걸 알았다. 수의사가 리모컨을 찾아 들고 볼륨을 높였다. 한 뉴스 기자가 누군가를 인터뷰하고 있는 중이었다. 가만 보니, 얼굴이 낯설지 않았다. 그 노인이었다. 책방 주인.


몰랐지. 그럼, 전혀 몰랐지. 알았으면 신고 안 하고 있었겠어? 아휴, 무서워라. 난 그런 줄도 모르고 그저 부부가 여행 중이라는 말을 믿었단 말이지. 내가 순진했지. 어쩐지 남자가 여자한테 데면데면하더라고. 난 그놈이 살인범인 줄은 꿈에도 모르고 밥도 같이 먹었잖아. 우리 집에서 잠도 잤다니까. 나중에 보니까 글쎄 내 책방에서 책을 훔쳐갔더라고. 내 자동차 번호판도 떼갔더라니까. 그뿐인 줄 알아? 내가 키우던 고양이가 있었어, 흰점이라고. 그런데 그놈이 글쎄 그 흰점이를 죽였더라고. 차로 뭉갰어. 멀쩡한 뼈마디가 하나 없더라고. 동네 사람이 봤대. 그 뭐야, 하얀색 싼타페가 그 조용한 동네 굴다리를 글쎄 전속력으로 달렸다잖아. 그게 그놈 차 맞지? 고양이가 무슨 죄가 있어? 괜히 화풀이한 거지. 잔인한 놈이야. 지금도 그때 생각하면 잠이 안 와. 아휴, 무서워.

노인은 흰점이가 죽었다고 했다. 커다란 산짐승의 거센 발톱과 억센 이빨을 견뎌내고 길고 추운 겨울을 버텨낸 뒤, 자동차 바퀴에 깔려 죽었다고 말이다. 교진은 겁에 질려 송곳니를 드러내고 으르렁거리던 흰점이가 기억났다. 수의사는 상황을 파악하느라 머릿속이 복잡한 표정이었다. 오로라가 교진의 손을 잡았다. 인터뷰는 화면을 바꿔 계속 이어졌다. 이번에는 눈 주위가 모자이크된 젊은 여자였다.

네. 절 유혹하더라고요. 특이하게도 신발을 사 준다고 그러면서요. 원래 범죄자들이 이런 항구도시까지 오면 대개 여자를 찾거든요. 작년에도 서울 성북동 부녀자 살인사건 났을 때요, 용의자가 여기까지 도망 와서는 우리 옆집 사는 언니를 성폭행하고 목 졸라 죽였잖아요. 흑흑. 그런데 제게도 이런 일이 생길 줄 누가 알았겠어요? 옆집 언니 일만 해도 그저 남의 일인 줄 알았는데. 신발을 사 준다고 데리고 나가서는……. 아시잖아요. 그런데 저는 따라가지 않았어요. 왠지 기분이 좋지 않더라고요. 가게에서도 급하게 술을 마시면서 내내 제 발을 만지고 있던 폼이 좀 그랬거든요. 사람을 죽였던 손으로 내 발을 만졌다고 생각하니까 지금도 소름이 돋아요. 살아 있다는 게 얼마나 감사한 일인지 안 겪어본 사람들은 절대 모를 거예요.

여자는 양손을 교차해 자신의 팔을 문질러댔다. 카메라는 여자의 과장된 포즈를 오래 잡지 않고 화면을 바꿨다. 오로라가 손에 더 힘을 주었다. 그러나 여전히 힘이 없었다. 바뀐 화면도 낯설지 않기는 마찬가지였다. 당연한 일이었다. 수의사가 눈이 동그랗게 커졌다. 이제까지 방송을 통해 자신의 가축병원 외관을 들여다본 적은 없었을 것이다. 어쩌면 수의사는 곧 가축병원의 인테리어 공사를 해야겠다고 생각했을지도 모르겠다.

그러고 보니 가축병원까지 데려다 준 사내가 보이지 않았다. 교진은 아차, 싶었다. 사내는 처음부터 가축병원으로 들어오지 않았던 것이다. 하지만 그때 알았다 해도 교진이 사내를 단속할 수 있는 상황은 아니었다. 화면에 보인 가축병원 앞쪽에는 경찰차 다섯 대를 포함해 수십 대의 차량들과 기자들과 호기심에 새벽부터 잠을 깬 수많은 사람들이 모여 있었다. 그들에겐 흔치 않아서 놓치기 아까운 구경거리일 것이다. 오늘 이후 그들은 아주 오랫동안 오늘의 일을 곱씹으며 과장된 소문과 이야기들을 만들어내겠지. 수의사는 어쩌지 못하고 다만 그 자리에 서 있었다. 오로라와 오로라의 아이는 어서 병원으로 가야 한다. 교진은 뭔가 결정을 해야 한다고 생각했다. 교진은 앞으로 한 걸음 발을 떼었다. 오로라가 손을 놓지 않았다.

　 — *이 아이, 아빠아가 되어줘어.*

교진은 오로라의 생각과 마음이 읽히지 않았다. 모든 일이 이미 결정되었다. 오로라의 말은 답이 없는 질문이다. 교진은 아이를 내려다보았다. 여전히 쭈글쭈글하고 붉었다. 저 아이의 아빠라는 건 대체 무엇을 의미하는 건지 교진은 알 수 없었다. 누군가 저 아이의 아빠가 된다 해도 자신의 몫은 아닐 터였다. 꼭 아빠가 필요한 것도 아니다. 그렇지 않은가. 아빠는, 교진에게도 가지지 못한 첫 번째 상실이었다. 이 아이 또한 세상에 나오자마자 깊고 무거운 상실을 몸에 새기게 될 것이다.

　—그래. 그러자. 내가 이 아이 아빠가 되어줄게.

오로라가 작게 웃었다. 아직 눈가에 눈물이 마르지 않은 눈이었다. 그리고 잡고 있던 교진의 손을 놓았다. 교진을 붙잡는 건 이제 아무것도 없었다. 수의사는 계속해서 안과 밖을 살피며 안절부절못했다. 밖에서부터 출렁대며 넘쳐오는 확성기 소리는 자던 아이도 깨울 듯이 귀에서 부서졌다. 소리에 따르면 교진은 완전하게 포위되었고, 어디로도 갈 곳이 없다. 친절하게도 그들은 잃어버렸던 엄마도 찾아놓았다. 찾는 것이 쉽지는 않았지만 결국 찾아냈다. 엄마는 끝까지 망설이다가 아들을 살리기 위해, 아들의 어리석은 선택을 멈추게 하기 위해 이곳으로 오고 있는 중이다. 너무 늦지 않게 여기서 스스로 걸어 나가면 선처를 바랄 수도 있다.

— *이르음······.*

—뭐?

— *아기, 이르음.*

오로라가 지친 눈으로 교진을 쳐다보았다. 아이에게 이름이 필요한 건 맞지만 그걸 왜 자신에게 지어달라고 하는지 교진은 알 수 없었다. 교진은 저도 모르게 고민에 빠졌다.

—라진. 우리 이름에서 한 글자씩.

고민의 결론이라기보다 그저 입에서 튀어나온 이름이었다. 말해놓고 보니 생각보다 괜찮았다. 그런데 오로라가 발음하기엔 문제가 있어 보였다. 금세 후회했다.

— *라, 지인.*

오로라가 발음하려고 애썼다. 턱에 힘을 주어 입을 제대로 모아보려고 여러 번 반복해서 발음했다. 그러다 애써 웃었다.

— *조오아.*

교진이 파카 안쪽 주머니에 손을 넣어 두툼한 종이봉투와 책을 꺼냈다. 그리고 그걸 오로라에게 주었다. 책을 다 읽어보지 못한 것이 아쉬웠지만 오로라가 대신 읽어줄 것이다. 라진이에게 아빠가 주는 선물이라고 말했다. 아마 라진이는 아빠의 두 번째 선물은 받지 못할 것이다. 그렇게 생각하니까 교진은 갑자기 자신이 세상에 둘도 없는 몹쓸 아빠가 된 것 같은 기분이었다. 그리고 지금껏 이걸 가슴에 품고 여기까지 온 유일한 근거가 라진이라는 착각이 들었다.

교진은 마음이 가라앉았다. 라진이는 자면서 작게 입을 오물거렸다. 웃고 있다고 생각해도 좋을 만큼 예쁜 표정이었다. 나는 라진이의 아빠가 될 수 없다. 그리고 지금 방금, 나는 라진이의 아빠가 되었다. 교진은 이 명확한 모순을 속으로 중얼거렸다. 그러자 누군가의 아들이 아니라 이제 누군가의 아빠가 되었다는 사실이 새삼스러웠다. 손 닿지 않는 등 복판이 가려운 느낌이었다. 교진은 라진이를 향해 고개 숙였다. 그리고, 망설이다, 라진이의 이마에 입 맞추었다. 라진이의 이마는 따뜻하고 솜털이 보송보송했다. 교진은 긴 시간이 흐르도록 내버려두었다. 오로라가 팔을 벌려 교진을 품에 안았다. 그리고 또 웃었다.

확성기 소리는 끊이지 않았고 티브이 화면의 카메라는 가축병원의 불투명한 새시문을 좀 더 줌인했다. 교진은 출입문 앞에 섰다. 한 손을 손잡이에 얹고 나머지 한 손은 파카 주머니에 넣었다. 잡히는 게 있어 꺼내보았다. 분홍색과 푸른색의 아이 양말. 라진이에게 이별 선물로 주려고 샀던 것이었다. 돌아서서, 다시 라진에게 돌아가 건네줄까, 하다가 교진은 양말을 다시 손안에 넣어 쥐었다. 따뜻하고, 보드라웠다.

교진은 여닫이문 손잡이를 잡은 손에 천천히 힘을 주었다. 그러면서 아래를 내려다보았다. 진흙이 잔뜩 말라붙은 신발은 더럽기 짝이 없었다. 더러운 신발이 맘에 걸렸다. 미리 새 신발을 샀어야 할 일이었다. 엄마가 정말 이리로 오고 있을까. 더러워진 교진의 신발을 보면 엄마는 꾸중할 것이다. 교진은 여닫이문을 활짝 열었다. 따뜻한 봄 햇살이 한꺼번에 출렁이며 들어와 눈이 부셨다. 그래서 눈을 질끈 감았다. 발을 내딛는데 마지막 외침처럼 기침이 터져 나왔다. 온몸이 흔들릴 만한 기침이었다. 울음 같은 덩어리가 기침과 함께 목구멍으로 올라왔다. 덩어리는 교진의 옆구리에서도 붉게, 떨어지고 있었다.

에필로그

—비 와?

—응?

아이 목소리에 엄마는 단박에 잠에서 깼다. 한기가 느껴졌다. 손을 뻗어 옆에서 자고 있던 아이를 더듬었다. 어둠이 엄마의 손을 집어삼켰다. 엄마는 어둠과 아이를 동시에 토닥거렸다. 창밖에서 빗방울 떨어지는 소리가 요란했다.

—깼니?

—비 오는 거야?

—응.

아이가 숨을 쉴 때마다 엄마의 손도 덩달아 가볍게 오르내렸다. 엄마는 이불을 끌어다 아이의 가슴까지 덮어주었다. 이불 속에서 아이는 작은 몸을 떨었다. 엄마는 부스스 눈을 떴다. 방 안은 버려진 것처럼 어두웠고 한 점 빛도 스미지 않았다.

—불 켜줄까?

—응.

엄마는 스탠드 스위치를 눌렀다. 딱, 하는 소리가 나자 작은 불빛의 떨림이 엄마의 남은 꿈을 흩어주었다.

—무서웠니?

—무서웠어.

—뭐가?

—소리가.

아이가 눈이 부셔 얼굴을 찡그렸다. 내 심장. 엄마는 손을 들어 아이의 눈을 가려주었다. 엄마의 손 아래서 아이는 천천히, 눈을 떴다. 꿈속을 유영하다 돌아왔을 아이의 눈동자는 더욱 맑고 환했다. 밤새 내린 비가 거기 갇혀 있는 듯했다. 아이의 꿈은 색깔이 아주 풍부했을 것이다. 아이는 엄마를 안고 있던 팔을 풀었다. 그리고 사뿐, 자리에 일어나 앉았다. 불빛에 비친 아이의 눈동자엔 우주가 들어 있었다. 그 아득한 우주는 비라도 맞은 듯 젖어 있었다. 나의 이유. 우주를 빛내며 웃는 아이의 뺨에 분홍 꽃이 피었다. 엄마는 웃으며 분홍빛 꽃잎을 어루만졌다.

—더 자.

—잠 안 와.

아이는 엄마 품속에서 칭얼거렸다. 엄마는 벽에 매달린 토끼 시계를 올려다보았다. 평소라면 아침 햇살이 방 안에 가득했을 시각이었다. 엄마는 몸을 일으켜 침대 옆 협탁 서랍을 열고 커다란 상자를 꺼내들었다.

─우리 라진이, 생일 축하해.

아이가 선물 상자를 안고 까르르 웃었다. 믿을 수 없을 만큼 예쁜 미소였다. 그새 비가 그쳤는지 아침 햇살이 조금씩 방 안으로 흘러 들어오기 시작했다. 엄마는 방 안으로 들어오는 햇살이 점점 두터워지고 밝아지는 것을 보았다. 그리고, 웃었다. 기분 좋은 아침이고 오늘은 아이의 다섯 번째 생일이다.

아이가 침대 위에서 발을 까딱거리면서 선물 상자를 풀어보았다. 무심하고, 작고, 그래서 예쁜, 발. 엄마도 따라 발을 까딱거렸다. 나란히, 나란히 앉아 함께, 발을 까불며 놀았다. 가만 보니 엄마와 아이의 발이 닮은 것 같았다. 엄마는 또 웃었다. 자꾸만 웃을 일이 생겼다.

꺄. 선물 상자를 풀어본 아이가 탄성을 질렀다. 장화였다. 분홍색 장화 위에는 푸른 비늘이 잔뜩 달린 물고기들이 그려져 있었다. 바닷가에서 태어났기 때문인지 아이는 유독 물고기를 좋아한다. 엄마는 함박, 웃는 아이에게서 눈을 떼지 못했다. 비가 쏟아질 때마다 물고기들이 아이의 다리 위에서 헤엄칠 것이다. 아무리 차가운 빗줄기가 쏟아져도 아이는 씩씩하게 앞으로 걸어 나갈 수 있을 것이다. 아이가 장화를 들고 침대 위에서 방방 뛰었다. 그러다 고개를 갸웃하고 엄마를 돌아보았다.

—아직 비 와?

—아니. 그쳤어.

—그럼 이거 언제 신어?

—비 올 때.

—언제 오는데?

—곧 올 거야.

아이가 두 손을 모으고 또 비가 오게 해주세요, 라고 기도했다.

—그럼 이제 일어나서 목욕할까?

천사에게 몸을 빌린 아이는 이불을 걷고 자리에서 발딱 일어났다. 작고 예쁜, 발 두 개가 아이를 떠받쳐주었다. 아이가 침대에서 내려와 작은 맨발로 소리도 없이 걸었다. 그러다 침대 옆 협탁 위에 있는 사진을 들여다보았다.

—아빠 안녕? 오늘 내 생일이야.

아이는 손을 흔들었다. 그리고 웃었다. 엄마와 아이 아빠가 함께 찍은 사진이었다. 유일한 거였다. 무채색의 흑백사진 속에서 엄마는 놀란 눈을 하고 손으로 입을 가리고 있었다. 가려진 손 아래의 모습이 어떤지 알 수 없었다. 엄마와 아이 아빠의 머리 위로 동그란 보름달이 뽀얗게 떠 있었다. 어둠 속에서 얼굴이 클로즈업된 사진은 초점이 잘 맞지 않아 윤곽선이 흐릿했다. 엄마는 이제 손으로 입을 가리지 않는다. 엄마의 턱선은 날렵하고 발음도 그 어떤 사람보다 또렷하고 깨끗하다. 엄마는 손을 뻗어 사진 속에 들어 있는 아이 아빠를 쓰다듬었다. 아이가 엄마를 따라 사진 속 제 아빠의 얼굴을 더듬었다.

　—보고 싶어.

　—아빠?

　—응. 아빠하고 함께 있으면 좋겠어.

　—그런 말 하는 거 아냐.

　—그래도 그러고 싶은걸.

　—그런 말은 나쁜 말이야. 아빠는 지금 없어.

　—응. 그래도 어쩔 수 없어.

　—알아. 하지만 그런 말 하면 안 돼.

　—어떡해?

　—그건, 엄마도 몰라.

아이가 눈물을 글썽이며 칭얼댔다. 엄마가 품에 안고 달랬지만 아이는 평소와 달리 쉽게 단념하지 않았다. 엄마 미워, 라며 아이가 엄마 손을 뿌리쳤다. 쏟아져 들어온 햇살에 아이의 눈물이 반짝였다.

　—대신…… 그거 읽어줘.

　—뭐?

一아빠 일기장.

　아이는 손을 들어 엄마의 화장대 맨 아래 서랍을 가리켰다.
엄마는 아이를 돌아보며 낮은 한숨을 쉬었다.

　一읽어주면 뚝 그치는 거지?

　一응.

　엄마는 서랍에서 문고판 크기의 작은 책을 꺼냈다. '검은
바다의 노래'라고 쓰인 표지에 한 남자가 검고 깊은 바다에
마주 서 있다. 책은 시간이 쌓이면서 모서리가 차츰 닳아가
고 있었다. 엄마가 가장 오랜 시간을 들여 읽은 책이었다. 엄
마는 손바닥으로 표지를 쓸어보았다. 책에서는 아무런 온기
도 느껴지지 않았다. 엄마는 책을 들고 아이 옆으로 가 앉았
다. 아이가 잠깐 기다리라며 상자 속에서 장화를 꺼내 신고
는 엄마 어깨에 제 머리를 기댔다. 장화 신은 아이 발이 침대
위에서 까불거렸다. 엄마는 책을 펼쳐 아무 곳이나 골라 읽기
시작했다. 어느 부분이건 이제는 익숙한 문장들이었다. 엄마
는 아이가 쉽게 이해할 수 있도록 엄마와 아빠, 라는 말을 사
용해 읽어 내려갔다.


　어두웠지만 무섭지 않았고, 차가운 겨울이었지만 춥지 않았
다. 아빠는 엄마와 함께 천천히 바닷가를 걸었다. 걸으면서 아
빠는 아이를 가진 엄마가 혹시라도 추울까 어깨를 감싸 안고
손을 꼭 잡아주었다. 아주 멀리서부터 파도가 밀려왔다. 아빠

는 혼자가 아니라서 얼마나 다행인지 모른다고 생각했다. 그렇게 아빠는 엄마 손을 잡고 한참을 걸었다.

하염없이 걷다가 바다 위로 하얗게 서 있는 방파제를 만났다. 아빠는 엄마를 이끌어 방파제 위에 올라앉았다. 방울방울, 맑은 이슬이 점점이 떨어져 있는 방파제였다. 아빠는 손가락으로 이슬들을 모아 작디작은 웅덩이를 만들었다. 이렇게 모으다 보면 언젠가 바다가 될까? 아빠의 농담에 엄마는 피식, 웃었다. 바다가 방파제를 향해 한꺼번에 밀려들었다. 아빠와 엄마는 깜짝 놀라 공연히 발을 허공으로 치켜들었다. 그러고는 함께 웃었다. 아빠와 엄마는 긴 시간 동안 서로의 눈을 마주 보고 있었다.

어느새 수평선 너머에서 아침노을이 번지기 시작했다. 소리도 없이 붉어진 하늘이 환하게 열리고 있었다. 소금기 가득한 바람도 물러간 아침이었다. 아빠는 밝아진 하늘을 올려다보며 엄마의 머리를 쓰다듬었다. 그리고 아이가 잠들어 있는 엄마의 배를 둥글게, 둥글게 쓸어보았다.

엄마는 그런 아빠를 보며 웃어주었다. 엄마는 처음 간 바다 여행에 아빠와 함께라서 좋다고 말했다. 아빠도 그렇다고 대답했다. 엄마를 보며 미소 짓던 아빠는 엄마의 이마에 입 맞추며 내년에는 아이와 함께 셋이 바다에 여행 오자고 말했다. 그 말에 엄마는 아빠를 꼭 안아주었다. 바닥에 길게 늘어진 그림자에 아빠와 엄마는 하나였다. 뺨에 닿는 바닷바람이 시원한 봄

바람처럼 느껴지는 아침이었다.

엄마가 미리 받아놓은 욕조의 물은 적당히 따뜻했다. 엄마
와 아이는 함께 목욕했다. 따뜻하고 부드러운 물결이 엄마와
아이를 휘감고 돌았다. 엄마는 물먹은 스펀지로 부드럽게 아
이의 몸을 문질렀다. 결이 고운 아이의 피부 위로 스펀지가
미끄러지듯 스쳤다. 아이는 엄마의 손길을 따라 제 몸을 이
리저리 돌렸다. 여위고 가느다란 아이의 몸에 뽀얀 비누 거
품이 흘렀다. 비누 거품이 미끄러운지 까르르, 아이가 숨이
넘어가라 웃었다. 웃던 아이가 가녀린 팔로 엄마의 목덜미
를 감싸 안고 엄마 품에 안겼다. 엄마의 매끄러운 알몸에 아
이의 보드라운 몸이 겹쳐져 둘은 원래부터 그랬던 듯, 한 몸
이 되었다.

욕실 안에 금세 더운 수증기가 들어찼다. 욕실 한쪽에 놓인
액자 위에도 뽀얀 김이 서렸다. 액자 안에는 아이가 지금보다
훨씬 어렸을 적 사진이 들어 있다. 사진 속 아이는 눈처럼 하
얀 피부에 까맣고 윤기 나는 머리칼을 갖고 있는 데다, 통통
하고 발그레한 뺨은 잘 익은 과육처럼 짙고 광채가 났다. 지
금과 사뭇 다른 모습이었다. 욕조 안에서 엄마와 목욕을 하고
있는 아이는 옅은 흙빛의 피부에 노랗게 변색되어가는 머리
칼을 하고 또래에 비해 여위고 작은 체구를 갖고 있다. 엄마
도 마찬가지. 거무스름한 피부에 푸석하고 누런 머릿결.

—나오세요.

　아이의 웃음소리에 즐거운 엄마의 말소리가 겹쳤다. 아이의 몸을 다 씻긴 엄마가 아이를 안고 욕조 밖으로 나왔다. 엄마는 커다랗고 보드라운 수건을 가져다 아이의 몸을 닦아주었다. 겨드랑이와 가랑이와 엉덩이 사이사이까지 물기 없이 깨끗하게 닦아주었다. 그새 뺨이 붉게 달아오른 아이는 엄마를 보며 배시시 웃었다. 엄마는 불그레한 아이의 뺨을 보고 가슴이 철렁 내려앉는 것만 같았다.

　그래서 엄마는 서둘렀다. 욕실 문을 활짝 열어 얼른 열기를 빼고 새 염색약을 가져오고 아이에게 염색 보를 둘러씌웠다. 체온을 내리기 위해 엄마는 아이에게 옷을 입히지 않았다. 아이는 여전히 알몸인 채로 염색 보를 뒤집어쓰고 엄마가 준비하는 것을 지켜보았다. 바깥에서 들어온 찬 공기 때문에 아이는 오소소 몸을 떨었다.

　이제 염색하기. 아이는 익숙한 몸짓으로 손으로 코를 막고 엄마에게 안겼다. 한 달에 한 번은 겪는 일이지만 아이는 염색약 냄새에 익숙해지지 않았다. 아이는 얼굴을 찡그린 채 입술을 꼭 다물었다. 갑작스런 온도차 때문인지 어느새 아이의 입술이 파랗게 질려가고 있었다. 엄마는 더욱 서둘렀다. 엄마도 미처 옷을 챙겨 입지 못한 채였다.

　　—이렇게 염색해야 머리가 노랗게 변하는 거야. 그래야 괴물이 너를 못 알아보고 잡으러 오지 않거든.

엄마는 액자 속 아이의 모습을 힐끗 들여다보았다. 윤기 나는 까만 머릿결. 엄마는 아이의 머리칼이 더 노랗게 변색되어야 한다고 생각하면서 염색약을 바른 아이의 머리를 정성 들여 빗겼다. 아이는 눈을 꼭 감고 엄마를 끌어안았다.

　—엄마, 내 머리 얼마나 노랗게 됐어?

　코를 막고 말을 하느라 아이는 코맹맹이 소리를 했다.

　—조금만 더 노랗게 변하면 될 것 같은데?

　아이는 어서 빨리 머리색이 노랗게 변하기를 바랐다. 꼬르륵, 욕조 안에서 물 빠지는 소리가 커다랗게 울렸다. 꼬르륵, 아이가 코맹맹이 소리로 물 빠지는 소리를 흉내 냈다. 엄마와 아이가 함께 웃었다. 엄마는 아이가 춥지 않도록 온몸으로 아이를 감싸 안았다. 독한 염색약 냄새가 엄마의 코를 찔러 자꾸만 기침이 나오려고 했지만 엄마는 애써 참으며 미소 지었다.

　염색약을 씻어낸 아이의 머리는 단무지처럼 더욱 샛노랗게 변해 있었다. 엄마는 사진 속 아이의 모습과 번갈아보며 작게 고개를 끄덕였다. 그사이 욕실의 열기도 빠져나가고 아이의 체온도 내려가 뺨의 붉은 기도 사라졌다.

　—거울.

　—거울?

　엄마는 아이를 안아 올렸다. 뽀얀 김이 서린 거울 안에서 엄마와 아이의 모습은 지워져 있었다. 엄마는 차가운 물을 한

바가지 가득 담아 거울에 대고 촤, 들이부었다. 차가운 물세
례를 받고 정신을 차려 말개진 거울 속에서, 엄마와 아이는
똑같은 노란 머리색에 비슷한 피부 빛깔을 하고 있었다. 여전
히 알몸인 엄마와 아이는 거울을 들여다보며 키득거렸다. 아
이는 만족스러운 듯 엄마의 목덜미를 감싸 안았다. 추위가 가
시지 않은 아이의 몸에 돋아난 소름이 사그라지도록 엄마는
아이를 맨몸으로 품어 안아 자신의 온기를 오로지 아이에게
쏟아부었다.

　―이제 한 가지만 더 하면 돼. 알지?

　아이를 내려놓은 엄마는 오일을 들고 왔다. 엄마가 아이의
몸에 오일을 바르기 시작하자, 아이는 얼굴을 찡그리더니 급
기야 울기 시작했다.

　―싫어. 거기 들어가기 싫어.

　아이의 눈에서 금세 굵은 눈물이 뚝뚝 떨어졌다. 떨어진 눈
물은 욕실 타일 바닥에 부딪쳐 자디잘게 부서졌다.

　―거기 들어가면 정말 괴물이 오는 것 같단 말이야.

　아이는 알몸으로 서서 온몸으로 소리를 지르며 울었다. 아
이의 목소리가 욕실 벽을 타고 둔하게 울렸다. 엄마는 시린
눈빛으로 아이를 쳐다보았다.

　―엄마가 뭐라고 말했었지? 너의 원래 모습과 다른 모습이
되어야 괴물이 너를 못 알아본다고 했었잖아.

　―그래도 거기는 싫단 말이야. 엄마, 나 거기 들어가기 싫어.

엄마는 대꾸 없이 싸늘한 표정으로 아이를 노려보았다. 아이는 더 큰 소리로 울며 엄마 품속으로 파고들었다. 엄마는 팔을 벌리며 안기려는 아이의 손을 찰싹 때렸다. 갈 곳을 잃어버린 아이의 손이 허공에서 멈춰 떨었다. 아이는 일부러 미간을 일그러뜨리고 눈을 찡그리고 콧구멍을 넓게 벌려 씩씩 숨을 몰아쉬면서 엄마를 노려보았다. 한참이나 그랬지만 여전히 손에 오일 병을 든 엄마의 표정은 아무런 변화가 없었다. 아이는 엄마의 저 차가운 무표정을 이길 수 없다는 걸 알고 있었다. 갑자기 아이가 욕실 밖으로 뛰어나가더니 엄마의 슬리퍼와 목도리를 들고 왔다.

—산책 가자. 엄마, 산책 가고 싶어.

—아직 산책 갈 시간 아니야. 도로 제자리에 갖다 놓고 와.

엄마의 말투는 차가웠다. 아이는 엄마의 슬리퍼와 목도리를 들고 울먹였다.

—안 된다고 말했어. 모두 제자리에 두고 와. 모든 건 제자리가 있는 법이야.

—난 거기 들어가기 싫다고.

아이는 고집을 부렸다. 쉼 없이 눈물이 흘렀다. 엄마는 표정을 바꾸지 않았다. 아이가 내미는 손도 잡아주지 않았다.

—너, 밖에 괴물들이 얼마나 많은지 알아? 무시무시한 괴물들이 너를 못 잡아가게 하려고 그러는 거야. 너를 못 알아봐야 괴물들이 안 잡아가지.

아이는 엄마가 늘 말해주었던 괴물을 떠올렸다. 험상궂은 얼굴에 커다란 목소리로 우렁우렁 말하는 괴물이 나를 잡으러 올지도 몰라. 아이는 무서웠다. 생각만으로 벌벌 떨렸다. 아이는 벌거벗고 선 채로 오줌을 쌌다. 엄마는 들고 있던 선 탠오일 병을 내려놓고 아이의 얼굴을 쓰다듬어주었다.

— 너는 예쁘고 착한 아이지? 엄마 말도 잘 듣고?

아이는 울면서 끄덕였다. 내 아기, 착한 우리 라진이. 엄마는 아이를 감싸 안고 눈물을 닦아주었다. 엄마의 손안에 작은 아이 얼굴이 다 들어왔다.

— 정말 내 모습이 변하면 괴물들이 나를 안 잡아가는 거야?

— 그럼. 그렇고말고. 엄마가 언제나 너를 지킬 거야.

— 엄마도 같이 들어가는 거야?

엄마는 고개를 끄덕였다. 그리고 아이를 향해 환하게 웃어주었다. 엄마는 빠진 구석이 없도록 꼼꼼하게 아이의 몸에 선 탠오일을 마저 발랐다. 그리고 나서야 오일 때문에 온몸이 미끈거리는 아이를 안고 욕실 밖으로 나왔다. 거실 한쪽에는 태닝기가 놓여 있었다. 덩치가 엄청나게 커다란 태닝기는 좁은 거실을 반이나 차지하고 누워 있었다. 아이가 겁먹은 눈으로 엄마를 올려다보았다. 그리고 엄마 손을 꼭 쥐었다. 엄마는 아이가 마음껏 파고들 수 있도록 제 품을 남김없이 열어주었다.

발가벗은 엄마와 아이는 함께 태닝기 안으로 들어갔다. 들어가 뚜껑을 닫고 버튼을 누르자 반원형 뚜껑 천장에서 밝은

빛이 쏟아져 나오기 시작했다. 눈을 뜰 수 없을 만큼 강한 빛이 엄마와 아이의 알몸을 구석구석 찾아가 비췄다. 아이는 좁은 공간에 갇힌 사실이 무서웠다. 꼭 괴물의 배 속에 들어 있는 기분이었다. 이제 곧 괴물이 숨겨두었던 이빨을 드러내 자신을 씹어 삼킬지도 모른다고 생각했다.

아이는 눈부시게 밝은 빛이 낯설고 싫었다. 그 빛 아래에선 괴물을 피해 숨을 곳이 없었다. 아무리 여러 번 들어왔다고 해도 아이는 결코 태닝기에 익숙해지지 않았다. 아이는 두려워 몸을 떨었다. 눈물을 참느라 입을 꾹 다문 채 엄마를 힘껏 끌어안았다. 엄마가 있으니까 괜찮아. 엄마는 괴물도 이기니까 괴물이 나타나도 괜찮을 거야. 아이는 발가락을 오므리고 엉덩이를 엄마에게 딱 붙였다. 엄마와 틈이 벌어지면 안 돼. 그래도 계속 몸이 떨렸다.

아이의 심장이 쿵쾅거렸다. 엄마는 과한 욕심을 끌어안듯 강박적으로 아이를 안은 팔에 힘을 주었다. 아이와의 사이에 약간의 틈이라도 생기면 안간힘을 써 잡아 쥐고 있던 뭔가가 주르륵, 새 나갈 것만 같아 엄마는 마치 자신의 생명줄을 움켜쥐듯 아이의 몸을 힘껏 끌어안았다. 그러고 한참을 있으니까 아이가 엄마 배 속에 있었을 때처럼 하나가 된 기분이었다. 다시 내 배 속에 아이를 넣을 수만 있다면. 그러면 아이는 언제나 안전할 텐데. 한숨을 내쉰 엄마는 아이를 배 속에 넣는 대신 태닝기의 타이머를 오 분 더 늘렸다. 시간이 지날수록 엄마와 아이의 피부는 똑같이 점점 더 어두워지고 있었다.

　―물고기 밥 줄 시간이야.

선탠까지, 엄마가 원하는 모든 일을 끝낸 아이는 으쓱한 기분으로 제 할 일을 기억했다. 물고기는 어린이집에 다니지 않는 아이의 유일한 취미였다. 물고기가 들어 있는 어항은 거실 중앙, 아이의 장난감들 옆에 놓아두었다.

　―라진이 좋아하는 만화 나올 시간이네?

엄마가 티브이 리모컨을 가져다 전원을 켜고는 욕실을 정리하러 들어간 사이, 아이는 물고기 밥이 든 통을 가져와 어항 앞으로 갔다. 뚜껑을 열고 물고기 밥을 꺼내려다 말고 아이는 어항을 유심히 들여다보았다. 빨갛고 파랗고 노란, 물고기들이 뽀글뽀글 기포가 올라오고 있는 좁다란 어항 안을 헤엄치고 있었다. 얇고 찰랑거리는 지느러미로 덮인 꼬리가 연신 좁은 물을 갈랐다. 아이는 입을 하, 벌리고 어항을 뚫어져라 들여다보았다. 매일 보아도 물고기들이 물속에서 숨도 쉬고, 잠도 자고, 밥도 먹는다는 사실이 신기했다. 아이는 어항 속에 들어 있는 고운 빛깔의 물고기들이 마치 손 닿지 않는 하늘 위의 무지개처럼 아득하기만 했다.

　―배고파? 밥 줄까?

아이는 어항 표면에 대고 걱정스러운 듯 물었다. 그러다 제 손을 들어 물고기 꼬리를 흉내 내듯 살랑, 흔들고는 까르르, 웃어넘겼다. 물고기들이 뻐끔거리며 끊임없이 물을 삼켜대고 있었다. 아이는 물고기를 따라 입을 동그랗게 모으고 뻐끔 거리며, 간신히 제 손가락 길이만 한 물고기를 친구 삼아 한참이나 놀았다.

그러다 갑자기 어항 표면을 쓰다듬던 손을 멈췄다. 아이는 손가락을 들어 어항을 짚어가며 물고기를 세었다. 하나, 두울, 세엣, 네엣. 분명 어제까지 어항 속 물고기는 다섯 마리였었다. 아이는 손가락을 어항에 붙인 채 입을 다물고 어항 앞으로 바싹 다가섰다. 그러고는 손가락 끝으로 어항을 톡 쳤다. 그러자 한동안 움직이지 않던 가장 큰 물고기가 꼬리를 흔들며 헤엄치기 시작했다. 그 뒤에 가려져 있던 다섯 번째 작은 물고기.

아이는 고개를 갸웃거렸다. 웬일인지 다섯 번째 물고기의 몸통이 반으로 줄어 있었다. 허리부터 꼬리까지 몽땅 달아난 물고기는 중간 부분이 너덜너덜한 채 눈을 부릅뜨고 죽어 있었다. 아이는 눈을 크게 뜨고 바라보았다. 가장 큰 물고기 입 가장자리에 다섯 번째 물고기의 꼬리가 매달려 있었다. 가장 큰 물고기와 가장 큰 물고기에게 먹혀 몸통이 반으로 줄어든 다섯 번째 물고기.

아이는 눈을 깜빡이며 한참이나 어항을 들여다보았다. 자세히 보니 떨어져나간 다섯 번째 물고기의 살점이 물 위에 동동 떠다니고 있었다. 아이는 손가락을 어항 속으로 집어넣었다. 그러고는 천천히 썩어가는 물고기 살점을 꺼내 들었다.

푸른색 비늘이 두어 개 매달린 살점은 날카로운 이빨에 찢겨 너덜거렸다. 아이는 어항 속 가장 큰 물고기를 노려보았다. 그러고는 손에 든 살점을 높이 들어 올리고 입을 벌려 제 입에 살점을 넣는 시늉을 했다.

까르르, 아이는 가장 큰 물고기에 눈을 박고 웃다가 제 입으로 넣으려 했던 살점을 큰 물고기에게 던져주었다. 재빠르게 헤엄쳐 온 물고기는 아이가 던져준 살점을 낚아채 입속으로 넣었다. 살점을 삼키고 있는 큰 물고기와 반쯤 남은 다섯 번째 물고기 몸통을 번갈아 보면서 아이는 뚜껑을 열었던 물고기 밥통의 뚜껑을 도로 닫았다. 그리고 아무 말 없이 다시 막 찢겨지기 시작한 다섯 번째 물고기를 바라보았다.

아이의 시선이 몸통의 반이 날아간 다섯 번째 물고기에 박혀 있는 사이 티브이에서는 뉴스 속보가 흘러나오고 있었다. 화면의 아래쪽으로는 이런 자막이 흐르고 있었다. '신사동 여성 살해사건, 오 년 전 여배우 H의 살인사건과 동일범 소행으로 밝혀져······.'

지난 3월 23일 신사동의 한 골목길에서 일어난 이십대 여성 살인사건의 용의자가 경찰에 체포되었습니다. 둔기에 머리를 수차례 맞아 죽은 뒤 쓰레기통에 버려진 이 여성을 살해한 용의자는 아마추어 사진가 이 모 씨로, 이 모 씨는 지난 오 년 전 배우 H씨도 살해한 범인으로 밝혀져 충격을 주고 있습니다. 이

모 씨는 살해된 여성의 내연남으로 더욱 충격적인 사실은 오
년 전 배우 H씨의 살해사건 발생 당시 H씨의 내연남이었던 것
으로 알려졌습니다. 경찰은 이 일대 경계를 더욱 강화한 가운
데 이 모 씨의 추가범행이 없는지 밤샘조사하고 있는 실정입니
다. 한편, 당시 H씨의 살인용의자로 지목되었던 용의자는 단순
차량절도범이었던 것으로⋯⋯.


―밥 먹자.

엄마가 음식이 담긴 밥상을 들고 오자, 아이는 뒤돌아 통
통 뛰는 걸음으로 엄마에게 다가섰다. 밥상 모서리를 붙잡으
려다 말고 손에 든 물고기 밥통을 내려다보았다. 아이는 어항
쪽을 향해 뒤돌아보았다. 그러고는 물고기 밥통을 제자리에
두고 돌아와 밥상 앞에 앉았다.

―미역국에 밥 말아줄까? 라진이, 생일 축하해.

엄마는 국그릇을 아이 앞에 바싹 당겨 놓아주었다. 아이는
밥상을 내려다보다 도로 엄마를 올려다보았다.

―밖에 비 안 와?

―비?

―응.

―안 오는데?

―언제 와?

―라진이 밥 다 먹으면.

—그럼, 비 와?

아이는 제 밥그릇에 담긴 밥을 몽땅 국그릇에 말아 넣었다. 그러고는 숟가락을 들고 국에 만 밥을 입으로 몰아넣었다. 천천히 먹어, 라며 엄마가 아이의 숟가락에 적당히 식힌 아귀찜의 살을 발라 올려주었다. 아귀찜은 물고기 중에서도 아이가 가장 좋아하는 반찬이었다. 아이는 몰캉몰캉한 생선살을 씹으며 창밖을 바라보았다. 엄마는 연신 빨간 생선살을 발라 아이를 먹였다. 맵지도 않은지 아이는 잘도 받아먹었다.

예쁜 내 아이. 나를 닮지 않은 내 아이. 아빠도 전혀 닮지 않은 내 아이. 눈썹이 짙고 머리숱은 많지 않고 가느다란 입술이 붉은 내 아이. 엄마는 아이를 바라보았다. 한껏 밥을 먹어 불룩해진 아이의 뺨에 꽃이 피었다. 눈동자엔 낮별이 반짝였다. 아이가 문득 엄마를 보고 눈을 깜박거렸다.

—왜? 안 먹고?

—비 와.

—응?

—봐. 밖에 비 와.

정말 다시, 비가 오기 시작했다. 후드득, 빗방울이 창문에 부딪치기 시작했다. 아이가 소리 나게 밥숟가락을 내려놓고 냉큼 일어났다. 그러더니 방에서 장화를 꺼내 와 신었다. 분홍빛 장화를 신은 아이가 팔짝거렸다.

—비 오니까, 그러니까 신은 거야.

—그렇구나.

엄마는 웃었다. 아이의 장화에 그려진 물고기들이 푸른 비늘을 세워 헤엄쳤다. 아이의 새 장화는 먼지 한 점 없이 깨끗했다. 물고기는 색이 선명해서 금방이라도 아가미를 벌리고 뻐끔거릴 것만 같았다. 그때. 딩동.

난데없는 초인종 소리가 엄마의 심장을 관통했다. 갑자기 쏟아지기 시작한 빗소리에 사람들 말소리가 섞여 들렸다. 엄마는 숨이 막히고 몸이 떨려 입에 들어 있던 밥알을 토해냈다. 초인종 소리에 장화를 신은 아이가 누구세요, 라며 현관 쪽으로 통통 뛰었다. 엄마는 급하게 일어나 아이를 붙들었다. 엄마의 정강이에 부딪혀 수저가 한꺼번에 바닥에 떨어졌다. 아이는 왜? 문 열어야지, 라며 엄마를 채근했다.

　—쉬. 조용히 해.

엄마는 아이를 안고 방으로 들어갔다. 그리고 두껍게 쳐진 커튼을 아주 조금만 걷어 현관 바깥을 엿보았다. 서너 명의 사람들이 모여 웅성거리고 있었다. 그리고 한 여자. 엄마는 그 자리에 얼어붙었다. 창백할 만큼 하얀 피부에 비에 젖어 더욱 검고 윤기가 흐르는 머리칼, 추운 듯 붉게 상기되어 있는 뺨. 저 여자. 참을성 있게 기다리지 못하고 계속해서 초인종을 눌러대는 저 여자. 아이가 놀랐는지 엄마 품으로 파고들었다. 엄마는 손을 들어 아이의 눈을 가리고 몸을 휙 돌렸다. 그 바람에 아이가 신고 있던 장화 한 짝이 벗겨져 바닥에 떨어졌다. 장화에 그려진 물고기가 비늘도 파닥이지 못하고 힘 없이 누워 있었다.

나에겐 몇 가지 병증이 있다. 오랜 시간을 두고 거쳐간 것도 있고 아직 진행 중인 것도 있으며 미리 예고된 것도 있다. 그중에는 고치기 어려운 것 또한 포함되어 있다. 당신은 아마도 살면서 몇 번이 되었든 단거리를 전력으로 달려본 적이 있을 것이다. 그리고 막 뛰고 났을 때의 심장박동을 기억할 수 있을 것이다. 숨이 차올라 입이 벌어지고 공기를 들이마시지만 여전히 호흡이 가쁘고 때로는 침이 고이고 잇몸이 아픈 증상이 생기며 시야가 흐릿했던 적도 있을 것이다. 현기증이 나기도 하고 더 심한 경우 손발의 떨림과 동시에 핏기가 가신 입술이 새파래지거나.

나는 평소에 이런 증상을 자주 겪는다. 고치기 어려운 병증이란 바로 그 약한 심장에서 기인한 것이다. 심장 내과 의사는 나더러 별 방법은 없고 그저 하루에 열다섯 시간 정도를 누워

있으면서 최대한 심장이 천천히 뛸 수 있도록 안정을 취하라고
했다. 그게 다라고 말이다.

　그것은 아주 오랫동안 나를 규정하는 주요한 근거였다. 증상
이 심할 때는 육 개월 정도 지속되곤 했는데 그럴 때면 그야말
로 누워서 가쁜 숨을 몰아쉬는 것 외엔 할 수 있는 게 아무것도
없었다. 앉아서 원고를 쓸 수도 없고 나가서 사람들을 만날 수
도 없으며 심지어 코미디 프로그램을 봐도 웃을 수가 없었다.
전혀 웃기지가 않았기 때문이었다. 간혹 사람들을 만나도 그들
중에 섞이지 못하고 쉼 없이 뛰어대는 내 심장 소리만 듣고 앉
았을 뿐이었다.

　나는 열등감과 우울함에 빠져 있었고 늘 주눅 들어 세상 모
든 사람들이 나를 향해 속으로 비웃음을 웃을 거라고 짐작했
다. 쓸데없거나 혹은 내게 중요한 영향을 미치는 많은 오해를

느꼈고 그에 대해 일일이 해명하기보다 차라리 혼자 벽을 향해 돌아누워 눈물을 흘리곤 했다. 나는 불행했었다.

　나에게는 또한 심한 병증을 앓고 있는 강아지가 있다. 봉지라는 이름의 요크셔테리어 종으로 봉지는 올해 열다섯 살이 되었다. 전 주인에게 맞기도 하고 방치되었었다는 봉지를 처음 집으로 데려왔을 때 피골이 상접할 정도로 비쩍 마르고 우울증에 빠져 있던 봉지는 고개를 돌리고 구석에 숨어 내내 떨고 있었다. 그리고 어찌된 일인지 봉지는 사는 내내 너무, 자주 아팠다. 스무 차례에 가까운 수술을 견디며 늙어온 봉지는 요즘 머리에 물이 차 간혹 발작을 하곤 한다. 점점 나빠지면서 결국 근육마비로 시작해 심장마비로 이어질 거라는 이 병증 또한 고칠 수 있는 방법이 없다. 쉬를 가리지 못해 온 집 안이 봉지 화장실이 되었으며 머리에 차 있는 물이 신경을 눌러 인지 장애를 겪기도 해서 저 스스로 그러는지도 모르는 채 종일 깡깡 짖기도 한다.

　그런데 얼마 전, 봉지가 일어서지 못했다. 온몸을 바르르 떨며 발작을 시작하더니 급기야 그 자리에 쓰러진 것이었다. 놀라운 일은 그 와중에도 봉지는 잔뜩 겁먹은 눈으로 나를 올려다보면서 한사코 내게 오기 위해 낑낑거린 것이었다. 봉지는 주저앉은 다리를 일으켜 세우려고 제 온 힘을 쏟아 붓고 있었다. 마비 증세는 며칠이나 계속되었는데 봉지는 끊임없이 일어서려다 주저앉고 또 일어서려다 넘어지고 다리에 힘을 주어보려다 다시금 쓰러지고 그런데도 또 일어나려고 하고 넘어졌다가 흔들리는 몸을 주체하지 못하면서도 또다시 시도하고 그리고…… 또…… 또다시……. 그리고 나서도 다시 또……. 그렇게 봉지는 계속해서 내게 오고 있었다.

나는 봉지의 의심 없는 의지가 눈물겨웠다. 그 작은 생명의 끈질김이 마음 아렸다. 그런데 이상한 건 시간이 지나면서 내가 봉지의 필사적인 최선에 모종의 희열감을 느끼게 되었다는 것이다. 이거였구나, 이래야 했던 거였구나, 싶은 각성. 그랬다. 그건 명백하게 각성에 가까운 감정이었다. 나는 봉지를 보고 웃었고 그 순하고 두려움에 떠는 눈을 한참이나 들여다보았다. 봉지는 일어서지 못하는 몸을 내게 맡기고는 힘없는 혀로 내 뺨을 핥았다. 나는 오랫동안 울었는데 고백하자면, 처음엔 봉지 때문이었으나 나중엔 나 때문이었다. 그건 부끄러움에 가까운 눈물이었다. 그리고 지나왔던 나의 어리석음에 대한 질책과 끝마침이기도 했다. 그렇다. 나는 더 이상 나를 부끄러워하지 않기로 한 것이다!

지금 나는 우연한 기회가 생기면 사람들에게 처음으로 나의 병증을 얘기하곤 한다. 그동안 어떤 시간들을 지나왔는지와 그 때문에 내게 쌓여왔던 무수한 억측들을 털어놓기도 한다. 그리고 소리 높여 나는 자주 쉬어야 한다고 이해를 요청한다. 또한 혼자 있을 때 나 스스로에게도 똑같이 말하곤 한다. 그것은 우열이 아니라 차이일 뿐이며 내가 가진 조건들이 그러하다면 그 조건들 속에서 최적의 조합을 찾으면 될 일이라고 말이다. 그것은 나의 삶과 나의 아픔에 최선을 다하고 싶은 마음에 다름 아니다.

최선을 다해 아파하는 사람들의 이야기를 쓰고 싶었다. 정도와 종류의 차이는 있겠으나 누군들 아프지 않겠는가. 이 소설 속 인물들은 있는 힘을 다해 아파하는 것이 또한 결국 도달하는 삶의 방법일 수도 있다고 말하고 있다. 힘들고 고통스럽다면 그래서 자꾸만 다리가 꺾인다면 어쩌겠는가, 다시 한 번 일어서려고 애쓰는 수밖에…….

문예중앙 편집부 여러분께 감사드린다. 또한, 진심을 다해 윤진 씨에게 고마운 마음을 전한다. 윤진 씨가 아니었다면 다리가 꺾여 일어서기 어려운 소설이 되었을지도 모른다는 생각이 든다.

2014년 겨울

김이은

**김이은**

1973년 서울에서 태어나 성균관대학교 한문학과를 졸업했다. 2002년《현대문학》으로 등단했다.
소설집으로 『마다가스카르 자살예방센터』(2005), 『코끼리가 떴다』(2009), 『어쩔까나』(2013)가 있으며,
청소년을 위한 책 『부처님과 내기한 선비』(2009), 『날개도 없이 어디로 날아갔나』(2009) 등을 펴냈다.

# 검은 바다의 노래

초판 1쇄 발행 | 2014년 2월 7일

지은이      | 김이은
발행인      | 노재현
제작총괄    | 손장환
책임편집    | 박성근
디자인      | 권오경
조판        | 김미연
마케팅      | 김동현, 김용호, 이효정, 이진규

표지그림    | 임병국 (『Two face-gray』, oil & acrylic on canvas, 227×181cm)

인쇄        | 영신사

발행처      | 중앙북스(주)
등록        | 2007년 2월 13일 (제2-4561호)
주소        | (121-904) 서울시 마포구 상암산로 48-6(상암동, DMCC빌딩 20층)
구입문의    | 1588-0950
홈페이지    | www.joongangbooks.co.kr / www.facebook.com/hellojbooks

ISBN 978-89-278-0526-7  03810